Caroline verrät dir ihr Glühweinrezept für eine totale Weihnachtskatastrophe! Zutaten: 1 Caroline mit gebrochenem Herzen, 1 total verrückte Familie, 1 beste Freundin, 1 Restaurant mitten in der Pampa, 1 Mann, der zu viele Geheimnisse hat. Nimm eine große Schüssel und führe die folgenden Schritte aus: 1. Den Freund mit seiner Frau im Bett vorfinden (und herausfinden, dass er verheiratet ist) 2. Sich entscheiden, das eigene Herz zu begraben 3. Sich von Verwandten zu Blind Dates zwingen lassen 4. Hingehen, nur um sie zu sabotieren 5. Sich lächerlich machen 6. Mit dem Feuer spielen, zu viel Schärfe hinzufügen und Schritt 2 in Frage stellen Fertig! Jetzt kannst du es genießen!

Über die Autorin:

Julie Muller Volb wurde 1986 im Departement Moselle geboren. Von Beruf Zahntechnikerin, begann sie als stolze und vielbeschäftigte junge Mutter, die seit ihrer Kindheit Fantasy-Literatur liebt, aus Spaß und um dem Alltag zu entfliehen, zu schreiben. Als ewige Träumerin wurde es für sie schnell zu einer persönlichen Herausforderung und Sucht, ihre Fantasiefiguren auf dem Papier zum Leben zu erwecken und ihre Geschichten aufzuschreiben. Ihre erste Trilogie *L'Hayden* gewann den französischen Prix de l'Imaginaire 2017 und erreichte eine Auflage von mehreren zehntausend Exemplaren.

JULIE MULLER VOLB

Glühwein und absurde Pläne

Aus dem Französischen von

Maud Laborde

Impressum:

Dieses Buch ist eine Fiktion. Jeder Bezug auf historische Ereignisse, das Verhalten von Personen oder realen Orten wurde fiktiv verwendet. Andere Namen, Personen, Orte und Ereignisse sind Produkte der Fantasie der Autorin, und jede Ähnlichkeit mit lebenden oder real existierenden Personen wäre völlig zufällig. Fehler, die möglicherweise bestehen bleiben, sind das alleinige Verschulden der Autorin. Durch Raubkopieren werden dem Autor und den Personen, die an diesem Buch gearbeitet haben, ihre Urheberrechtsansprüche entzogen.

Bibliografische Information der Deutschen Nationalbibliothek: Die Deutsche Nationalbibliothek verzeichnet diese Publikation in der Deutschen Nationalbibliografie; detaillierte bibliografische Daten sind im Internet über dnb.dnb.de abrufbar.

Die automatisierte Analyse des Werkes, um daraus Informationen insbesondere über Muster, Trends und Korrelationen gemäß §44b UrhG („Text und Data Mining") zu gewinnen, ist untersagt.

Umschlaggestaltung: Amandine Peter
Titelbild: Amandine Peter
Lektorat: Dorothea Engel
Einbandgestaltung: Julie Muller Volb
Verlag: BoD · Books on Demand GmbH, In de Tarpen 42, 22848 Norderstedt
Druck: Libri Plureos GmbH, Friedensallee 273, 22763 Hamburg

Das Werk einschließlich seiner Teile ist urheberrechtlich geschützt. Jede Verwertung ist ohne Zustimmung des Verlages und der Autorin unzulässig. Dies gilt insbesondere für die elektronische oder sonstige Vervielfältigung, Übersetzung, Verbreitung und öffentliche Zugänglichmachung. Um diese Zustimmung zu beantragen und für alle anderen Informationsanfragen wenden Sie sich bitte an mullervolbjulie@gmail.com

Deutsche Erstveröffentlichung
Titel der Originalausgabe: Vin chaud et plans foireux
Copyright © 2022 Julie Muller Volb
Copyright © für die deutschsprachige Ausgabe 2024 Julie Muller Volb — mullervolbjulie@gmail.com
Erste Auflage : Oktober 2024
Pflichtabgabe bei der BNF : September 2024
ISBN : 978-2-3225-4428-8
Juliemullervolb.fr

Glühwein und absurde Pläne

Kapitel 1

Meine Augen sind an die Scheibe geheftet, und ich beobachte, wie der Schnee draußen leise und beruhigend fällt. Ich verziehe mich in meine Gedanken, weit weg von der Hektik des Raumes. Meine Eltern streiten sich mit meiner Schwester, meiner besten Freundin, der Nachbarin, meiner Großmutter, der Tante der Nachbarin und ... Na ja, ihr habt es ja schon kapiert. Die ganze Nachbarschaft weiß Bescheid. Wahrscheinlich sogar schon, bevor ich es überhaupt wusste.
Was für ein Haufen Tratschtanten!
Ich will wütend werden, mich behaupten und sie zum Schweigen bringen. Zumindest versuche ich es vergeblich. Normalerweise gelingt mir das sehr gut. Wenn ich ganz stabil wäre, würden sie sich nie erlauben, so direkt neben mir über meine künftigen Liebesangelegenheiten zu diskutieren. Aber das bin ich nicht. Mein Herz ist in Stücke gerissen und meine Seele ist zerschmettert. Von meinem Selbstbewusstsein ist nichts zu spüren. Alles, was ich jetzt gerade wünsche, ist, dass ich meinen Kummer in einem Glas Wein ertränke — einem sehr großen Glas Wein, um genau zu sein — und dass man mich in Ruhe lässt.
„Du bist unmöglich, wieso musst du so Trübsal blasen?" (Meine Schwester: Eline.)
„Aber ja, er ist ein absoluter Arsch! Du solltest nicht mal einen Gedanken an ihn verschwenden!" (Meine beste Freundin: Josepha.)

„Such dir einen netten, anständigen Kerl!" (Mama.)

„Lasst sie doch in Ruhe, sie braucht doch niemanden!" (Papa: Danke! *Endlich mal ein bisschen gesunder Menschenverstand!*).

„Sagst du das, weil du Angst hast, dass niemand sie haben will? (Die Klatschtante von nebenan: Gabi.) Denn wenn das so ist, dann ist der Sohn meiner Freundin ja ledig und ich könnte vielleicht etwas ausrichten."

Mein Vater verdreht die Augen und greift nach der Weinflasche. Meine Mutter hingegen scheint das Angebot tatsächlich zu begrüßen und beginnt, sie nach dem besagten jungen Mann zu fragen. Tante Gertrud fängt auch damit an:

„Meine Freundinnen haben auch nette Burschen, wir können der Kleinen bestimmt einen vermitteln, sie ist zwar ein bisserl pummelig, aber es ist jetzt wohl angesagt, sich nicht zu hemmen."

„Es stimmt, zu meiner Zeit lief man nicht so ungeniert mit freiem Bauch durch die Gegend", sagt Gabi.

Ich spüre, wie die Demütigung mich erreicht und die Wut in mir aufsteigt. Ich muss zugeben, dass sie es zumindest geschafft haben, mich aus meinem melancholischen Gemüt zu reißen. Glücklicherweise gehen Josepha und Eline auf die Barrikaden, und Eline ruft:

„So so, sind wir ein bisschen neidisch?"

„Wir? Neidisch? Pah, in ihrem Alter waren wir schon verheiratet! Und glaub mir, und im Gegensatz zu ihr war ich eine reine Schönheit!"

Danke, Gabi.

„Hör doch damit auf!", sagt Gertrud in einem Anflug von Mitgefühl, das mich sehr berührt - bis sie fortfährt: „Na ja, Pullover lassen einen nicht gerade schlanker aussehen…"

Habe ich schon erwähnt, dass ich ihr am liebsten ihr Gebiss in den Hals stopfen würde?

Ich stehe wütend auf, schnappe mir die Weinflasche und gehe in Richtung Flur, wobei ich die Versammlung und ihr beleidigendes und entsetztes nach Luft schnappen hinter mir lasse. Meine Mutter ist empört, dass ich den Tisch mitten in einem Festessen verlassen habe.

„Ich habe die Schnauze so voll, dass ich mir das gefallen lassen muss! Ach, was soll's! Es ist doch nur Elines Geburtstag, sie wird es mir doch nicht übelnehmen, oder?"

Ich sehe meine Schwester mit hochgezogenen Augenbrauen an und fordere sie auf, mir zu widersprechen. Sie atmet tief ein, um etwas zu erwidern, aber dann besinnt sie sich resigniert.

„Ja, es ist in Ordnung."

Meine Mutter hingegen springt wütend auf, und es scheint so, als würde gleich Rauch aus ihren Nasenlöchern kommen. Sie reißt mir die Flasche aus der Hand und geht wortlos zum Tisch zurück. Sie hätte sich nicht deutlicher ausdrücken können, ich meine damit ihre stille Sowas-wird-nicht-in-diesem-Haus-geduldet-junge-Dame-Predigt zu hören.

Eigentlich hätte man annehmen können, dass ich mit fast dreißig Jahren erwachsen genug wäre, um ihrer Autorität zu widersprechen, aber nein. Ich hätte es vielleicht getan, wenn ich nicht gesehen hätte, wie meine beste Freundin vor aller Augen unauffällig eine weitere Flasche unter ihren Ellbogen geschoben hat. Ihr Lächeln erwärmt mein Herz.

Meine Heldin!

Genau diesen Moment nutzt meine Großmutter, um meine Gedanken wieder auf das eigentliche Problem zu lenken:

„Warum willst du deinen Kummer in Alkohol ertränken? Wegen dieses Italieners da? Wie hieß er noch mal? Ich habe nicht alles verstanden. Wo ist er hingegangen?"

„Enzo, Mama, er hieß Enzo. Er ist nicht weg, er ist nur verheiratet. Und Caroline hat es gerade erfahren", seufzt mein Vater, und genau jetzt bekomme ich das Gefühl, dass er mir das Herz erneut herausgerissen hat.

„Aber das geht doch nicht!", empört sie sich mit zitternder Stimme.

Das war alles, was es brauchte, um die Debatte zu entfachen und die Streitigkeiten zu befeuern.

Das war's. Ich gebe auf.

Ich drehe mich um, gehe an meinem Koffer vorbei, der im Flur steht, und steige die Stufen zu meinem alten Jugendzimmer hinauf. Es ist immer noch so, wie es damals war. Es war eine wirklich dumme Idee, das Wochenende hier zu verbringen, ich hätte absagen sollen. Das war mir im Vorhinein klar, aber ich weiß nicht, was ich mir dabei gedacht habe, zuzustimmen. Ich meine, doch, ich weiß es. Ich höre immer noch Josephas verzweifelte Stimme, die mich anfleht, sie mitzunehmen, um ihrem Chef zu entkommen. Wie könnte ich ihr widerstehen?

Und wenn ich sie schon erwähne: Da kommt sie ins Zimmer, die Flasche hoch über dem Kopf und mit einem strahlenden Gesicht.

„Der Sieg gehört uns! 1:0 für die Flittchen! Fort mit den Klatschtanten!"

Ich fange an, leise zu lachen, aber diese Freude hält nur kurz an. Er ist ein Schatten, der in meinem Kopf herumgeistert, und meine Laune trübt. Josepha weiß auch davon. Ich vermute, dass sie mich hierherschleppen wollte, um von ihm abzulenken und mich auf andere Gedanken zu bringen.

Ich werde ein Wochenende lang mitspielen und so tun, als ob.

„Scheiße! Ich habe den Korkenzieher vergessen. Bin gleich wieder da."

Sie stellt die Flasche auf meinen bonbonrosa Nachttisch und geht davon. Ihre langen blonden Haare wehen hinter ihr her. Ich lasse mich in meinen alten Schaukelstuhl fallen und ziehe mein Handy aus der Tasche meiner Jeans. Ich entsperre es automatisch und mein Finger streichelt über sein Bild. Meine Augen werden feucht und mein Herz wird schwer. Seine lieblichen Augen mustern mich. Ich schließe meine Augen und spüre seine sanften Küsse auf meinen Lippen … und dann den Dolch in meinem Herzen.

Die Erinnerung ist zu frisch, ich sehe ihn immer noch am Arm einer anderen Frau durch die Straßen laufen. Unsere Auseinandersetzung ist noch zu präsent in meinem Kopf. Ich weiß immer noch, wie ich in meiner Wohnung herumlaufe und auf ihn warte. Ich sehe sein verlangendes Lächeln und seinen brennenden Blick auf mir. Er hatte nicht einmal bemerkt, dass ich wütend und verletzt war. Ich hatte alle Mühe, seine Küsse und Berührungen abzuwehren, um ihn zur Rechenschaft zu ziehen. „Ich habe dich mit ihr gesehen!", brachte ich mit einem Schluchzen hervor. Er wich zurück, als ob meine Haut an Seiner plötzlich zu purer Säure geworden wäre. Er rieb sich die Stirn und leugnete. Aber ich blieb hartnäckig. Was ich gesehen hatte, war eindeutig.

„Ich bin verheiratet."

Er ließ das wie eine Bombe in mein Leben platzen.

Verheiratet.

Ich war die Liebhaberin eines verheirateten Mannes.

Mein Finger berührt die App, ich lese zum tausendsten Mal seine letzte Nachricht und heule dabei Rotz und Wasser.

„Caroline, mach keine große Sache daraus. Wir haben viel Spaß zusammen, das muss sie nicht unbedingt erfahren. Nichts hält uns davon ab, uns zu treffen. Ich mag dich doch. Ich will nicht, dass es aufhört. Ich will dich. Bitte lass mich zurückkommen. Lass mir eine Chance, dich zu gewinnen..."

Ich schalte mein Handy aus und werfe es schreiend auf das Bett. Was für ein Arsch! Wie konnte er nur glauben, dass ich mit nur ein paar Mal Sex zufrieden sein würde? In welchem Moment wurde ich zu solch einer Frau? Wie habe ich es geschafft, es nicht zu bemerken? Es war immer, wo er wollte, wann er wollte... Und vor allem: Wie konnte ich ihm nicht widerstehen? Ich brenne darauf, ihn anzurufen!

„Oh nein!", entfährt es meiner besten Freundin, als sie mich in diesem erbärmlichen Zustand erblickt. „Ich wusste doch, dass ich den Wodka hätte mitbringen sollen. Hör bloß nicht auf sie, sie sind... alt und verbittert. Sie wissen nicht mehr, wie es sich anfühlt, ein gebrochenes Herz zu haben. Oder einfach nur freundlich zu sein. Sollen wir jetzt einfach abhauen und in eine Kneipe gehen?

Ich reiße ihr mit einem grunzenden Laut den Korkenzieher aus der Hand und trinke dann direkt aus dem Flaschenhals. Ich wische mir ohne den geringsten Anflug von Anstand und Scham die Augen, die Nase und den Mund ab. Dann halte ich ihr die Flasche hin. Sie nimmt einen kleinen, dezenten Schluck und seufzt theatralisch.

„Ich weiß, was du denkst", sage ich. „Aber es geht nicht anders. Ich bin Hals über Kopf verknallt."

„Ich kann es einfach nicht fassen. Wie kannst du nach allem, was er dir angetan hat, noch erwarten, dass er seine Frau für dich verlässt? Ich habe ihn gesehen, er ist immer noch mit ihr zusammen. Er hat sich sehr klar ausgedrückt. Er wollte nur einen Seitensprung, und das ist nicht das, was du willst, oder?"

„Natürlich nicht, das weißt du doch! Ich habe nein gesagt!"

„Aber dein Herz sagt ja… und nicht nur dein Herz, oder?"

Sie hebt und senkt lüstern ihre Augenbrauen, das mich vor Lachen kichern lässt.

„Oh!", fügt sie hinzu. „Das hab ich dir gar nicht erzählt! Weißt du, der Typ aus der Buchhaltung?"

„Philippe?"

„Ja! Ich habe ihn im Lagerraum mit dem Versicherungsmann *vorgefunden*!"

„Das hat nichts zu bedeuten, es könnte sein, dass du ein bisschen zu viel denkst."

„Mhm, mhm", prahlt sie mit einem hin und her bewegenden Zeigefinger. „Offensichtlich nimmt er seinen *Job* sehr ernst und erwartet es auch von anderen. Offenbar ist er soooo lange mit ihm dort gewesen, bis alles zu seiner Zufriedenheit *erledigt* war…"

„Josepha!", lache ich.

„Anscheinend waren sie so ineinander vertieft, als wollten sie eine ausführliche Bestandsaufnahme aller Konten durchführen. Falls du es noch nicht verstanden hast."

Ich schüttle kichernd den Kopf.

„Her mit den Einzelheiten! Ich will alles genau wissen."

„Ich sage es dir im Ernst: Die paar Sekunden, die ich sehen konnte, waren heißer als alle meine Beziehungen zusammen. Verdammt traurig."

Sie lässt sich auf das Bett fallen und starrt an die Decke. Josepha ist die klügste Frau, die ich kenne, und als ob das nicht genug wäre, ist sie so gutaussehend, dass selbst Aphrodite vor Neid erblasst wäre. Vielleicht ist das auch der Grund, warum sie so ein schlechtes Karma hat, denn auf ihrem Niveau an Pech sind wohl entweder die Götter hinter ihr her, oder sie war in einem anderen Leben ein fieser Diktator.

Ich versuche mich an eine einzige Beziehung von ihr zu erinnern, die nicht schrecklich war, aber ich finde keine. Was Männer angeht, haben sich die Katastrophen aneinandergereiht. Zum Beispiel mit dem Typen, der seine Nächte auf Pornoseiten verbrachte, oder der, der sein Leben lang davon träumte, Ferrari-Fahrer zu werden. Ein Anderer konnte nur bei seiner Mutter zu Hause schlafen. Wenn man Cyril nicht mitzählt.

Er war perfekt! Aber er starb kurz vor ihrer Hochzeit, also endete es auch nicht besonders gut.

Seitdem hat sie große Schwierigkeiten, wieder jemanden zu finden, und im Grunde genommen vermute ich, dass es daran liegt, dass sie noch nicht bereit dafür ist.

Leider stimmen die Hormone nicht immer mit dem Herzen und dem Verstand überein.

„Wenn es dir hilft, lass uns für die nächsten Jahre Junggesellinnenpartner sein. Lass uns einen Pakt schließen: Ein Jahr, in dem wir uns auf uns und unsere Ziele konzentrieren. Einfach uns an die erste Stelle zu setzen. Das wäre echt eine geile Idee, oder? Josepha?"

Plötzlich mustere ich sie, denn ich spüre, dass irgendetwas nicht stimmt.

„Wieso schaust du so komisch?"

„Das wäre wirklich toll, aber ..."

„Aber was? Komm schon, Josepha, spuck's aus! Bist du mit jemandem zusammen?"

„Ich nicht, aber du schon."

„Wie bitte?"

„Die da unten machen dir gerade einen Datingplan."

„Einen WAS?"

Ich fühle mich, als würde der Himmel über mir einstürzen. Ich schimpfe. Wie können sie es wagen, sowas zu tun? Mir *das* anzutun!

„Einen *Datingplan*? Was soll das denn? Und was soll der Scheiß überhaupt bedeuten?"

„Es sind noch ein paar Wochen bis Weihnachten und sie haben sich in den Kopf gesetzt, jemanden für dich zu finden, damit du nicht allein bist."

„Damit ich nicht …", hauche ich empört. „Aber du bist doch auch Single! Und Eline! Oma auch! Sogar die Nachbarin ist auch alleine! Sie sind alle allein! Was ist das für ein Hinterhalt?!"

„Ok, vielleicht habe ich mich nicht so verständlich ausgedrückt. Sie wollen vor allem, dass du Enzo vergisst."

„Weil sie Angst haben, dass ich wieder mit ihm zusammenkomme, und das wäre eine zu große Schande, stimmt's?"

„Sei nicht zickig, sie wollen dich nicht mehr so leiden sehen. Es läuft schon seit Wochen…"

„Na ja, man kommt nicht so leicht über eine Trennung hinweg, das solltest du wissen!"

Ich bereue meine Worte gleich, nachdem ich sie ausgesprochen habe. Josepha richtet sich auf, spitzt die Lippen und kämpft mit den Tränen. Ich habe sie verletzt. Sie schließt die Augen und legt den Kopf schief, atmet tief durch und schluckt ihren Stolz und ihren Schmerz herunter. Sie lächelt mitfühlend und zeigt mir eine freundliche Miene, obwohl ich weiß, dass sie innerlich verletzt ist.

„Es war echt blöd von mir, das habe ich nicht so gemeint. Josepha, es tut mir leid."

„Schon gut, du hast ja nicht Unrecht. Über eine Trennung kommt man nicht auf Knopfdruck hinweg. Aber ausnahmsweise gebe ich deiner Familie auch Recht."

„Du wagst es nicht!"

„Doch, tatsächlich! Es ist keine schlechte Idee, wieder ins Geschäft zu kommen — und ich meine es ernst."

Ich greife nach der Weinflasche und gönne mir einen weiteren Schluck flüssigen Mutes. Oder vielmehr, ich versuche, den Verrat, die Enttäuschung, die Wut, die Empörung, die Demütigung zu ertränken…

„Komm schon, Caroline, ein Versuch kann nicht schaden. Spiel einfach mit!"

Sie neckt mich mit dem Ellbogen. Ich lege mich neben sie, die Flasche zwischen uns. Unsere Blicke schweifen über die Poster unserer damaligen Lieblings-Boybands. Wenn ich darüber nachdenke, war es schon seltsam, sie an die Decke zu hängen. Ich muss damals schon viel gegrübelt haben.

„Und was haben sie für einen Plan?"

„Die Omas wollten dir alle Singles ihrer Familien andrehen, aber dein Vater hat die Sache in den Griff bekommen."

„Papa ist großartig!"

„Ja, er hat die Sache auf einen Mann pro Kopf reduziert. So darf jeder nur ein Date vorschlagen."

„Das ist okay, dann sind es nicht zu viele."

„Es sind sieben."

„Ach du Verräterin! Du spielst auch mit!"

„Natürlich! Das wollte ich mir nicht entgehen lassen! Ich habe übrigens schon eine ziemlich gute Wahl getroffen…"

„Hauptsache, sie sehen so aus wie der da!", sage ich und deute auf den dunkelhaarigen, oberkörperfreien Schönling, dessen Namen ich nicht mehr weiß."
Josepha bricht in Gelächter aus.
„Wenn ich so einen kennen würde, würde ich ihn für mich behalten!"
Plötzlich schießt mir ein ekelhaftes Bild durch den Kopf: Was wäre, wenn ich mich einen Abend lang mit dem ganzen Abschaum der Gesellschaft herumschlagen müsste? Oh Gott, ein Albtraum.
Meine beste Freundin fängt an, dieses alte Lied aus unserer Kindheit zu summen und schwelgt in Erinnerungen, die wir genau hier geschaffen haben, aber ich bin mit meinen Gedanken ganz woanders. Weit weg von Enzo, zum ersten Mal seit langer Zeit…
So so, sie wollen spielen. Dann lasst das Spiel beginnen.

# Kapitel 2

Ich bin wieder daheim, weit weg von meiner Familie, und es fühlt sich großartig an! Wenn ich „weit weg" sage, ist das gar nicht so richtig, denn sie wohnen nur 30 Minuten von hier entfernt. Eine perfekte Entfernung! Nicht zu nah, damit meine Mutter unangemeldet auftauchen kann, und nicht zu weit für Familienfeste — die ich normalerweise sowieso nie besuche.

Ich versinke auf meinem Sofa mit einem wunderbaren Glühwein und ... natürlich Josepha.

„Wo bleibt denn meiner?", klagt sie.

„Ich wusste nicht, dass du einen willst."

„Das ist doch keine Frage!"

Sie steht auf, geht in die Küche und schimpft ein bisschen. Josepha und ich sind seit dem Tod ihres zukünftigen Ehemannes Mitbewohnerinnen. Sie und Cyril hatten ein Haus gekauft, das sie nie wieder betreten hat. Sie findet es gruselig. Sie braucht eine Therapie. Sie hat nicht Unrecht. Es *ist* ein bisschen gruselig, aber es ist immer noch ihr Haus, also muss sie irgendwann dorthin ziehen. Oder sie muss es verkaufen.

Ich habe dieses Thema nur ein einziges Mal mit ihr besprochen, und ich werde es nie wieder tun. Ihre Reaktion war so heftig, als ob ich sie mitten ins Herz getroffen hätte, und ich brauchte ebenfalls Tage, um ihre Tränen zu trocknen. Mein Parkettboden erinnert sich heute noch daran.

Sie kommt halb tanzend zurück und sieht viel zu fröhlich aus, als dass es etwas Gutes bedeuten könnte. Ich richte mich sofort auf und öffne eine Mappe auf dem kleinen Tisch. Ich tue so, als würde ich mich darin vertiefen, aber sie glaubt mir keine Sekunde lang.

„Caroline, ich kenne dich in- und auswendig. Also bitte, vergiss es. Hör dir lieber die Infos an, die ich über die Gruppe bekommen habe."

„Was für eine Gruppe?"

„Die Whatsup-Gruppe für die Organisation von Dates!"

„Moment mal, ihr habt eine Gruppe gegründet und ich bin nicht mal dabei?"

„Nein, das würde alles verderben."

„Aber du möchtest trotzdem ein paar Informationen mit mir teilen?"

Mein ungläubiger Blick unterstreicht die Widersprüchlichkeit dieser Aussage, aber sie wischt ihn mit einer Handbewegung beiseite.

„Ich werde nicht alles verraten, für wen hältst du mich? Ich kann doch ein Geheimnis bewahren!"

Ach, erzähl mir was Neues.

Ich mache es mir auf dem Sofa bequem und bin bereit, ihr die Wahrheit zu entlocken. Josepha ist vieles, aber eine gute Geheimnishüterin? Ganz sicher nicht.

„Caroline, hörst du mir zu?"

„Klar!"

„Was habe ich eben gesagt?"

„Dass ich bis Weihnachten zwei Dates pro Woche habe: mittwochs und samstags."

„Genau! Und immer im selben Restaurant! Ooooh, ich bin mega gespannt!"

Und du hast noch nichts von meinen Plänen mitgekriegt, lache ich schadenfroh in meinen Gedanken vor mich hin.

„Wer hat das Restaurant ausgesucht?"
„Dein Vater. Es wird im *L'opportuniste* stattfinden. Ich weiß, es ist super weit weg von hier, aber er hat darauf bestanden. Er sagt, dass alle Verehrer, die die Omas für dich gefunden haben, in der Nähe deines Elternhauses wohnen und dass du einfach dort übernachten kannst, wenn du zu müde bist."
„Müde? Hat er es so gesagt? Ich glaube dir kein Wort."
„Besoffen. Er hat eigentlich *besoffen* gesagt."
Ich lache laut auf und erkenne die Scharfsinnigkeit meines Vaters. Josepha schenkt mir ein schiefes Lächeln, halb vergnügt, halb amüsiert.
„Komm schon, Jo, erzähl mir alles. Wann beginnt die Trottel-Ausstellung? Wen haben sie ausgewählt? Muss ich mich an ein besonderes Kleidungsprotokoll halten? Planen sie auch die Auswahl der Speisen? Oder vielleicht die Art und Weise, wie ich die Dates abweisen muss?"
„Nein, nichts dergleichen. Nur zwei Dates pro Woche, die Möglichkeit, die Sache abzublasen, wenn du einen von ihnen wiedersehen willst, und die Möglichkeit, sie zum Essen am Heiligabend mitzunehmen. Dieser Punkt wurde übrigens von der Oma-Gang sehr stark unterstützt."
Ich spucke fast meinen Glühwein aus, als ich das höre. Ich muss zugeben, dass ich schon lange nicht mehr so viel gelacht habe. Vielleicht hat dieser miese Plan doch etwas Gutes.
„Denken sie etwa, wir spielen in einer romantischen Komödie mit? Das ist doch nicht *Tatsächlich... Liebe.*"
„Aber das könnte es werden", flüstert sie und hebt die Augenbrauen spielerisch.

„Keine Chance, bei dem, was ich für sie vorgesehen habe."

Ich schlage mir die Hände vor den Mund, entsetzt über meine Impulsivität. Ich lasse meine Arme fallen, besiegt. Meine Lippen dehnen sich wie von selbst, als hätten sie einen eigenen Willen, und verraten mich. Josepha verschränkt die Arme, sie ist absolut genervt. Sie blickt mich scharf an, lässt die Luft wütend raus und drängt mich, meinen Plan preiszugeben.

„Okay, Okay. Sei nicht böse, bitte-bitte-bitte! Ich habe kein Bock, all diese Typen zu treffen! Aber ich habe beschlossen, das Spiel mitzuspielen, damit sie mich in Ruhe lassen. Also gehe ich hin... und zwar verkleidet."

„Verkleidet?"

„Ja! Verkleidet! Das ist doch genial, oder?!"

„Nein! Nein, Caroline, *nein*. Das ist doch lächerlich."

Sie schüttelt den Kopf, ohne die geringste Spur von Humor auf ihren Gesichtszügen. Sie leert viel zu schnell ihr Glas. Das Geräusch, das sie erzeugt, wenn sie an ihrem Strohhalm saugt, ist nicht gerade elegant. Sie schaut mich von ihrem Platz auf dem Sofa aus mit einem desillusionierten Blick an. Ich bin fast beleidigt von ihrer Gefühlskälte. Ich hatte zwar den Verdacht, dass sie nicht begeistert sein würde, aber ich dachte trotzdem, dass sie am Ende mit mir darüber lachen könnte. Wir haben diese unzerstörbare Vertrautheit, die uns seit unseren Windeltagen verbindet. Schon so oft haben wir die Welt zerstört und neu erschaffen, wenn wir miteinander geredet haben! Ich konnte mir schon ihr gemeines Lachen und ihren Eifer, mir die absurdesten Verkleidungen zu entwerfen, vorstellen. Ich verstehe das einfach nicht.

„Aber... warum?"

„Sie haben sich ja so viel Mühe gegeben!"

„Hör auf, sie haben fünf Minuten lang einen kreativen Einfall gehabt und in zwei Tagen die nächsten sieben Dates geplant? Das ist ja zum Lachen!"

„Absolut!"

Ich breche in ein freudloses, ironisches und leicht spöttisches Lachen aus, bevor ich merke, dass sie es wirklich ernst meint. Ich richte mich auf und starre sie an.

„Das ist es! Ich hab's kapiert! Du hattest deinen Junggesellen schon eingeplant!"

„Er ist so nett", gibt sie schuldbewusst zu.

„Wenn er so nett ist, warum gehst du nicht mit ihm aus?", grinse ich sie an.

Ich lache heute Abend viel, das ist wirklich verrückt. Josepha beginnt plötzlich, sich vor Unbehagen herumzuwälzen.

„Oh, das gibt es doch nicht! Du magst ihn auch noch, oder? Josepha! Warum machst du so was? Das ist Selbstzerstörung, das weißt du doch!"

„Aber er wird nie im Leben mit mir zusammen sein wollen und …"

„Das ist der größte Schwachsinn, den ich je gehört habe! Sogar der Typ aus der Buchhaltung würde dich haben wollen, egal wie schwul er ist. Sogar ich würde dich wollen, egal wie Hetero ich bin! Du bist einfach ein Traum, meine Josepha, du solltest ihn wirklich…"

„Er war Cyrils bester Freund", unterbricht sie mich, als ich bereits zu sehr in die Vollen gehe.

Die Stimmung kippt sofort.

„Ah."

Sie saugt die allerletzten Tropfen aus ihrem Glas.

Ohne ein Wort zu sagen, gebe ich ihr meinen Glühwein, den sie stumm und mit einem halben, traurigen Lächeln auf den Lippen akzeptiert.

„Tja…"

„Du kannst dich nicht dein ganzes Leben lang bestrafen, Jo. Er hätte das nicht gewollt."

„Glaubst du, er wäre begeistert gewesen, dass ich mit seinem Kumpel zusammen bin?"

Das Bild brennt sich in meinen Kopf ein: Cyril, der Josepha mit einem anderen Kerl erwischt, dessen purpurrotes Gesicht vor Eifersucht glüht und Rauch aus seinen Ohren kommt. Eine neue Welle der Belustigung überfällt mich und ich kann sie nicht unterdrücken. Jo versucht zuerst, mich zu belehren, aber schließlich lässt sie sich von dem Spaß mitreißen. Nein, Cyril hätte es gehasst, das ist sicher. Aber er ist nicht hier. Er wird nie wiederkommen. Sie weiß das ganz genau, aber sie ist nicht bereit, es zu akzeptieren.

„Du wirst schon nett zu ihm sein, oder?"

„Ich gehe einfach nicht hin."

„Oh doch, meine Liebe! Du darfst ruhig als Einhorn verkleidet hingehen, aber du tauchst auf!"

„Als Einhorn!", lache ich erneut. „Nein, Jo, ich meine nicht diese Art von niedlichen Verkleidungen."

„Ach nein?"

„Ich gehe als Punk, als verklemmte Spießerin, als Gothic, und wenn es sein muss, sogar als meine Mutter! Keiner dieser Typen wird ein zweites Date mit mir wollen, das garantiere ich dir."

Sie kratzt sich an der Stirn, ist in Gedanken versunken und ruft dann aus:

„Also wäre es sinnvoll, wenn du im Voraus wüsstest, mit wem du es zu tun hast?"

„Meine Josepha! Endlich erkenne ich dich wieder!"

So kommt es, dass wir mit ein paar Glühweinen und viel guter Laune jedes der anstehenden Dates sabotieren.

Als der Wecker im Schlafzimmer klingelt und ich merke, dass ich im Wohnzimmer im Suff eingepennt bin, wird es allerdings bitter. Meine Mittäterin knurrt auf der anderen Seite des Sofas, und ich kann mich nicht mehr zurückhalten.

„Geh und mach ihn aus", fleht sie mich an und wirft mir ihren Hausschuh ins Gesicht.

Mein Mund fühlt sich käsig an und meine Augenlider sind vom Schlaf geschwollen. Ich denke ernsthaft über die Idee nach, mich krank zu melden. Es ist Montag, niemand wird es bemerken, oder?

„Dann geh du doch! Ich arbeite heute nicht."

„Das stimmt doch gar nicht!"

Der nervtötende Klingelton piept weiter im anderen Zimmer, und als der meiner Mitbewohnerin auch noch anfängt, vergrabe ich meinen Kopf unter einem Kissen.

„Ich muss nicht hin, niemand braucht Kaffee. Aber du schon, du hast dein Meeting."

„Mein Meeting! Scheiße!"

Josepha springt auf, sie ist jetzt hellwach. Sie eilt in den Flur und nimmt sich die Zeit, meinen Wecker vor ihrem eigenen zum Schweigen zu bringen. Ich höre, wie sie sich in ihrem begehbaren Kleiderschrank zu schaffen macht und dabei panisch Schimpfwörter ausstößt. Ich lächle trotz meiner Kopfschmerzen.

„Keine Sorge, du wirst es schon schaffen, Jo."

„Du hast mich die ganze Nacht trinken lassen! Wie soll ich sie mit einem Kater beeindrucken?", ärgert sie sich, als sie zurückkommt.

Ihre Schritte kommen näher. Ich stecke meinen Kopf aus meinem Kissen und sehe meine Freundin an. Sie bittet um Zustimmung zu ihrem Outfit.

„Wenn du mit eingeklemmtem Rock in der Unterhose gehst, wirst du sie garantiert beeindrucken. Ich bin mir sogar sicher, dass sie dir bei so einem Anblick förmlich aus der Hand fressen werden."

Entsetzt reißt sie ihre Augen weit auf, und zupft nervös an ihrem schwarzen Bleistiftrock. Sie rückt ihre weiße Bluse zurecht und schließt einen Knopf. Sogar wenn Josepha von den Alkoholdämpfen der letzten Nacht benommen ist, kann es keine elegantere Frau als sie geben.

„Du bist verdammt scharf, entspann dich."

„Vergiss es, es geht um meine Karriere."

„Du bist so angespannt, selbst wenn es um ein Feedback-Gespräch geht! Du strapazierst deine Nerven umsonst, sage ich dir. Du bist wie geschaffen für diesen Job."

„Ich wünschte, mein Chef würde deine Meinung teilen."

„Gut, dass er diesmal nicht das Sagen hat."

Sie lässt sich neben mich fallen und zerquetscht mich fast. Ich schimpfe ein wenig und rücke ein Stückchen zur Seite, um ihr etwas mehr Platz zu machen. Ich höre ihr markerschütterndes Seufzen. Ich weiß, warum sie so nervös ist: Es war der Traum von den beiden, ein eigenes Reisebüro zu betreiben. Dieses Gespräch war eigentlich für sie beide. Es ist ein neuer Abschnitt in ihrem Leben, den sie ohne ihn bewältigen muss. Sie entwickelt sich weiter und muss mit einem klaffenden Loch in ihrer Brust weitermachen. Sie kann all ihre gemeinsamen Wünsche erfüllen, dennoch wird sie weiterhin allein sein.

Ich schlinge mich um ihre Taille und kuschle zärtlich mit ihr. Ich kann die Leere in ihrem Herzen zwar nicht füllen, aber ich kann in ihrem Leben Platz einnehmen, um ihre Einsamkeit zu lindern.

„Dieses Reisebüro ist genau das Richtige für dich. Du wirst es bekommen."

„Meinst du?"

„Es geht nicht anders! Ich muss schwarz reisen können! Mit meinem Trinkgeld kann ich mir Norwegen nicht leisten."

Sie lacht leise und schüttelt den Kopf, aber ihre Hand bleibt fest an meinem Arm. Ich presse meine Nase gegen ihre Rippen und drücke sie noch fester. Josepha ist für mich mehr als nur eine Freundin, sie ist wie eine Schwester.

„Hör auf, du beschmierst mein Outfit! Und steh auf. Ich stimme dir nicht zu, dieses Glas hier füllt sich nicht von selbst."

Sie streckt ihren Kopf in Richtung der Anrichte, auf der ein Schraubglas steht, die zur Hälfte mit Münzen gefüllt ist. Ein Foto von den Fjorden, das darauf klebt, soll mich jeden Tag daran erinnern, warum ich jeden Tag meinen armen Kunden, deren Geschmacksknospen verkümmert sind, Gérards ekelhaften Kaffee servieren muss. Daneben steht meine Vintage-Schreibmaschine und strahlt eine Welt voller Möglichkeiten aus. Eine weitere Erinnerung an das, wofür ich jeden Morgen aufstehe. Sie repräsentiert meine Leidenschaft, meinen Ehrgeiz, meinen Traum: zu schreiben und von meiner Kunst zu leben.

Josepha spürt den subtilen Stimmungswechsel, bemerkt die Aufregung, die Frustration, den Zweifel und die Enttäuschung: Ich brenne darauf, meine Tage damit zu verbringen, Wörter aneinanderzureihen, mit der Magie der Buchstaben zu arbeiten, in eine wunderbare Welt der Möglichkeiten, der Poesie und des Engagements einzutauchen, Emotionen zu teilen und meine Geschichten zum Leben zu erwecken! Aber zuerst muss ich mein Bankkonto und meinen Kühlschrank füllen. Werde ich das jemals schaffen? Bin ich wirklich dafür geschaffen? Wenn das der Fall wäre, würden meine

Romane schon längst ein Kassenschlager sein, oder? Vielleicht habe ich doch kein Talent. Vielleicht mache ich mir etwas vor. Ich habe bereits mehrere Romane geschrieben und veröffentlicht, aber genauso viele Absagen von Verlagen erhalten. Nicht, dass ich irgendeine Anerkennung suche, aber ich habe verstanden, dass ich ohne ihre Unterstützung und die Anerkennung meiner Arbeit nichts verkaufen kann. Josepha beharrt darauf, dass ich sie nicht brauche, und im Grunde hat sie Recht, das weiß ich. Ich komme sehr gut allein zurecht, aber ich verkaufe fast nichts. Ich mache mir Vorwürfe, dass ich nicht gut genug bin, um wahrgenommen zu werden, dass ich nicht genug arbeite, dass ich mich nicht genug weiterbilde, dass ich meine Leser nicht zufrieden stelle. Alles, was ich tue, ist nie genug. Ich erschöpfe mich an allen Fronten, doch das Ergebnis ist meist ernüchternd.

Dann droht mir die Entmutigung, sie ist immer da, lauert im Schatten und flüstert mir zu, dass ich nichts wert bin.

Und ich neige dazu, ihr zu glauben.

Josepha kommt plötzlich auf mich zu, öffnet den Mund und bläst mir ihren faulen Atem ins Gesicht.

„Igitt! Was soll das?"

„Ich musste sicherstellen, dass ich mit Würde einen Sieg einfahren kann."

„Lass es mit der Würde sein und wasch dir lieber den Mund mit Chlorbleiche aus! Das riecht ja übel!"

Sie zieht mich vom Kissen weg, mit dem ich mein Gesicht geschützt habe, und wiederholt das Ganze!

„Ich werde so lange weitermachen, bis du dein Trinkgeld einsammeln gehst!"

Ich lache herzlich und gebe nach.

Wir frühstücken zusammen, keiner von uns spricht etwas Unangenehmes an und wir verlassen unsere Wohnung mit einer letzten aufmunternden Umarmung.

Ein neuer Tag beginnt und ich werde versuchen, die Negativität hinter mir zu lassen, um heute der beste Mensch zu sein, der ich sein kann. Ich stelle mir den Ablauf meines Tages genau vor: Arbeit, Pause, Lächeln, Wärme, ein leichtes Herz, wenn ich das Café unter Schneeflocken verlasse, heiße Schokolade zu Hause in meinem Sessel mit meinem Computer auf dem Schoß, mein neuer Roman zu Ende geschrieben, und mit einem leichten Herzen ins Bett gehen, ohne auch nur ein einziges Mal an Enzo gedacht zu haben.

Verdammt.

Na gut, das zählt jetzt noch nicht.

Kapitel 3

Was für ein Scheißtag.
Warum kann diese beschissene, beschissene Visualisierung nicht in eine richtige Vorhersage umgewandelt werden?
Ich habe den ganzen Tag lang schlecht gelaunte Kunden bedient, wurde gedemütigt und erniedrigt. Ich habe mir eine Tasse heißen Kaffee über den Oberschenkel gekippt, die Tasse zerbrochen, den Boden unter den schamlosen Sprüchen des alten José gewischt, und als ob das nicht genug wäre, ist Enzo mit seiner neuen Geliebten aufgetaucht. Ich bin mir sicher, dass er das mit Absicht gemacht hat. Er kam herein, selbstbewusster als je zuvor mit seiner Brünetten am Arm, die unverschämt mit ihm flirtete, und suchte meinen Blick. Ich sah die Wut in seinen Augen. Sein ungesunder Wunsch nach Rache. Ich wollte am liebsten seine Frau anrufen, aber nein, was habe ich stattdessen getan? Ich versteckte mich im Lagerraum und flehte Gérard an, meinen Platz einzunehmen, bis er weg war. Ich musste sogar auf mein heutiges Trinkgeld verzichten, damit er es tat. Dann weinte ich lange zwischen all den Handtuchschachteln und Toilettenpapierrollen. Ich kam aus dem Lagerraum und war am Boden zerstört. Er war wieder weg, aber er hatte mein gesamtes Selbstbewusstsein mitgenommen.
Der Rest des Tages verlief nach demselben Muster. Ich ging nach draußen, es regnete in Strömen. Ich lief nach Hause und wurde klatschnass. Ich versuchte, freundlich zu lächeln und warmherzig zu bleiben,

kämpfte mit Stress und schlechter Laune, bis mich das graue Wetter schließlich überwältigte.

Ich öffne die Haustür, in der Hoffnung, den Tag noch gut zu beenden, ziehe meine Schuhe aus und mein Fuß tritt auf etwas ekelhaft Schleimiges. Ich schrecke auf und rutsche schreiend aus. Ich lande mit meinem Hintern in Katzenkotze und muss meine Tränen zurückhalten.

Dickie kommt reumütig auf mich zu, geht aber nicht in die Nähe des stinkenden Zeugs, das er vorhin ausgespuckt hat. Er miaut, um mir zu zeigen, dass sein Napf leer ist, dieser undankbare Mistkerl.

Ich beiße die Zähne zusammen, stehe auf und befreie mich von meiner Socke. Ich putze seinen Haufen von meinem Hintern, schlucke ein paar Mal meine Galle herunter und gehe dann unter die Dusche. Dort weine ich mir die Seele aus dem Leib und kann das Wasser nicht von meinen Tränen unterscheiden.

Ich höre, wie die Haustür aufgeht und Josepha euphorisch meinen Vornamen schreit. Sie hat das Reisebüro bekommen. Ich freue mich so für sie, aber jetzt gerade möchte ich mich im Regen meines Duschkopfes ertränken.

„Caroline?"

„Unter der Dusche!"

Sie kommt herein, ohne zu klopfen. Es gab nie Scheu zwischen uns. Trotz allem bin ich heimlich froh, dass ich mich hinter dem Vorhang versteckt habe. Wenn sie meine roten Augen sehen würde, würde sie sofort jegliche Freude verlieren.

„Du hast nicht auf meine Sprachnachrichten geantwortet! Hast du sie nicht bekommen?"

„Pechtag, mein Akku war leer. Hast du sie bekommen?", frage ich mit zitternder Stimme.

„Ja, ja, ja, ja, ja, ja, ja! Caroline! Ich habe es! Mein eigenes Reisebüro! Kannst du dir das vorstellen!!! Komm schon, lass uns feiern!"

„Herzlichen Glückwunsch! Ich bin gleich da."

Plötzlich schiebt sich der Duschvorhang zur Seite und ich rutsche vor Schreck fast aus. Ich will gerade mit ihr schimpfen, als ich ihren strengen Blick sehe.

„Ich wusste es doch. Was ist los?"

Ich ziehe den Vorhang wieder zurück, um ein wenig Privatsphäre vorzutäuschen, aber sie lässt sich nicht von mir ablenken. Und sie geht auch nicht raus, wenn ich sie darum bitte. Ich verlasse also die wohltuende Wärme meiner Dusche und ziehe mir vor ihr meinen Pyjama an. Sie nervt rum mit ihren Fragen. Jede Spur ihrer Hochstimmung ist verschwunden.

„Er ist ins Café gekommen. Mit einer neuen Tussi."

„Oh, was für eine Frechheit! Das reicht, ich werde ihn abknallen!"

„Hör auf! Lass es einfach sein."

„Nein! Wen will er denn verarschen? Hat es ihm nicht gereicht, dich für dumm zu verkaufen und dir das Herz zu brechen? Muss er jetzt auch noch damit herumstolzieren?"

Sie kommt aus dem Badezimmer und schnappt sich im Flur ihre Jacke, noch wütender als zuvor. Sie sieht aus wie eine Löwin, die ihr Junges verteidigt.

„Was machst du da?"

„Ich habe dir doch gesagt, dass er das bereuen wird!"

„Es bringt doch nichts, Jo."

Sie dreht sich zu mir um, die Tasche um den Hals und ihre Arme in den Ärmeln verheddert. Ihr wütender Blick wird sofort weicher. Ihre Arme fallen zurück und ihre Schultern sinken nach unten. Sie zieht ihre Jacke aus und verstaut ihre Tasche. Ihr Autoschlüssel wandert zurück in die Schale am Eingang und leistet mir Gesellschaft. Sie seufzt und zieht mich an sich, mein schneller Atem alarmiert sie. Der Zusammenbruch droht. Ihre Berührung wird zu einer starken Umarmung, um mich in ihrer geborgenen Nähe zu halten. Es ist schon lange her, dass sie ihre Geheimwaffe anwenden musste. Diese Beschwichtigungstechnik, die man bei Panikattacken, Kindern, Autisten und wahrscheinlich noch vielen anderen Situationen anwendet. Bei mir funktioniert sie jedes Mal, und nur Jo weiß, wann sie eingesetzt werden muss.

Mein Atem beruhigt sich, auch wenn mein Herz noch wie wild klopft.

„Das Rad dreht sich immer weiter. Du wirst sehen: Eines Tages wird es vorbeikommen und ihn überrollen. Er wird an seinen Lügen ersticken, während du die meistgelesene Autorin der Welt bist und den heißesten Ehemann der Welt hast."

Ich kichere laut durch meinen ekelhaften Rotz. Ich fühle mich so erbärmlich und beschämt. Ich habe ihr das Glück des Tages mit meinen Geschichten verdorben.

„Ein Ehemann, den du vielleicht übermorgen kennen lernst, wenn es sich so ergibt", meint sie in einem singenden Tonfall.

Ich schüttle langsam den Kopf.

„Lass uns lieber über die beste Freundin reden, die ein Reisebüro leitet und mir unbedingt ein One-Way-Ticket nach Norwegen schenken will."

„Nicht einmal im Traum. Und schon gar nicht, bevor ich nicht gesehen habe, wie du mit diesen Verehrern umgehst!"

„Tja, jetzt geht es los. Du scheinst noch ungeduldiger als ich, oder?"

Sie lässt mich sanft los, als ich merke, dass ich mich beruhigt habe.

„Ich habe eine Liste gemacht", sagt sie und zieht ein Notizbuch aus ihrer Handtasche. „Mathieu, Clément, Amir, Samuel, Marcus, Noah... Und der erste ist ein Biker, der auf den süßen Namen Bear hört."

„Bär? Wirklich? Das klingt sehr nach Biker."

„Soso, was für Vorurteile. Ber wie Bernard!"

„Ach so! Das ruiniert trotzdem alles. Er geht direkt von dem stämmigen, tätowierten und etwas furchteinflößenden Typen zu dem netten Papasöhnchen über, der gerade versucht, wie ein richtiger Kerl zu wirken."

„Er ist der von deiner Schwester ausgewählte Kandidat. Unterschätze ihn nicht, sie hat im Allgemeinen einen guten Geschmack, die Eline."

„Sie hat vor allem fragwürdige Bekanntschaften. Vielleicht sollte ich mir doch noch Sorgen machen."

„Es ist zu spät, um einen Rückzieher zu machen. Es bleiben nur noch zwei Tage, um dich auf Vordermann zu bringen."

Ich starre sie ungläubig an, sie ist so verbissen. Sie nimmt diese Herausforderung sehr ernst, wie ich sehe. Josepha zieht mich ins Esszimmer, legt ihr Notizbuch beiseite und sucht ein leeres Spiralheft und einen tollen Vierfarbstift, ihre Lieblingssünde. Ja, ich weiß, eine komische Leidenschaft. Sie hat sie an den langen Abenden entwickelt, an denen sie mir beim Tippen und Kritzeln meiner Notizen in einer Vielzahl von Notizbüchern zugehört hat. Sie verliebte sich in einen Stift, auf dem ein Lama herum spuckte und der sie zum Lachen brachte, bis sie sich vor lauter Bauchschmerzen krümmte. Am nächsten Tag hatte sie ihn auf dem Schreibtisch ihres Chefs *vergessen*. Seitdem hat sie eine ganze Sammlung davon. Sie verteilt sie nicht mehr, aber sie werden von ihr nach Lust und Laune ausgetauscht, wie ein modisches Accessoire.

Sie reicht mir also einen tattooverzierten Stift, der perfekt zum Thema des nächsten Dates passt, und setzt sich mir gegenüber mit zwei Tassen dampfenden Tees, der den Raum mit Zimtaroma erfüllt.

„Hast du schon zu Abend gegessen?", fragt sie mich.

„Nein, noch nicht. Du?"

Sie verzieht das Gesicht. Weder sie noch ich haben die Energie zum Kochen und der Kühlschrank ist leer. Wir haben nicht einmal Snacks. Sie wirft einen schuldbewussten Blick auf den Süßigkeitenschrank und zieht dann fragend die Schultern hoch.

„Wollen wir Pizza bestellen? Das ist immerhin weniger schlimm, als sich mit Lebkuchen vollzustopfen."

„Deal."

Ich greife nach meinem Handy und gebe die Bestellung auf. Sie rutscht zwischenzeitlich ungeduldig auf ihrem wackeligen Stuhl hin und her. Ich muss ernsthaft darüber nachdenken, einen neuen Stuhl zu kaufen, bevor dieser nachgibt. Ein Sessel mit gespreizten Beinen, damit sie nicht mehr auf dem Sessel hin und her schaukeln kann.

„Dein Date ist in einer halben Stunde da."

„Das gibt uns genug Zeit, um den Sabotageakt zu planen."

Sie hält mir rätselhaft ihren Stift hin und sieht aus, als warte sie auf eine Erleuchtung. Ich schaue auf ihren vierfarbigen, mit Ballettschuhen verzierten Stift und runzle die Stirn:

„Soll ich als Ballet-Tänzerin gehen?"

„Als Prinzessin! Aber ich hatte keinen Prinzessinnenstift, also habe ich den genommen, der am nächsten dran war, denn Ballettschuhe sind rosa und zierlich und … wie auch immer, du hast es verstanden. Biker sind nicht gerade Edel!"

Ein riesiges Lächeln strahlt von ihr aus und vertreibt die Wolken, die mich schon den ganzen Tag über begleitet haben. Selbst Enzo wird in eine ferne Ecke meines Bewusstseins verbannt. Josepha ist mein Sonnenschein!

Ich höre ihr aufmerksam zu, wie sie alle möglichen Dinge vorschlägt, die den mysteriösen Ber ärgern könnten, während sie mich zu meinem Kleiderschrank zieht.

„Ah."

„Jo, hast du wirklich geglaubt, dass ich ein Rüschenkleid in meinem Schrank versteckt habe? Hast du gedacht, ich würde mich als Aschenputtel verkleiden, sobald ich allein bin?"

„Nein, aber ich habe an das grüne Kleid gedacht, das du auf der Abschlussfeier getragen hast. Du weißt schon, die, bei der deine Mutter sich mit Sangria besoffen hatte."

„Du meinst das vom Abiball? Diese Party vor mehr als zehn Jahren?"

Ich beiße mir auf die Lippe, um meine Heiterkeit zu unterdrücken, bis sie von sich aus zugibt, wie lächerlich das ist.

„Na gut, vielleicht ist es doch keine Glanzidee."

„Allerdings. Wahrscheinlich habe ich so viel zugenommen, wie Jahre vergangen sind. Selbst wenn ich es behalten hätte, würde ich nicht mehr hineinpassen."

„Es gibt immer noch mein Galakleid!"

„Ach nee, Josepha, hast du deinen gesunden Menschenverstand bei der Arbeit gelassen, oder was? Hast du mich richtig angeschaut?"

So zierlich wie Josepha aussieht, könnte man meinen, dass sie durch den vielen Stress im Leben so ausgelaugt wurde, wie ein dünner Ast nach einem harten Winter. Und ich stehe zu meinen kleinen Rundungen. Sie ist großartig, so wie sie ist, und ich liebe mich so, wie ich bin. Zwischen uns hat es noch nie so etwas wie Eifersucht gegeben.

Während ich also meine Hände übertrieben über meinen Körper gleiten lasse, fahre ich fort:

„Ich bin viel zu üppig und sexy für dein Galakleid, es würde mir nicht gerecht werden."

„Ach, du armes, trauriges, vernachlässigtes Kleid, es wird es so sehr bedauern, dass es mit deinen Ansprüchen nicht mithalten kann. Psst, sprich nicht zu laut, es könnte dich hören."

Sie spielt Traurigkeit und Verzweiflung, während ich sie wieder in die Küche ziehe. Unsere Tees warten gemütlich auf dem Tisch, aber ich hole eine Flasche Champagner aus dem Kühlschrank. Es ist an der Zeit, ihre Beförderung ordentlich zu feiern und Enzo zu vergessen, der wieder in meinem Kopf auftaucht, wenn ich mich an seine leidenschaftlichen Küsse erinnere, mit denen er meine Kurven erkundete. Alles bringt mich zu ihm zurück. Manchmal habe ich das Gefühl, dass ich langsam sterbe, wenn die Tage ohne ihn vergehen. Ihn heute wieder gesehen zu haben, hat mich schmerzlich daran erinnert, und nun zu wissen, dass da eine andere ist, die seine Zärtlichkeiten genießt, kotzt mich an. Ich dachte, dass er mich liebt. Ich habe mich geirrt. Ich sollte erleichtert sein, dass ich die richtige Entscheidung getroffen habe. Er hätte niemals die Annehmlichkeiten und die Sicherheit seiner Ehe für mich verlassen. Er war nur auf der Suche nach einer Affäre, ein bisschen Leidenschaft und Zuwendung.

Warum ist er dann heute im Café aufgekreuzt? Außer, um mich zu verletzen? Denn das war eindeutig seine Absicht, das schwöre ich. Bedeute ich ihm trotzdem etwas?

„Was machst du mit der Flasche?"

Josepha reißt mich aus meinen schmerzhaften Überlegungen. Ich zeige ein selbstbewusstes Gesicht und schiebe Enzo in die hinterste Ecke meines Kopfes. Später, wenn sie schläft, ist immer noch Zeit, um Trübsal zu blasen.

„Na, was glaubst du wohl?"

„Das ist doch die Flasche, die wir öffnen sollen, wenn du einen Verlagsvertrag unterschrieben hast!"

„Ich habe sie in die Flasche-für-besondere-Anlässe umbenannt. Und ich finde, ein eigenes Reisebüro zu bekommen, ist ein verdammt großer Anlass! Es ist an der Zeit, das anständig zu feiern!"

Ich lasse den Korken knallen. Er prallt von der Decke ab und der Schaum spritzt über den Flaschenhals. Ich stoße einen überraschten Schrei aus, während Jo lachend zwei Sektgläser holt.

Freude erfüllt den Raum, und das ist alles, was ich in diesem Moment brauche.

Kapitel 4

Ich betrachte mich im Spiegel. Meine Hände sind schweißnass und mein Herz rast. Die Angst ist fast so groß wie die Vorfreude. Josepha lächelt neben mir und ist stolz auf ihre Arbeit. Das Ergebnis entspricht ihren Erwartungen und übertrifft meine bei weitem.

„Ok, Süße. Was auch immer passiert, mach das Kleid nicht kaputt, sonst kostet uns die Mietkaution eine Niere", sagt sie, während sie den Unterrock ein wenig nachjustiert.

„Bist du sicher, dass es nicht ein bisschen zu viel ist?"

Ich fange an zu zweifeln. Ich glaube, wir haben es etwas übertrieben. Wir durchstöberten den ganzen Nachmittag lang die Geschäfte und suchten vergeblich nach dem Heiligen Gral, als wir auf die Schaufensterscheibe eines Kostümverleihs stießen. *Verkleidungen aller Art für Karneval.* Ich fragte mich schon lange, warum der Laden das ganze Jahr über geöffnet sein sollte, aber die Verkäuferin versicherte mir, dass die Bestellungen nicht ausbleiben würden. Wer zum Teufel veranstaltet mitten im Dezember eine Kostümparty? Das ist mir ein Rätsel.

Wie auch immer, wenn alle Kostüme für Wichtel, Weihnachtsfrauen, Weihnachtsmänner, Rentiere und andere Festtagsfreuden vergriffen waren, hatten sie immer noch ein prächtiges Prinzessinnenkleid übrig. Und nicht etwa eine moderne Prinzessin, nein. Ein wunderschönes, bauschiges, rosafarbenes Kleid, das absolut bescheuert aussieht!

„Ganz und gar nicht! Es ist perfekt! Du hast es dir doch nicht anders überlegt, oder? Denn wenn du Lust hast, richtige Dates zu haben, ist es noch Zeit, dich umzuziehen."

„Nein, nein! Aber … ich sehe gerade aus wie die Prinzessin aus Super Mario."

Josepha lacht offen und stimmt zu.

„Er wird es nicht fassen können. Und deine Schwester wird ausrasten!"

„Das haben sie sich selbst zuzuschreiben."

„Komm schon, es wird Zeit, dass wir uns auf den Weg machen, sonst kommst du zu spät."

Ich richte mich plötzlich auf und nehme eine hochmütige Haltung ein.

„Einer Prinzessin steht es doch zu, auf sich warten zu lassen."

۵
۵

Ich stoße mit klopfendem Herzen die Tür von *L'opportuniste* auf, und jede Spur von Selbstbewusstsein ist verschwunden. Ich werde mich lächerlich machen, das ist sicher. Ich trete einen Schritt zurück, bereit, eine Kehrtwende zu machen und meine Freundin einzuholen, die mich um 23 Uhr abholen soll, bevor sie verschwindet. Mein Blick fällt auf das glänzende Motorrad, das vor dem Restaurant steht. Eine Harley-Davidson. Er ist schon da. Wenn ich mich zurückziehe, werden sie niemals aufgeben.

Ich atme tief ein.

Ein sadistisches Lächeln huscht über meine Lippen, als die Glocke des Eingangs ertönt, als ich den Raum betrete. Ich werde von wohliger Wärme, dem Geruch von Essen und kitschigen Weihnachtsliedern empfangen. Ich gehe den Flur entlang, der mit kleinen Wichteln und goldenen Kugeln geschmückt ist, und schiebe den roten Vorhang zur Bar zur Seite. Mein Kleid macht bei jedem meiner Schritte ein raschelndes Geräusch. Ich stehe sofort im Mittelpunkt. Aber ich lasse mich von den überraschten und spöttischen Blicken, die auf mich gerichtet sind, nicht entmutigen. Ich setze meine Krone wieder auf — allerdings ist das mit der Krone etwas zu viel des Guten, Josepha kriegt es heimgezahlt — und hebe die Nase, um jeden Gast zu beäugen, bis ein Kellner sich endlich traut, näher zu kommen. Ich trete in meine Rolle ein, werfe ihm einen herablassenden Blick zu und reiche ihm die Hand, damit er mich wie eine Königin begleitet.

„Kann ich Ihnen helfen? Soll ich jemanden anrufen?", fragt er zögerlich.

Er denkt, ich hätte mich aus einem Asyl verirrt, das ist sicher.

„Ich werde erwartet, bitte führe mich zu meinem Tisch."

Ein Barkeeper kommt mit einer Flasche Rum aus dem Hinterzimmer. Sein Blick wandert mit verwirrender Gleichgültigkeit über mich. Hat er nicht gesehen, dass ich mich für die Königinmutter halte?

„Aber, ja, natürlich. Bitte folgen Sie mir."

Der Kellner eilt voraus, dreht sich überraschend um, als er mich an derselben Stelle entdeckt, die Hand noch immer ausgestreckt. Er schaut den Barkeeper fragend an und dieser rollt mit den Augen. Er erklärt ihm mit einer Geste, dass ich von ihm erwarte, dass er mich zu meinem Date bringt. Der Mund des Kellners verzieht sich und er läuft auf mich zu, um mir seinen Arm anzubieten, den ich verächtlich annehme, ohne mich zu bedanken. Ich hätte erwartet, ein Lachen zu hören, aber es kommt kein Ton von der Theke aus. Die wenigen Gäste müssen sich für zu betrunken halten, um das zu glauben. Wahrscheinlich bin ich eine Wahnvorstellung für sie. Aber selbst der Barkeeper schweigt. Ich frage mich, was er alles wohl schon gesehen haben muss, dass er nicht über mein Outfit erstaunt ist.

Ich werfe ihm einen Seitenblick zu, er konzentriert sich auf seinen Cocktail. Seine muskulösen Arme spannen den Stoff seines schwarzen T-Shirts an. Ein paar dunkle Tintenlinien ziehen sich wie Arabesken über seinen Bizeps. Ich ertappe mich dabei, mehr sehen zu wollen. Meine Augen treffen sich mit seinen blasierten Augen und meine Wangen fangen an zu glühen.

Wie peinlich!

Er hält mich wohl für eine verrückte Tussi.

Der Kellner betritt den Speisesaal mit erhobenem Kopf, halb stolz, halb beschämt. Er weiß nicht, ob er es mit einer Spinnerin oder einer anspruchsvollen Berühmtheit zu tun hat, und ich verstehe ihn. Ich lache innerlich.

Er führt mich zu einem runden Tisch in der Mitte des Raumes. Ich ahne es sofort, als ich den panischen Blick eines Mannes mit rasiertem, tätowiertem Kopf, langem Bart und Nasenpiercing auffange. Ich sehe sein schwarzes T-Shirt mit dem Logo einer bekannten Rockband, die ich liebe, und seine Lederjacke mit der Aufschrift *Sons of Anarchy*. Er schaut weg und hofft, dass ich nicht sein Date bin. Leider muss ich ihn enttäuschen. Mir gefällt es so sehr! Mein armer Ber, wenn du noch wüsstest, was ich sonst noch mit dir vorhabe!

Aus den Lautsprechern ertönt *Jingle Bells*. Rote Kerzen inmitten von Tannenzweigen schmücken jeden Tisch und elegante goldene Tischdecken fallen bis auf den Boden. Alle Gäste haben ihre Augen auf mich gerichtet. Jede Spur von Peinlichkeit verschwindet aus mir und fließt in den Körper meines Dates. Die

Demütigung teilt sich den Platz mit dem Bedauern in seinen Augen, es ist urkomisch. Ich halte mich zurück, um meine Fassade nicht zu zerstören.

Der Kellner bleibt vor meinem Stuhl stehen und will mich mit einem zufriedenen Lächeln stehen lassen, während Ber verzweifelt nach einer Fluchtmöglichkeit sucht oder sich in eine kleine Maus verwandeln will, um sich zu verstecken.

Möge die Sabotage beginnen!
„Ich kann hier nicht sitzen!", empöre ich mich. „Es ist viel zu voll. Ich brauche meine Ruhe, es ist zu laut."

Der Kellner starrt mich an, als hätte er es nicht verstanden. Dann deute ich, hochmütiger als je zuvor, auf einen großen Tisch im hinteren Teil des Saals, etwas abseits.

„Dieser wird den Zweck erfüllen."
„Aber Madame, er ist bereits reserviert."
„Das ist mir egal. Ich will den hier. Geben Sie mir den Tisch, sonst rufe ich meinen Vater an."
„Ihren Vater?"
„Wissen Sie denn nicht, wer ich bin?"
„Doch, doch, entschuldigen Sie, Madame, natürlich werden wir Ihnen diesen Tisch geben. Entschuldigen Sie unsere Ungeschicklichkeit."

Der Kellner entschuldigt sich vielmals und führt mich dann in den hinteren Teil des Restaurants. Ich möchte ihn bitten, mit den Entschuldigungen aufzuhören, ihm sagen, dass es unnötig ist, aber ich darf nicht meine Rolle aufgeben. Der Biker nimmt seinen Helm in die Hand und folgt uns. Er ist zäh, ich hätte schwören können, dass er sich aus dem Staub machen würde.

Der Kellner verlässt uns. Bernard setzt sich, während ich neben meinem Stuhl stehe. Er kapiert es nicht, also räuspere ich mich, um seine Aufmerksamkeit zu erregen. Er runzelt die Stirn, ohne zu verstehen. Ich bin gezwungen, mit einer vagen Kinnbewegung auf den Stuhl zu zeigen, damit er endlich aufsteht und ihn herauszieht. Die Verlegenheit lässt seine Haut rot werden. Oder ist es vielleicht Wut?

Trotzdem nimmt er wieder vor mir Platz. Mein Rock quillt an allen Seiten hervor und meine Puffärmel stören mich mehr als alles andere. Ich muss vorsichtig sein, sonst verschütte ich mein Glas, und wenn ich dann noch die Reinigung bezahlen muss, habe ich ein echtes Problem.

Ich halte meine Nase immer noch hoch und schaue dann mit einem stolzen Blick auf mein Date, als ob es meiner Aufmerksamkeit nicht würdig wäre. Er nimmt einen großen Schluck Whisky, um sich Mut zu machen. Die Musik wechselt und schließlich eröffnet er das Spiel:

„So, nun sind wir hier …"

Ich beschließe, nicht zu antworten. Ich könnte die Verlegenheit mit einem kurzen Lachen vertreiben und ihn fragen, wie er heißt, ob er zu lange auf mich warten musste oder was auch immer, aber ich werde es ihm nicht leicht machen.

„Eline ist also Ihre Schwester…"

Der Kellner unterbricht uns und stellt mir ein Glas Whiskey hin. Ich schiebe ihn angewidert mit den Fingerspitzen weg.

„Auf keinen Fall darf dieser Fusel meine empfindlichen Lippen berühren, um Himmels willen! Zeigen Sie doch ein bisschen mehr Respekt, bitte!"

„Natürlich, Madame, was würden Sie gerne kosten?"

„Ihren besten Champagner, natürlich."

Ber verschluckt sich an seinem Getränk und sein Gesicht verwandelt sich, als er merkt, wie teuer die Rechnung sein wird. Er kippt seinen Whisky in einem

Zug hinunter und greift nach der Hand des Kellners, der meinen Whisky mitnehmen wollte. Er trinkt ihn so schnell, als wäre es das erste Glas Wasser, das einem Mann aus der Wüste angeboten wird, und bestellt dann einen weiteren mit der Bemerkung, dass er ihn gebrauchen könne.

Ich fange an, den Nagel auf den Kopf zu treffen, perfekt. Und die Krönung ist, dass ich mich dabei auch noch köstlich amüsiere!

„Bernard, es ist sehr unhöflich, sich in Gegenwart einer Dame so zu betrinken."

„Sind Sie sicher, dass Sie Elines Schwester sind? Sie hat mir nicht gesagt, dass Sie so eine arschsteife Hofdame sind."

Für eine Sekunde bin ich schockiert, aber dann wird mir klar, dass er beschlossen hat, das Date genauso zu ruinieren wie ich. Er ist wütend und hat sich vorgenommen, mir mein Verhalten heimzuzahlen. Ich muss im Geiste so laut lachen, dass ich beinahe meine Belustigung durchscheinen lasse. Stattdessen halte ich mir eine Hand vor den Mund.

„Ich bin nicht… was Sie sagen! Es ist nichts falsch daran, Eleganz zu schätzen! Das heißt aber nicht, dass ich so bin, wie Sie sagen."

Er seufzt und massiert sich die Schläfen. Der Kellner kommt mit unseren Gläsern zurück. Er trinkt sein Glas wieder in einem Zug aus und bestellt ein neues. Ich lege meine Lippen vorsichtig auf den Rand meines Sektglases, um sie nur leicht zu befeuchten.

„Es sind viel zu viele Blasen für mich. Machen Sie lieber eine andere Flasche auf."

„NEIN!", schreit Bernard. „Nein. Ich werde sie trinken. Die Dame nimmt ein Glas Wasser."

Ich runzle die Stirn, aber er schickt den Kellner weg und lächelt mich an:

„Dieser Alkohol war Ihres ... Mundes unwürdig. Wenn das ihre beste Flasche war, fürchte ich, dass die anderen Sie ebenfalls enttäuschen werden. Außerdem lassen sich Damen Ihres Standes nicht dazu herab, Alkohol zu sich zu nehmen, oder?"

Ein Punkt für ihn. Und dann versucht er auch noch, mich zu demütigen, indem er sich in einer gehobenen Sprache ausdrückt! Tja, so geht das nicht weiter.

„Danke, Bernard, das ist sehr aufmerksam von Ihnen."

„Bitte nennen Sie mich Ber. Ich mag es nicht besonders, wenn man meinen vollen Vornamen verwendet."

„Bear? Oh, möchten Sie wie diese amerikanischen Biker mit so viel Charisma und aggressiven Spitznamen wirken? Bear, wie ein wilder Grizzlybär? spotte ich. Ich persönlich finde Sie so putzig wie ein Teddybär."

Er schimpft vor sich hin, lässt sich aber nicht aus der Fassung bringen. Ich greife nach der Karte und öffne sie behutsam. Er tut das Gleiche und grunzt wie ein ungezähmter Bär. Ich muss zugeben, dass er gar nicht so schlecht aussieht. Er strahlt eine etwas bestialische Aura aus, die meine Hormone in Aufruhr versetzt. Ich sehe in seinen Augen, dass er hin- und hergerissen ist zwischen dem gesunden Wunsch, einfach nur wegzugehen, und dem wilderen, ungezügelten Wunsch, mir dieses blöde Kleid vom Leib zu reißen, um mir zu zeigen, was ich verpasse. Ich beruhige mich sofort, indem ich mich daran erinnere, dass er, wenn es dazu kommen sollte, beim Weihnachtsessen dabei sein wird und ich die ekelhafte Selbstgenügsamkeit meiner kleinen Schwester ertragen muss. Will sie meinen Eltern beweisen, dass ihr Freundeskreis absolut anständig ist, indem sie mich mit einem von ihnen zusammenbringt? Nein, danke.

Der Kellner kommt zurück, um unsere Bestellung aufzunehmen, und ist immer noch von meiner Haltung beeindruckt. Wenigstens habe ich es geschafft, jemanden einzuschüchtern, das ist schon mal gut.

„Ich hätte gerne einen Salat, bitte. Welches Öl verwenden Sie? Ich bin allergisch gegen Erdnüsse."

„Olivenöl, Madame."

„Sehr gut. Also einen Salat, aber bitte ohne Croutons, ich habe eine Glutenunverträglichkeit."

„Alles klar."

„Und mit einer Prise Safran, um den Geschmack zu verbessern. Ein paar Pinienkerne und Balsamico-Essig. Könnten Sie auch Tomaten hinzufügen und die Honigmelone weglassen? Ah! Und ich bin Vegetarierin, ich will keinen Speck, keine Entenmägen und keine Gänseleberpastete. Es ist grauenhaft, was Sie diesen armen Tieren antun. Wie kann man sich von einem anderen Lebewesen ernähren? Ich kann diesen Gedanken nicht ertragen."

Ich habe Mitleid mit dem Kellner, der den Tränen nahe ist und nicht weiß, was er nun aufschreiben soll. Und ich bereue meine Forderungen, wo doch so viele Leute echte Rechtfertigungen für ihre Ernährung haben. Bernard kommt ihm zu Hilfe:

„Werfen Sie ihr einfach einen grünen Salat hin. Ich kriege ein Wildschweinragout. Wildes Fleisch, nichts ist schmackhafter", zischt er zwischen seinen Zähnen und wirft mir einen fleischigen Blick zu.

Warum macht mich das so an? Das ist doch alles Blödsinn, dieses Date! Ich reiße mich zusammen und stoße einen kleinen, empörten Schrei aus, während ich darauf brenne, das wilde Fleisch zu probieren, das so schmackhaft ist, wie er verspricht.

Danach herrscht an unserem Tisch eine peinliche Stille und es wird kein Wort gewechselt. Nach gefühlten

Stunden kommt der Kellner mit unseren Gerichten zurück. Ich bin mir ziemlich sicher, dass ihre Weihnachtsplaylist seitdem zweimal von vorne begonnen hat.

Er macht sich über sein Fleisch her und untermalt jeden Bissen mit einem übertriebenen Stöhnen, das mir vor Neid das Wasser im Mund zusammenlaufen lässt. Ich lasse meine Augen auf meinen lächerlichen grünen Salat fallen und wünsche mir, ich hätte etwas Herzhafteres bestellt. Die Falafel meiner Nachbarinnen sehen köstlich aus. Ich hoffe, dass ich diese Mahlzeit schnell in den Sand setzen kann, damit ich mich anschließend an der Bar vollfressen kann.

Er isst seinen Teller leer, taucht sein Brot in die Soße und lässt keinen Rest übrig.

„Es war so lecker, ich kann nicht verstehen, wie man auf solche Freuden des Lebens verzichten kann."

„Pfff" ist das Einzige, was ich darauf antworten kann. Er lächelt siegessicher und ich habe das Gefühl, dass wir beide das gleiche Spielchen spielen. Das bestätigt sich, als er mir ein Dessert anbietet und mein Bauch sich verkrampft. Vor Hunger? Vor Verlangen? Keine Ahnung. Ich blende es aus und mache mir Vorwürfe. Enzos Schatten schwebt immer noch am Rande meines Bewusstseins. Ich fühle mich schuldig, weil ich sinnliche Bedürfnisse habe. Ich habe das Gefühl, ihn zu betrügen, obwohl er keine Hemmungen zeigt, es mir anzutun.

Ein Seufzen entfährt mir. Bernard scheint zufrieden zu sein.

„Also, Lady Caroline, wie wäre es mit einem Stück *Weihnachtsstollen?*"

Macht er wieder eine sexuelle Anspielung? Mein Gott, ist dieser Ber' einfallsreich!

Ich kneife die Augenlider zusammen und lehne ab.

„Ganz sicher nicht? Ein bisschen *Passionsfruchtsoße*, vielleicht?"

Der Kellner starrt ihn mit hilfloser Unschuld an.

„Leider haben wir kein Passionsfruchtsoße. Wir haben Himbeersoße für das Eis und auch Schokolade. Schlagsahne. Erdbeeren und Bananen ..."

Mein Biker hebt andeutungsweise eine Augenbraue, erfreut über die überraschende Wendung, die diese Vorschläge nehmen. Jede Verlegenheit, die durch meine Verkleidung verursacht wurde, ist verschwunden. Er ist hartnäckig und lässt sich nicht so leicht aus der Ruhe bringen, das muss ich zumindest anerkennen.

Ich gebe die Sache auf und bestelle einen Zimttee. Ich erröte sogar, als der Kellner mir vorschlägt, ihn mit Ingwer zu würzen, sehr zu Bers Freude.

„Ein bisschen Anstand, bitte!"

„Ja, ja", antwortet er und winkt meine Bemerkung mit einer Handbewegung ab. „Möchte Lady Caroline einen Schnaps? Das könnte vielleicht den Stock in ihrem Arsch entfernen."

Ich fächle mir mit meiner Serviette Luft zu und tue so, als würde ich mich unwohl fühlen.

„Mir ist schwindelig. So hat noch nie jemand mit mir gesprochen!"

„Sie haben keinen Grund, empört zu sein."

„Ich habe keinen Stock oder sonst irgendetwas stecken ... wo Sie es andeuten!"

„Oh doch, Mylady! Sie haben ganz bestimmt einen Stock in Ihrem Arsch, und glauben Sie mir, ich habe noch nie einen so tief steckenden gesehen! Aber ich kann dir helfen, lockerer zu werden, wenn du willst."

Der Alkohol hat seine Zurückhaltung überwunden. Es gibt keine Poesie mehr und die Andeutungen sind fort. Er nimmt kein Blatt vor den

Mund. Ich fühle mich plötzlich richtig unwohl. Ich tue so, als wäre ich beleidigt, und stehe abrupt auf. Der Raum ist fast menschenleer. Er greift nach meinem Ärmel und hält mich fest.

„Soll ich dir im Bad Gesellschaft leisten?"

Ich zerre mit einer schnellen Bewegung an meinem Ärmel und schaue auf ihn herab, während ich weggehe. Ich hoffe, dass er mir nicht folgt, und dass er das Restaurant vor meiner Rückkehr verlassen wird. Ich gehe mit all der Würde, die ich angesichts Frank Sinatras Weihnachtslieder aufbringen kann, Richtung Toiletten. Ich begegne dem besorgten Blick des Barkeepers, der mein Date aus der Ferne mustert. Ich frage mich, was er wohl von dem Abend mitbekommen hat.

Nachdem ich mich im Bad eingeschlossen habe, ziehe ich mein Handy aus meiner Bluse und schaue auf die Uhr. Es ist erst zweiundzwanzig Uhr, Josepha kommt erst in einer Stunde. Ich hätte nie auf ihren Vorschlag eingehen sollen, denn ich bin mir sicher, dass es doch nicht so gefährlich ist, mit meinem Kleid zu fahren. Ich merke mir für die nächsten Male, dass ich mit meinem eigenen Auto fahren werde. Mit zitternden Händen wähle ich die Nummer meiner Freundin. Der üble Geruch, der den Raum durchdringt, dreht mir den Magen um. Ich ziehe meine Röcke hoch, sehe die verdächtige Flüssigkeit auf dem Boden und versuche, mich so klein wie möglich zu machen, um nichts zu berühren. Ein entferntes Ploppen beruhigt meinen rasselnden Atem. Das konstante und ganz gewöhnliche Geräusch eines tropfenden Wasserhahns beruhigt mich auf seltsame Weise.

Ich zähle nur zwei Klingeltöne, bevor sie abhebt.

„Jo, kannst du mich bitte abholen?"

Kapitel 5

Die Minuten vergehen in übernatürlicher Stille. Das Tropfen des Wassers nervt langsam und macht mich nervös. Ich zögere lange, das Bad zu verlassen, aber ich entscheide mich dafür, dort zu bleiben, wo ich vor dem Fiasko, das ich inszeniert habe, sicher bin.

Die Tür zum Toilettenraum öffnet sich plötzlich. Ich mache mich ganz klein, um nicht von der Kundin bemerkt zu werden. Plötzlich ertönt eine tiefe Stimme, deren Echo durch den leeren Raum hallt, und lässt mich zusammenzucken.

„Er ist weg."

Spricht er mit mir? Wer ist dieser Typ? Sie werden doch nicht das Restaurant schließen und mich hier einsperren? Panik macht sich in mir breit.

„Es gibt nur noch dich, Prinzessin, du kannst rauskommen."

Ach ja, *ich* bin doch gemeint. Da kann man sich kaum irren.

Ich richte mein Korsett und glätte meinen Rock ein wenig, bevor ich mit erhobenem Kopf die Klokabine verlasse. Leider zerstört das Spiegelbild vor mir jede Spur von noch vorhandenem Selbstwertgefühl. Ich erkenne mich nicht selbst.

Im Türrahmen steht der Barkeeper mit verschränkten Armen und starrt überall hin, nur nicht auf mich. Er scheint mürrisch oder genervt zu sein. Vielleicht beides.

Ich atme tief ein und lasse meine Rolle fallen, so viel zu meiner Würde. Ich frage ihn:
„Ist er wirklich weg?"
„Alle Anderen auch."
„Dann warte ich draußen auf meine Freundin. Danke."

Ich gehe auf den Ausgang zu und denke, er würde zur Seite treten, um mich durchzulassen, oder sogar als Erster vorgehen, aber er bewegt sich nicht vom Fleck. Er hält die Tür weiterhin offen und ich versuche, ihn nicht mit dem Umfang meiner Verkleidung zu ersticken. Er kriegt einen Puffärmel ins Gesicht, grunzt und schnauft laut. Ich hingegen muss fast vor Scham im Erdboden versinken.

Ich renne ohne anzuhalten geradeaus und gehe durch den roten Vorhang, während die Weihnachtslieder in einer Endlosschleife weiterlaufen. Die Kühle, die durch die Tür in den Flur dringt, lässt mich frösteln. Ich ärgere mich, dass ich keine Jacke eingepackt habe. Zum Teufel mit der Eleganz.

Die Lampen im Hauptsaal gehen aus. Ich mache einen Schritt in Richtung Ausgang. Ich will sie nicht aufhalten, sie wollen wahrscheinlich auch nach Hause.

Die gleiche tiefe, gereizte Stimme spricht mich an. Ich drehe mich um und erblicke den offenen Vorhang zur Bar.

„Du kannst hier auf sie warten, bis ich aufgeräumt habe."

Ich schaue auf den Bildschirm meines Handys. Ich muss noch eine Viertelstunde warten. Meine Schultern sinken nach unten. Ich bin geschlagen und insgeheim erleichtert, dass ich nicht als dekorativer Stalagmit enden muss.

Ich kehre nach drinnen zurück, aber dieses Mal hält er den scharlachroten Vorhang nicht auf. Aus

Rücksicht gegenüber meiner Würde oder um sein Gesicht vor den Rüschen zu verschonen? Ich wette darauf, dass es wegen dieser bescheuerten Rüschen ist.

Er geht um die Bar herum und nimmt seinen üblichen Platz ein. Er hat für mich einen Hocker herausgezogen. Ich lasse mich darauf nieder, plötzlich von der Betrachtung der Deckenleisten in Beschlag genommen. Ein Glas klopft vor mir an das Holz. Ich schaue auf ein riesiges Glas Glühwein und einen dampfenden Teller mit Wildschweinragout. Er stellt einen Korb mit Brot daneben und reicht mir eine Gabel. Plötzlich fühle ich mich so leer, wie ein Luftballon, der seine ganze Luft auf einmal verloren hat. Ich könnte schwören, dass ich eine Träne an meinen Wimpern spüre.

„Danke!", wimmere ich und greife nach der Gabel.

Ich stürzte mich ohne Anstand auf mein Essen. Die Prinzessin? Zur Hölle mit ihr! Ich bin viel zu hungrig und viel zu dankbar, um mich wie eine Tussi zu benehmen. Ich spüle meinen Mund mit scharfem Alkohol und brauche einen zweiten Drink, um diesen schrecklichen Abend auszulöschen. Der Barkeeper wischt schweigend seine Gläser ab, ohne mich auch nur eines Blickes zu würdigen. Seine süßen Grübchen lügen jedoch nicht. Er hat Spaß an der ganzen Aktion.

Ich esse meinen Teller leer, wische die letzten Tropfen Soße mit einem Stück Brot auf und lasse mich rückwärts in meinen Hocker fallen, die Hände auf den Bauch gelegt. Ich bin satt, aufgewärmt und zugegebenermaßen jetzt viel entspannter.

„Danke für alles."

„Es ging auf Kosten des Bikers."

Ich richte mich auf, überrascht von Bernards großzügiger Geste. Habe ich ihn falsch eingeschätzt? Vielleicht hatte er mich durchschaut. Ich war abscheulich.

Und ich dachte, es wäre der Barkeeper, der Mitleid mit mir hatte.

„Das ist wirklich … nett von ihm."

Er antwortet nicht. Seine Lippen spitzen sich fast unmerklich. Sein kleines Grinsen verschwindet. Er dreht mir den Rücken zu, weil er damit beschäftigt ist, seine Gläser in die Regale zu stellen. Mein Blick gleitet von seinen Armen zu seinen Schultern, seinen Rücken hinunter und auf seine knackige Jeans. Es ist ein schöner Anblick. Der Alkohol hilft mir, mich ein wenig zu lockern. Er überrascht mich, und ich spüre, wie mir die Hitze in die Wangen steigt.

„Ich heiße Caroline, und du?"

„Das ist also wirklich dein Vorname?", wundert er sich mit viel zu viel Ehrlichkeit.

Er zieht einen Geldschein aus seiner Tasche und ruft nach Simon. Der freundliche Kellner, der sich den ganzen Abend um unseren Tisch gekümmert hat, kommt aus der Küche, lächelt siegessicher und steckt den Geldschein ein.

Ich kann es nicht glauben!

„Ihr habt es doch gewusst! Und ihr habt Wetten abgeschlossen? Das ist unerhört!"

Er zuckt mit den Schultern und legt sein Geschirrtuch auf die Bar. Er blickt mit seinen haselnussbraunen Augen in die meinen, aber kein Lächeln huscht über seine Lippen. Er mustert mein Outfit von oben bis unten, bleibt ein paar Sekunden an meinem Dekolleté hängen, dann wendet er sich wieder meinem empörten Blick zu, der leicht warmherzig ist. Mein Atem geht schneller und ebenso mein Herz.

„Es kommt nicht jeden Tag vor, dass man einer Prinzessin dient", meint er frech.

„Ich bin keine Prinzessin!"

Aber warum um alles in der Welt habe ich das lächerliche Bedürfnis, mich zu rechtfertigen? Er mustert meinen leeren Teller und mein Glühweinglas, in dem nur noch zwei armselige, ausgequetschte Orangenstücke liegen, die sich gegenseitig traurig anstarren.

„Ach, das sieht man doch…"

Ich habe mich in meinem ganzen Leben noch nie so bloßgestellt gefühlt. Nun ja, Enzo hatte das schon dreimal geschafft: als ich ihn mit seiner Frau sah, als er mich bat, seine Geliebte zu bleiben, und als er mit seiner neuen Freundin auftauchte. Aber das ist nicht vergleichbar. Er hat mich auf der Herzebene verletzt. Er hier verletzt mein Ego.

„Na und? Darf ein Mädchen nicht essen, was es will, und keinen Alkohol trinken, wenn es eine Prinzessin ist?"

Caroline, hör auf, du steigerst dich da hinein. Du bist keine Prinzessin und willst es auch gar nicht sein! Was soll das?

Er zieht die Augenbrauen hoch und ist neugierig, ob ich das wirklich so meine. Wenn große Geister aufeinandertreffen…

„Noch ein Glas, Caroline?", fragt er kühl.

„Ja, gerne! Und du hast mir immer noch nicht deinen eigenen Namen gesagt!"

Aber warum schreist du ihn an, er ist doch nicht taub!

„Was glaubst du, wie ich heiße?"

„Wie bitte?"

„Was glaubst du, wie ich heiße?"

„Aber ich weiß es nicht, deshalb frage ich ja!"

„Ich dachte, Caroline wäre dein Aliasname für den Abend. Ich hatte auf etwas Aufregenderes gewettet."

Etwas Aufregenderes? Will er mich jetzt verarschen? Was meint er damit?

„Wie zum Beispiel?"
„Keine Ahnung. Dakota. Fanny. Oder Rita."
„Die klingen wie Pseudonyme für Gogo-Tänzerinnen!"
Er lacht leise und ich bin wie hypnotisiert von seinen Lippen. Die letzten Töne von Last Christmas sterben in der Ferne und ich höre nur noch sein leises Kichern. Für wen hält er mich?
„Felix."
Auf meinen Vorschlag hin leuchten seine haselnussbraunen Augen auf.
„Felix?"
Mein Gott, du hättest es nicht kitschiger vorschlagen können.
Warum ist das das Erste, was mir einfällt? Er sieht nicht einmal so aus, als würde er Felix heißen!
Er lächelt und geht ein Stück zurück, um den Blickkontakt und die Nähe, die zwischen uns entstanden ist, zu lösen.
„Falsch gedacht. Es ist nicht Felix."
„Was ist es dann?"
Die Türglocke ertönt und ich richte mich auf. Weniger als eine Sekunde später stürmt Josepha in das Restaurant. Ihre Augen blitzen und ihre Fäuste sind geballt, bereit, Ber zu zerlegen. Die Stille, die Dunkelheit und die Leere ergreifen sie, als ihr Mund ein stummes „Oh" formt.
„Es ist noch nicht einmal dreiundzwanzig Uhr und die Party ist schon vorbei? Ist das jeden Tag so?"
Der Barkeeper nimmt sich nicht die Zeit, ihr zu antworten, sondern widmet sich wieder seinen Gläsern, während meine Freundin direkt auf mich zukommt.
„Dein Vater hat sich wirklich das schlechteste Restaurant in der Gegend ausgesucht, meine Güte."

Mein Blick fällt auf die Jeans des Barkeepers. Eine kleine Stimme in meinem Kopf schwärmt von dem Anblick und findet, dass der Laden gar nicht so schlecht ist. Aber ich behalte es für mich, denn sonst würde Josepha eine große Sache daraus machen. Ich muss zugeben, dass ich nicht unglücklich darüber bin, am nächsten Samstag wiederzukommen, wenn die Gesellschaft die gleiche bleibt.

„Wo ist der Bär deiner Schwester?"

„Weg."

„Ist es nicht gut gelaufen?"

„Wollen wir das vielleicht im Auto besprechen? Ich glaube, sie wollen schließen."

Josepha entschuldigt sich und nickt. Sie dreht sich um und ich folge ihr.

„Moment, warte kurz auf mich. Ich habe was vergessen."

Sie bleibt stehen, aber nicht ohne mit den Augenbrauen und dem Kinn in Richtung des Barkeepers zu deuten. Ich schüttle meinen Kopf etwas zu schnell, die Bilder vermischen sich. Vielleicht habe ich es mit dem Glühwein ein wenig übertrieben. Ich nähere mich der Bar:

„Na, wie heißt du?"

Er dreht sich zu mir um, kühler und gleichgültiger als je zuvor.

„Das geht dich nichts an."

Ich bin total beleidigt und mir entfährt ein kleiner, frustrierter Schrei. Ich drehe mich entrüstet und scharlachrot um. Er nervt mich! Was soll's, ich komme am Samstag sowieso wieder. Ich werde es schon noch herausfinden!

Ich trete aus der Tür und bekomme eine eiskalte Böe ins Gesicht. Ich besinne mich schnell wieder und steige in das Auto meiner Freundin. Ich knalle die Tür zu.

„Schmollst du etwa?"

„Nö!"

„Wer war das denn?"

„Ein Barkeeper, ist dir das nicht aufgefallen?"

„Oh, du bist zickig. Du magst ihn, stimmt's?"

„Ganz und gar nicht! Er ist furchtbar unhöflich und wirklich nicht nett."

„Wie du meinst."

Sie verlässt den Parkplatz und fährt wortlos durch die Dunkelheit der Nationalstraße. Die Flocken, die vor den Scheinwerfern niedergehen, bilden einen Vorhang aus Sternschnuppen. Ich liebe es, mich in dieser dunklen und bewegten Galaxie zu verlieren. Von den Wattewölkchen erfasst, falle ich in einen trüben Schlaf.

Ich werde von meiner besten Freundin mit unendlicher Geduld geweckt:

„Raus mit dir, wir sind da! Du hast die ganze Fahrt über geschlummert und ich weiß immer noch nicht, was passiert ist. Du bist echt gemein!"

„Schrei doch nicht so laut, ich habe zu viel getrunken."

Sie schubst mich aus dem Auto und zieht mich durch die sibirische Nacht in Richtung unseres Zuhauses. Meine High Heels sinken in den leichten Pulverschnee ein. Das Lied *Jingle Bells* dreht sich in meinem armen, schmerzenden Kopf in einer Endlosschleife, während die Noten in meinen Ohren richtig pfeifen. Ich bin müde.

„Wie war der Bär?"

„Ich glaube, er hat verstanden, was ich vorhatte. Die Sabotage lief gut, bis er ein wenig zu unternehmungslustig für mich wurde."

„Hat er dich begrapscht?!"

„Nein, aber seine Andeutungen haben mir ein wenig Unbehagen bereitet."

„Wie war er so? Hat deine Schwester trotzdem gut gewählt?"

„Ja, das ist okay, er war wahrscheinlich nicht so schlecht, aber…"

„Aber du kannst den anderen einfach nicht vergessen…"

Ich atme lange ein und aus. Es ist sinnlos, zu antworten. Sie weiß es.

Sie steckt den Schlüssel ins Schloss und lässt mich zuerst rein. Sie schließt ab, wirft den Schlüsselbund in die Schale und schiebt den Reißverschluss meines Kleides bis zu meinen Hüften hinunter. Der Duft von Keksen erfüllt die Wohnung. Eine Mischung aus Zimt, Zucker und Schokolade legt sich auf meinem Gaumen. Mir läuft das Wasser im Mund zusammen, wenn ich an diese Leckereien denke, und so kämpfe ich mit meinem bauschigen Unterkleid. Sie kommt mir zu Hilfe und zieht an meinen Ärmeln.

„Langsam. Denke an die Kaution."

„Hast du Plätzchen gebacken?"

„Ich musste mich ja beschäftigen. Das Warten hat mich wahnsinnig gemacht!"

Sie kaut ungeduldig auf ihrer Unterlippe. Ich stehe in Unterwäsche im Flur, aber das rückt in den Hintergrund. Sie hält es nicht mehr aus:

„Willst du wissen, wer als Nächstes dran ist?"

Kapitel 6

Die Weihnachtszeit gefällt mir besonders gut bei meiner Arbeit. Ich finde es schrecklich, den ganzen Tag damit zu verbringen, gehetzten und gestressten Kunden Kaffee zu servieren, aber wenn Weihnachten vor der Tür steht, scheint alles anders zu sein. Die Leute hetzen und hupen immer noch durch die Straßen, aber im Gérards Café wird das Lächeln wärmer und Höflichkeit ist nicht mehr überflüssig. Ich finde es befriedigend, mit jedem Glühwein ein Lächeln zu verteilen. Vielleicht ist das tatsächlich der entscheidende Unterschied: Der Alkohol!
Sei nicht so verbittert, das ist der Zauber von Weihnachten.
Es ist Samstag und ich habe heute um 12 Uhr Feierabend. Ich erblicke meine Wochenendkollegin Martha, die wie eine Ballerina zwischen den Tischen gleitet, ganz anmutig und elegant. Die Gäste lieben sie. Wenn Gérard könnte, würde er sie als Vollzeitkraft einstellen und mich als Wochenendmitarbeiterin abschieben. Aber sie ist noch Studentin und es ist nur ein Job, um ihr Einkommen aufzubessern.
Zu meinem Glück.
Das köstliche Aroma von heißer Schokolade durchdringt das Café und teilt sich die Hauptrolle mit den Dämpfen von Glühwein, Zimt, Sternanis und heißen Maronen. Die Herzen sind leichter und die gute Laune durchdringt die Atmosphäre. Während meiner Pause probiere ich ein paar Kekse, die frisch aus dem Ofen kommen. Ein Zimtstern, zwei oder drei Spritzgebäck und ein *Brioche-Mannele*.

„Mein Gott, Caroline, willst du den Laden leer essen? Gérard wird einen Schwächeanfall bekommen!"
„Psst, nicht so laut. Er wird es sonst von meinem Lohn abziehen."
Martha lacht. Sie neckt mich mit ihrem Geschirrtuch und drückt mir einen Tee mit Weihnachtsduft in die Hand. Ich schaue sie fragend an.
„Ich habe mich in der Bestellung geirrt, es wäre dumm, ihn wegzuschütten."
„Oh, danke! Aber Moment mal, *du* machst Fehler? Du?"
Sie schaut mich an, als sei sie beleidigt, und geht mit ihrer Bestellung weg, mit einem Lächeln auf den Lippen. Eine Sekunde später kommt sie zurück in den Hinterraum und spricht mich an.
„Jo ist da, soll ich sie nach hinten bringen?"
„Echt? Ja, bitte."
Meine beste Freundin schiebt sich schon zwischen Martha und der Tür durch. Natürlich ist es ihr egal, ob sie die Erlaubnis dazu hat oder nicht. Es ist mittlerweile üblich geworden, dass ich meine Pause mit ihr verbringe. Gérard meckert zwar meistens ein bisschen, aber er kann ihr nichts abschlagen. Es reicht, wenn sie ein bisschen mit den Wimpern flattert, und schwupps, schmilzt er dahin. Er ist viel zu alt und zu verheiratet, um etwas zu unternehmen, aber ich vermute, er genießt es, sich in ihrer Gegenwart verjüngt zu fühlen. Außerdem muss ich zugeben, dass er nach den vielen Litern heißer Schokolade, die sie verschlingt, auch viel nachsichtiger ist.
„Hallo Martha, du siehst heute heiß aus! Ha, da bist du ja", fährt sie fort, diesmal an mich gerichtet. „Ich konnte nicht warten. Ich bin zurück in den Kostümladen gegangen, die Frau hat mir das hier gegeben, für heute Abend."

Sie reicht mir einen Kleiderbügel mit einem Outfit, das in einer Hülle geschützt ist.

„Was ist das?"

„Die Verkäuferin hat mir gesagt, dass es super funktionieren wird!"

„Aber... Hast du es ihr gesagt?"

„Mach nicht so ein Gesicht, was glaubst du, wem sie es sagen wird? Sie ist eine gute Ratgeberin. Wir wussten sowieso nicht, was wir machen sollten, und es ist doch schon heute Abend. Schau dir das an."

Sie öffnet die Schutzhülle. Darunter kommt ein wunderbares Hippie-Kostüm zum Vorschein. Es fehlt nichts: Schlaghosen, ein geblümtes Hemd, ein passendes Stirnband und eine große, runde, gelbe Brille.

Ich habe jedoch einige Zweifel.

„Glaubst du wirklich, dass er sich dadurch abwimmeln lässt?"

„Er ist ein Computeringenieur, sein Ding sind Programme, Zahlen, Codes... nicht kleine Blumen und Carpe Diem!"

Ich schüttle den Kopf. Oma hat es wirklich übertrieben. Ich wette, er ist ein alter Junggeselle in den Vierzigern, mit Brille und Stirnglatze. Ich kann das alte, dumme, parodierte Lied nicht ausschalten, das in meinem Kopf spielt, und ich bete aus ganzem Herzen, dass er nicht wie der Computeringenieur[1] vom Musikvideo aussieht.

Die Uhr der gegenüberliegenden Kirche läutet das Ende meiner Pause ein und ich schicke Josepha an ihren Tisch, damit ich meine Arbeit fortsetzen kann. Überraschenderweise bleibt sie nicht, sondern bietet an, nach Hause zu gehen und das Mittagessen vorzubereiten,

---

[1] A.d.Ü: Es handelt sich um ein virales lustiges Musikvideo aus Anfang der 2000er, das fast jeder in Frankreich kennt. Einfach „ingénieur informaticien Cauet" in YouTube eingeben und loslachen!

aber ich vermute, dass sie den ganzen Abend planen will. Den restlichen Vormittag über verweile ich in meiner Belustigung, und seien wir ehrlich, mit einem Hauch von Ungeduld.

⁕

Ich parke mein altes Auto mit einem lauten Knall auf dem Parkplatz von *L'opportuniste*. Solche Autos werden nicht mehr gebaut. Ich wünschte, wir würden über einen Oldtimer sprechen, der Millionen wert ist, aber das ist nicht der Fall. Mein rostiges, nach Benzin stinkendes, altes Auto, das irgendwie zusammenhält, ist eine Antiquität, für die sich viele schämen würden, aber ich mag es. Natürlich fühlt es sich nicht besonders sicher an, wenn man weiß, dass es jede Sekunde versagen kann, und es ist auch nicht besonders angenehm, im Winter ohne Heizung zu fahren, weil sie kaputt ist, aber das Auto hat eine Seele.

Ich schließe vorsichtig die Tür, ohne sie abzuschließen — auch das funktioniert nicht mehr, aber wer würde es schon stehlen wollen? Mit einem Lächeln auf den Lippen mache ich mich auf den Weg zum Restaurant. Ich fühle mich in diesem Outfit schon tausendmal besser als beim letzten Mal. Insgeheim hoffe ich, den Barkeeper zu überraschen. Ihm ein Lächeln zu entlocken, wäre ein Sieg.

Ich drücke die schwere Holztür auf und werde von einem eisigen Wind ins Innere getrieben, der durch die hohen Äste der Tannen pfeift. Meine Wangen und meine Nasenspitze sind rot, die Wärme der Umgebung kribbelt angenehm auf meiner Haut und meinen Fingerspitzen. Ich setze mir die Brille auf und trete mit einem kleinen Kloß im Hals durch den Vorhang. Aus den Lautsprechern ertönt die gleiche Weihnachtsplaylist wie letzte Woche. Mein erster Blick geht zur Bar...

...Keeper.

Zum Barkeeper.

Okay, zum Barkeeper. Ich habe die letzten drei Tage damit verbracht, mich zu fragen, wie er heißt. Mein Herz verpasst einen Schlag, als er meinen Blick erwidert, und mein Magen verkrampft sich auf seltsame Weise. Ich hatte ein wenig Angst vor meinem Erscheinen, denn er war beim letzten Mal nicht sehr freundlich...

Er runzelt die Stirn und scheint mich plötzlich zu erkennen. Ich lächle und gehe weiter, bereit, ein Gespräch anzufangen, als er sich ohne ein Hallo abwendet. Er schenkt einem gesprächigen Opa ein großes Glas Pastis ein und würdigt mich in keiner Weise. Etwas in mir entleert sich langsam, wie ein geplatzter Luftballon. Je länger ich ihn ansehe, desto mehr denke ich, dass er ein anderer Enzo sein muss.

„Guten Abend."

Mein Grübeln wird von demselben Kellner wie beim letzten Mal unterbrochen.

„Ich habe einen Date mit ..."

„Oh!"

Er erinnert sich an mich — sein kleines, lachendes Lächeln lügt nicht. Er nickt und bittet mich, ihm zu folgen. Er dreht sich sogar um und streckt mir den Arm entgegen, ohne seinen fröhlichen Gesichtsausdruck zu verlieren. Beim zweiten Date bin ich entlarvt. Ich erwidere sein Lächeln, lehne aber seinen Arm ab.

„Das ist cool. Kein Grund, sich so aufzuregen."

Ich schlüpfe in meine Rolle wie in einen alten, vertrauten Pantoffel. Ich hatte meine Baba-Cool-Phase in der Oberstufe. Dieses Mal wird es Spaß machen.

Ich wandere langsam zwischen den Tischen hin und her, lächle und wünsche allen einen guten Appetit. Stichwort Privatsphäre.

Unauffällig suche ich mit den Augen nach meiner Brillenschlange des Abends, ohne ihn zu finden. Ein Tisch für zwei Personen ist noch leer, er ist noch nicht gekommen. Der Kellner geht aber nicht darauf zu.

Ich bin überrascht, als ich feststelle, dass er mich zu einem sehr gut aussehenden Mann im Anzug mit einem Zwei-Tage-Bart und durchdringendem Blick führt. Mein Blut sackt in meine Beine und kehrt heißer als je zuvor zurück. Ich nehme meine Brille ab und stehe ein bisschen aufrechter, weniger lässig.

Der Kellner verlässt mich mit dem gleichen Lächeln. Mein Mund fühlt sich plötzlich sehr trocken an und meine Worte scheinen nicht mehr herauskommen zu wollen. Ich bin mir nicht sicher, ob ich in meinem ganzen Leben schon einmal jemanden getroffen habe, der so heiß war — in meinem ganzen Leben!

Ach Oma, was für eine gemeine kleine Heimlichtuerin!

Ich räuspere mich und strecke ihm eine feuchte, zitternde Hand entgegen.

„Caroline."

Er runzelt die Stirn und kann ein enttäuschtes Grinsen kaum verbergen. Meine Augen schweifen zu meinem lächerlichen Outfit. Scheiße! Was für ein Blödsinn!

Er steht auf und drückt meine Hand mit einem festen, sexy Griff. Oh, Gott. Wie kann ein Handschlag sexy sein? Das ist doch verrückt!

„Guten Abend, ich bin Mathieu, du bist also die Enkelin von Honorine."

Ich schmelze vor mich hin. Der Klang seiner Stimme ist ein Aufruf zu wilden Gelüsten. Hat er sich mit

Pheromonen eingeschmiert oder was? Ich erkenne mich nicht wieder.

Ich murmle stotternd eine Zustimmung und verfehle meinen Stuhl, als ich versuche, mich aufzusetzen. Ich lande mit dem Hintern auf dem Boden und den Füßen in der Luft, während der ganze Raum kichert.

„Ist ja gut, ist ja gut!"

Ich stehe auf, bin pflaumenrot, setzte mich gegenüber von Mr. Heißer Teufel und verfluche mich dafür, dass ich mich so angezogen habe. Zwei Dates und zwei Male, an denen ich meine Verkleidung bereue. Beim nächsten Mal werde ich so kommen, wie ich bin. Vielleicht wird dieser sehr gut aussehende Mann mich wieder sehen wollen!

Oha, du kennst ihn nicht einmal. Es geht nicht nur um das Aussehen!

Nicht nur. Das ist genau das, was ich meine. Das bedeutet, dass es auch wichtig ist. Wenn ich persönlich eine Süßigkeit auswähle, nehme ich nicht das alte, abgestandene Erdbeer-Törtchen. Das ist doch genauso mit Männern!

„Honorine hat mir viel von dir erzählt", versucht er, die Verlegenheit zu überwinden.

Wow, und er ist auch noch so aufmerksam!

„Ach ja?"

Ich nehme ein Blatt vor den Mund wie ein Teenager. Enzos unzufriedenes Gesicht blitzt vor meinen Augen auf und lässt die ganze Leichtigkeit wieder verschwinden. Ich weiß, dass es meine grundlose Schuld ist, die mich quält. Ich habe das Recht, einen schönen Abend zu verbringen und mir eine Zukunft ohne ihn vorzustellen, das weiß ich, aber ich kann ihn einfach nicht vergessen.

Mathieu lächelt mich schüchtern an. Es sieht eher wie ein Grinsen aus.

Mach weiter, rede mit ihm über etwas, das ihn interessiert!

„Du bist also Informatiker? Meine Großmutter hat mir nie von dir erzählt."

„Ja, ich helfe ab und zu in ihrem Pflegeheim aus, um das Netzwerk auf den neuesten Stand zu bringen. Honorine ist eine reizende Dame."

Klartext: Du siehst ihr nicht sehr ähnlich.

Ich bin am Ende. Sollte ich wie meine Oma sein? Das ist ja wohl nicht zu fassen.

„Ah, ah, ja, aber ich habe ein paar Kilometer weniger auf dem Tacho!"

Informatik! Sprich über Computer!

„Ich liebe Computer", sage ich plötzlich.

Oh nein.

„Du liebst ... Computer?"

Vergiss es, Caroline.

Ich komme mir immer lächerlicher vor, ich bin am Tiefpunkt angelangt. Ich sollte ihm von meiner Arbeit als Romanautorin erzählen, dann hätten wir etwas gemeinsam. Meine Zunge spaltet sich und ich stottere.

„Ja, ich mag all diese Tasten, die Pixel, Word und Videospiele. Ich liebe es, mit einem Joystick rumzuspielen!"

Das wird immer besser.

Wie konnte ich nur sowas sagen? Das ist grenzwertig vulgär! Ich habe fast das Gefühl, dass ich Ber geworden bin. Wie soll ich das wieder gut machen?

„Mit einem Joystick rumzuspielen?"

Antworte nicht darauf.

Der Kellner bringt schließlich unsere Getränke, an die ich mich nicht erinnern kann, dass ich sie bestellt hätte. Ein Pastis für Mr. Sexy und ein Glühwein für mich.

Ich schaue sofort zur Bar und entdecke ein schelmisches Lächeln des Barkeepers. Er beobachtet also, wie mein Date läuft ... Hat er gesehen, wie ich vor Mathieu schwach werde? Ich werde rot und schäme mich für mein Verhalten. Ich richte mich ein wenig auf und bedanke mich beim Kellner. Er zwinkert mir verschwörerisch zu, was mich vor Verblüffung verstummen lässt. Auf was haben sie heute Abend gewettet?

Mathieu nimmt einen Schluck von seinem Drink, ohne mich anzusehen. Er nimmt die Karte an sich und versteckt sich beschämt dahinter. Josepha wird sich freuen, dass ihr Plan perfekt funktioniert. Ich nicht so sehr.

Ich seufze, es ist sinnlos, sich zu verstellen. Ich schaue mir meine Verkleidung an und nehme all meinen Mut zusammen. Wenn man sich schon lächerlich macht, dann sollte man auch mit offenen Karten spielen.

„Es tut mir leid, ich wollte nicht, dass meine Familie sich in mein Privatleben einmischt. Ich wollte ihnen eine Lektion erteilen. Im wahren Leben bin ich nicht so."

Ich hänge an seinen Lippen und ich warte auf seine Reaktion. Ein subtiles Kichern der Erleichterung, das in einem Atemzug ausgeatmet wird, nimmt eine Last von meinen Schultern. Seine Gesichtszüge entspannen sich ein wenig und ich kann sogar ein leichtes Lächeln auf seinem Mund wahrnehmen.

„Ich bin normalerweise auch nicht so", neckt er mich.

„Ach nein? Bitte sag mir nicht, dass du dich in einen pickeligen Glatzkopf verwandelst!"

„Das ist es also, was du erwartet hast? Kein Wunder, dass du alle Register gezogen hast! Woher wusstest du, dass ich Künstler nicht leiden kann? Ich glaube nicht, dass ich Honorine davon erzählt habe."

Moment mal, was hat er gesagt?

„Künstler?"

„Ja, all diese Leute, die sich für kreativ und frei halten, die denken, sie könnten von Liebe und frischem Wasser leben, lacht er jetzt offen. Nein, aber an welchem Punkt haben sie gedacht, dass es so lebenswichtig ist, im Regen zu singen und zu tanzen!"

Oh.

„Du hältst also Kultur nicht für unverzichtbar?"

„Doch, natürlich schon. Es ist klar, dass es wichtig ist, aber Rap und Liebesromane? Nein danke!"

Ich habe es also mit einem engstirnigen, elitären Arschloch zu tun, der sich verdammt überlegen fühlt. Für eine Sekunde überkommt mich das Hochstapler-Syndrom, weil ich mich von seinen Worten persönlich angegriffen fühle.

Ich bin total abgeschreckt, entscheide mich aber trotzdem, ihm eine Chance zu geben.

Nur weil er sexy ist — sonst wärst du schon längst abgehauen.

Falsch, ich bin nicht so oberflächlich, was soll's?

„Also, sag mir, was machst du denn so Wesentliches?"

„Ich bin Informatiker!", ruft er aus und ist empört, dass das für mich nicht selbstverständlich ist.

„Und ich bin Romanautorin! Ich schreibe alles Mögliche, nur keine *langweilige* Literatur, und stell dir vor, Mathieu: Auch *du* bist nicht lebenswichtig."

Bei diesen Worten stehe ich auf und lasse ihn mitten im Raum zurück. Ich dachte, er würde bleiben, aber ich habe wohl sein Ego zu tief verletzt. Ich höre, wie sein Stuhl über den Boden schrammt, dann drängt er sich an mir vorbei, um als Erster zu gehen. Was auch immer. Als ob er seine Ehre dadurch wiederherstellen könnte, dass er den Vortritt hat.

Ich stehe empört vor der Bar, mit offenem Mund und geballten Fäusten, und murre frustriert, weil dieser Schurke weg ist.

Der Barkeeper schüttelt lachend den Kopf. Er stellt mir einen neuen Glühwein auf die Theke. Ich zögere, mich ihm anzuschließen, weil er letztes Mal so unfreundlich war... Aber heute scheint er bessere Laune zu haben. Außerdem werde ich ihn noch ein paar Mal wiedersehen, also kann ich auch versuchen, seinen verdammten Vornamen zu erfahren.

Ich verzichte auf meine Wut und setze mich auf den freien Stuhl vor dem dampfenden Becher. Ich fühle mich plötzlich in Spiellaune, also versuche ich es:

„Ist David zufällig dein Vorname?"

 # Kapitel 7

Er lacht wieder und schüttelt den Kopf. Er ist wirklich nicht mehr derselbe, zweimal Lächeln in weniger als einer Minute? Ich frage mich, was in ihn gefahren ist. Ich gehe nicht so weit, mein Glück herauszufordern und ihn zu fragen, was mit ihm los ist, aber der Drang dazu ist groß. In einem kleinen Winkel meines Verstandes vermute ich, dass er launisch ist. Ich wette, dass er am nächsten Mittwoch wieder mürrisch sein wird.

Ich hebe mein Glas hoch zum Mund, um das beruhigende Aroma einzuatmen. Die Dämpfe des süßen Alkohols berauschen mich sofort und entspannen meine Muskeln. Ich öffne meine Augenlider wieder und er mustert mich sanft. Meine Mundwinkel und eine meiner Augenbrauen wandern fragend nach oben. Er scheint nicht im Geringsten verlegen zu sein und lächelt mich weiterhin stillschweigend an. Sein warmer Blick verunsichert mich, und ich habe plötzlich das Gefühl, als hätte ich Salat zwischen den Zähnen. Ich verstecke mich hinter meinem Glas, um nachzusehen. Dabei habe ich noch nicht einmal zu Abend gegessen. So sehr verwirrt mich dieses Lächeln! Ich reiße mich zusammen und wiederhole meinen Versuch.

„Also habe ich richtig getippt? Ist es David?"
„Ganz und gar nicht."
„Davis?"
„Nein."
„Davie?"

„Immer noch nicht."
„Davidchen?"
Er schaut von seinem Shaker weg und runzelt die Stirn in meine Richtung. Ein Lachanfall steigt in ihm auf. Ich bekomme rote Wangen. Warum zum Teufel habe ich so etwas gesagt? Davidchen. Habe ich sie noch alle?
„Meine Zunge war etwas verrutscht", rechtfertige ich mich sofort.
Er lacht ungläubig, als er sich wieder seinem Cocktail zuwendet. Er bedient seinen anderen Kunden, den ich dabei ertappe, wie er ebenfalls ein Lachen unterdrückt. Mein Gott, was für eine Idee, sich so zur Schau zu stellen.
Meine Augen wandern unabsichtlich über denselben tätowierten Bizeps wie neulich und zeichnen die Konturen seiner Muskeln bis hin zu den Arabesken aus geheimnisvoller Tinte nach. Wenn er seinen Arm etwas mehr ausstrecken würde, um nach der Flasche zu greifen, könnte ich vielleicht sehen, was es für ein Muster ist. Ich verrenke mir den Hals, um es zu erraten. Sieht aus wie ein Pfeil, oder?
Er verlässt seinen Kunden, wechselt ein paar Worte mit Simon, dem Kellner, und dieser lässt einen niedergeschlagenen Seufzer los. Ein Blick in meine Richtung und dieses Mal ist er es, der ihm einen Schein gibt. Ich hatte Recht! Sie wetten auf meine Dates!
Der sexy Barkeeper kehrt hinter seine Bar zurück, ohne mich auch nur im Geringsten zu beachten. Ich bin ein bisschen beleidigt und werde nicht mehr mit ihm reden.
Die Minuten vergehen unter den Festtagsmelodien voller Glöckchen und märchenhafter Versprechungen, aber selbst die fangen an, mich zu nerven.
„Du könntest manchmal die Musik wechseln!"
„Hast du deine Zunge wiedergefunden?"

„Oh! Aber er hat auch noch Humor! Es war an dir, zu antworten! Du hast mir immer noch nicht gesagt, wie du heißt. Und außerdem weiß ich, dass du mit deinem Kumpel über meine Dates wettest!"
„Niemand machte ein Geheimnis daraus."
„Aber das ist sehr unhöflich!"
„Wirklich?"

Ich weiß, dass das ironisch gemeint ist. Ich weiß, dass ich meinen Mund halten sollte, aber mein Verstand ist nach Bora-Bora abgehauen und hat mich hilflos vor diesem furchtbar sexy und gleichzeitig entsetzlichen Barkeeper zurückgelassen!

„Ja, das ist die ultimative Respektlosigkeit!"
„Simon und ich haben uns das Gleiche gesagt…"
„Siehst du? Wir sind uns einig!"
„… über deine Dreistigkeit."

Ich bleibe wie angewurzelt sitzen, mit heruntergefallenem Kiefer und großen Augen. Was hat er gesagt?

„Du brauchst mich nicht so anzuschauen, denn du musst zugeben, dass du in Sachen Respekt eine ganze Menge drauf hast."
„Wie bitte?!"
„Du spielst mit den Herzen dieser armen Kerle, sie haben um nichts gebeten."
„Du wirst sie doch nicht verteidigen? Der eine war bereit, sich auf mich zu stürzen, und der andere… Mein Gott, der andere war ein herablassender Idiot!"
„Und doch schien er dir zu gefallen."
„Aber … aber … hör auf, mich auszuspionieren und mich zu verurteilen! Ich habe auch nicht darum gebeten. Ich hatte keine Lust, zu diesen verdammten Dates zu kommen!"
„Ach ja?"

Er grinst und gießt weiter Öl ins Feuer. Er hat verstanden, dass ich keine Lust habe, diese Typen zu treffen, aber ich beiße wie ein Dummkopf in den sauren Apfel.

„Nein! Es ist meine Familie, die diese dummen Dates organisiert."

„Warum sagst du es ihnen dann nicht?"

Nun muss ich herzhaft lachen. Ich schnaufe ungläubig und nehme einen großen Schluck von meinem nicht mehr ganz so heißen Glühwein.

„Man kann sehen, dass du sie nicht kennst."

Als Simon mit einem warmen Gericht aus der Küche zurückkommt, krümmt sich mein Magen und gibt ein vollkommen unschönes Grummeln von sich. Ich schlucke meinen Stolz herunter, als ich sehe, wie er sich mir nähert, um das Essen auf die Bar zu stellen. Mein Blick wandert zwischen dem Teller und dem Kellner hin und her und dann zum Barkeeper, als ich merke, dass er für mich bestellt hat. Simon wünscht mir einen guten Appetit und widmet sich wieder seiner Arbeit. Der Barkeeper hingegen drückt ein letztes Mal auf meine Undankbarkeit:

„Gern geschehen."

Ich sollte ihm danken, ihm die Überraschung und die Dankbarkeit zeigen, die ich empfinde. Aber das sind nicht die Worte, die über meine Lippen kommen.

„Ich hätte auch alleine bestellen können, wenn ich Hunger hätte! Ich brauche dich nicht!"

„Aber was für ein Sturkopf! Wer war wieder unhöflich, deiner Meinung nach?"

Er streckt seine Hand nach meinem Teller aus, um ihn wegzustellen, aber ich klammere mich daran fest wie eine Muschel an ihrem Felsen. Der verlockende Duft des Süßkartoffelpürees, übergossen mit üppigem Geschnetzeltem in Weinsoße, besiegt meine Würde.

„Ich werde es trotzdem behalten."

Er verschränkt die Arme, starrt mich an und wartet mit hochgezogenen Augenbrauen. Ich kann nicht anders, als seinen Oberkörper zu bemerken, der in seinem weißen T-Shirt steckt, und mir zu sagen, dass ich mich nie getraut habe, bei der Arbeit Weiß zu tragen. Ich bin viel zu ungeschickt.

Weil es das Einzige ist, was dir auffällt, natürlich.

Ich verdrehe die Augen und wende meinen Blick von dem besagten T-Shirt ab.

Okay, Oberkörper.

Der Barkeeper versteht die Feinheiten nicht, er wartet immer noch, also ergreife ich die Gelegenheit. Ich begründe meine seltsame Geste damit, dass ich genervt bin und mich nicht bedanken will. Trotzdem füge ich mich und sage, dass ich das nächste Mal lieber allein entscheiden möchte, was ich essen will.

Er wird sanfter und lässt seine Arme los. Sein T-Shirt bleibt jedoch fest an seinem Körper. Ich zwinge mich, meine Augen woanders hin zu richten. Zum Beispiel auf meinen Teller.

Die nächste halbe Stunde verbringe ich damit, mein Gericht zu genießen, dazu ein Glas Wein, dann eine Käseplatte und schließlich ein Stück Schokoladen-Eistorte. Ich muss zugeben, er hat das Essen gut ausgesucht. Ich wurde nicht enttäuscht. Ich lehne mich auf meinem Hocker zurück und lege die Hände auf meinen runden Bauch, weil ich wieder einmal zu viel gegessen habe. Der Barkeeper kommt zu mir zurück, um meinen Teller abzuräumen. Seine Augen wandern zu meiner Haltung. Die personifizierte Eleganz. Ich ziehe sofort meinen Bauch ein und schlucke ein Stück herunter, das zu schnell hochgekommen ist. Er lacht. Ich schäme mich ein bisschen, aber seltsamerweise fühle ich mich nicht unwohl.

„Du musst mir doch deinen Vornamen sagen", versuche ich etwas unsicher. „Wir werden uns wohl noch ein paar Mal sehen."

„Ach ja?"

Er tut überrascht, aber ich bin mir sicher, dass er es schon gemerkt hat. Es ist mir egal. Ich möchte seinen Vornamen wissen. Ich zähle an meinen Fingerspitzen und verkünde dann:

„Ich habe noch fünf Dates."

„Du kannst dich glücklich schätzen."

Er verarscht mich, das ist sicher. Ich bin nicht bereit, mich so leicht geschlagen zu geben.

„Also, wie heißt du?"

„Was ist, wenn ich dir nichts sage?"

„Nein!"

„Wäre das so frustrierend?" kichert er. „Ehrlich gesagt, was kümmert es dich? Wir werden uns noch ein paar Mal über den Weg laufen, und dann wirst du bestimmt den Richtigen finden, Prinzessin."

„So so... Aber nein! Oder doch? Ach, keine Ahnung..."

Ein kleines Grübchen erscheint in seinen Mundwinkeln. Es ist so süß, wie es da so verloren inmitten seiner rauen Barthaare hängt. Seine haselnussbraunen Augen leuchten wieder schelmisch auf. Ich weiß, dass mir die Geschichte nicht gefallen wird, und doch amüsiere ich mich wie eine Verrückte. Mir ist klar, dass ich ihn nicht kenne und dass er sich über mich lustig macht. Komischerweise ist das mir egal. Zum ersten Mal seit langer Zeit habe ich das Gefühl, dass ich mich ein bisschen mehr wie ich selbst fühle, ein bisschen weniger traurig. Und das fühlt sich wirklich gut an.

„Ich schlage dir ein Spiel vor: Wenn du meinen Vornamen errätst, rette ich dich vor deinem Weihnachtsfest mit der Familie."

„So so, habe ich dir von diesem berühmten Familienweihnachten erzählt? Und was sagt dir, dass ich gerettet werden will? Okay, das ist klar. Aber wie willst du das machen?"

„Wie du willst."

Er verbeugt sich förmlich mit seinem Tuch. Ich spitze die Lippen, um nicht zu lachen. Ich glaube, die Sache mit der Prinzessin wird nicht so schnell vergessen werden.

„Heute Abend bin ich cool", erinnere ich ihn und schiebe mir die Hippie-Brille wieder auf die Nase.

Er lacht leise und nimmt seine Arbeit wieder auf, während er mir weiterhin seinen Vorschlag darlegt:

„Ich werde so tun, als hätte ich dich für den Abend entführt. Oder eine andere Ausrede, die dir passt."

„Würdest du das echt tun?"

„Nur wenn du gewinnst."

„Aber warum?"

„Nun, nicht nur Simon und ich haben das Recht, ein wenig Spaß zu haben."

„Dann ist es wie eine weitere Wette von euch, wenn ich das richtig verstanden habe. Oh, aber eigentlich habt ihr gewettet, dass ich es nicht herausfinde, oder?"

„Simon wettet ja, ich sage nein."

„Ich sehe, dass du Vertrauen in meine Fähigkeiten hast!"

Der Ton des Gesprächs ist leicht, neckisch und ein wenig trotzig. Es ist lange her, dass ein Mann so mit mir gesprochen hat, ohne Hintergedanken, ohne Vorurteile, ohne Verführungsspielchen. Als ob wir Freunde wären und unsere Beziehung darauf beschränkt wäre. Im Grunde bin ich ein bisschen beleidigt, weil ich ihn mag. Aber ich schätze diese verblüffende Lockerheit noch mehr. Diese offensichtliche Leichtigkeit. Es ist so seltsam und entspannend.

„Was ist, wenn ich verliere?", will ich wissen.

„Mhm, lass mich überlegen... Wenn du es bis zum Ende deiner Dates nicht herausfindest, wirst du es nie erfahren."

„Was? Aber, das ist grausam! Das ist unmöglich!"

Der Gast von nebenan kichert und spuckt die Hälfte seiner Spirituose aus. Der Barkeeper reicht ihm den Lappen, ohne seine eigene Belustigung zu verbergen.

„Ah nein, nein. Ich bin nicht einverstanden. Das lässt mir nur fünf Vorschläge, das ist unmöglich!"

„Das ist der Deal, klaro, Caro?"

Jetzt bin ich dran, ihn mit einem trockenen Lächeln zu mustern.

„Ein Anhänger von Wortspielen, richtig? Das ist echt witzig, herzlichen Glückwunsch."

„Ich musste es einfach sagen, es war zu verlockend."

„Nein, ich spiele nicht. Komm schon, sag es mir, damit wir es hinter uns bringen."

Er schüttelt langsam den Kopf.

„Nein, aber du verarschst mich doch? Also, was auch immer ich wähle, es könnte sein, dass ich es nie erfahren werde?"

„Die eigentliche Frage ist: Warum willst du das unbedingt wissen?"

„Weil es einfacher ist, als dich jedes Mal *den sexy Barkeeper* zu nennen!"

Oh. Nein. Caroline, du bist ein Trottel. Schnell! Fang dich wieder auf!

„Der *sexy Barkeeper*? Wirklich? Vielleicht sollte ich den Deal noch mal überdenken, ich mag diesen Kosenamen. Ich finde, er passt wie angegossen, nicht wahr, Albert?"

Das darf doch nicht wahr sein. Ich wechsle von krebsrot zu karmesinrot, wobei ich alle möglichen

Schattierungen von Scham und Erniedrigung durchspiele. Da prahlt er mit stolzgeschwellter Brust und fühlt sich geschmeichelt wie nie zuvor. Der andere Kunde wirft ihm Geldscheine an den Kopf, als wäre er ein Stripper. Ich glaube, ich habe mich noch nie in meinem Leben so dumm gefühlt. Dann erinnere ich mich an das Gefühl, das ich hatte, als ich Enzo mit seiner Frau im Bett fand, ich sehe mich auf Zehenspitzen seine Wohnung verlassen, ohne dass sie mich gesehen haben, stundenlang weinen und ihn zur Rede stellen. Ich höre, wie er mir sagt, dass er mich nicht betrügt, weil sie seine Frau ist. Und ich erinnere mich an diese brennende Demütigung. Plötzlich kommt mir das alles so lächerlich vor und ich lache über meinen eigenen Fettnapf.

Der Gast von nebenan verschluckt sich fast und der Barkeeper hört auf zu gestikulieren und streicht sich über die Brust. Er sieht mir zu, wie ich lache, ich bin lächerlich und es ist mir scheißegal, das spürt er. Er sieht mich an und ich fühle mich frei, ich selbst zu sein.

Das Lachen hört auf, aber die Heiterkeit bleibt noch lange in der Atmosphäre, hängt an meinen Lippen, ist in meine Augen eingebrannt. In seinen Augen sehe ich eine gewisse Bewunderung, die mich stolz macht. In diesem Moment habe ich verstanden, was er die ganze Zeit versucht hat.

Er hat es geschafft.

Jede Spur von Wut, Empfindlichkeit und Unentschlossenheit ist verschwunden. Woher wusste er, dass ich gebrochen war? Ich weiß es nicht, aber ich werde ihm ewig dankbar sein, dass er mir eine Tür geöffnet und mir Zuflucht vor meinen Sorgen geboten hat. Zumindest für ein paar Abende.

Manchmal gibt es Menschen, die unseren Weg kreuzen, um unser Leben für ein paar Meilen zu verschönern, und die dann verschwinden, weil sie unser

Leben geprägt haben. Ich weiß, dass er zu diesen Menschen gehört. Plötzlich erscheint mir die Zukunft nicht mehr so düster und meine nächsten Dates nicht mehr so schwer, weil ich weiß, dass er da sein wird, im Schatten, und mit Simon wettet. Er wird eingreifen, wenn es nötig ist, mir ein Gericht aufheben und mich nicht verurteilen.

Ich lächle. Ich fühle mich gut.

Er schenkt mir einen Glühwein nach, während ich schon darüber nachdenke, wie ich nach Hause kommen kann. Ich schätze, ich könnte einfach bei meinen Eltern übernachten. Das wäre nicht schlimm. Heute Nacht kann mir nichts etwas anhaben.

„Also, wie siehts aus?"

„Ich halte die Wette. Ich werde es herausfinden. Hast du nicht eine Schürze, die mit deinem Vornamen bestickt ist?"

„Netter Versuch, aber nein."

„Und Sie, Albert", sage ich zu dem anderen Kunden, „wissen Sie es?"

Er hebt einen drohenden Finger in Richtung des Mannes mit dem rötlichen Gesicht und fordert ihn heraus, ihn zu verraten. Dieser lacht, schüttelt aber den Kopf.

„Bitte", sage ich.

„Wenn ich es sage, wird er mich nicht mehr bewirten."

„Genau", bestätigt er. „Kein Tropfen mehr!"

Ich murre frustriert, erblicke Simon und will aufstehen, aber der Barkeeper gibt ein mahnendes Geräusch von sich, also nehme ich wieder Platz und schüttele den Kopf.

„Habe ich trotzdem das Recht auf ein paar Hinweise?"

Er denkt lange nach und mir fällt auf, dass er jedes Mal auf seiner Unterlippe kaut. Sogar seine

Angewohnheiten sind sexy, um Himmels Willen! Kaum zu glauben, dass ich alle meine Chancen verspielt habe. Er wird mich nie wieder als etwas anderes sehen als die verrückte Frau, die verkleidet kommt, sich den Bauch vollschlägt und sich selbst sabotiert. Das Gute daran ist, dass ich einen Verbündeten in meinem kleinen Guerillakrieg gegen Blind Dates gewonnen habe.

„Nur einen", gibt er schließlich nach.

Ich bin so überwältigt, dass ich ein paar Sekunden brauche, um zu begreifen, dass er mir eine Spur liefern wird. Ich bin aufgeregt wie ein Kind am Heiligabend. Ich komme ihm so nahe, dass sein süßer Duft meine Geschmacksknospen streichelt und meine Sinne berauscht. Er beugt sich noch weiter zu meinem Ohr und ich schließe die Augen, weil mir schwindelig wird. Sein kurzer Bart streift meine Wange und lässt mich erschauern. Die Weihnachtslieder verstummen und ich höre nur noch seinen Atem, der mir so nahe ist. In meinem Bauch regt sich etwas, ein seltsames, leicht rostiges Gefühl. Mein Mund ist trocken und mein Herz galoppiert.

Ich warte.

Er haucht meinen Vornamen. Die Welt hört auf, sich zu drehen. Sein Duft, seine Haut, sein Atem an meinem Ohr … Ich verliere den Boden unter den Füßen.

Dann flüstert er:

„Du kennst ihn schon."

Kapitel 8

Ich drehe den Schlüssel leise und langsam im Schloss, um meine Eltern nicht zu wecken. Ich habe Josepha schon gesagt, dass ich dieses Mal nicht nach Hause komme. Sie hat direkt bei mir angerufen und sich kaputtgelacht, weil sie sich vorstellte, dass der Computeringenieur es auf mich abgesehen hatte. Ich kann noch hören, wie sie kichert, als sie versucht, mich zu fragen, ob er mir sein Betriebssystem zeigen würde.

„Jo…"

„Will er etwa sein bestes Stück kopieren und einfügen? HAHA! Nein, warte, lass mich raten, du willst, dass er auf dein magisches Symbol doppelklickt!"

„Nein, ich fahre zu meinen Eltern, weil ich müde bin und in der Bar einen Drink zu viel hatte. Der Ingenieur, so heiß er auch war, war der größte Depp, den ich je getroffen habe."

„Schlimmer als Enzo?"

„JO!"

„Okay, vielleicht nicht ganz so schlimm... Du hast gesagt, dass sein *Hinter-Grundbild* heiß ist?", lachte sie, immer noch auf ihre miesen Wortspiele.

„In der Tat, Oma hatte richtig getippt. Aber alle seine Dateien waren leer und korrupt."

„Das heißt?"

„Er hasst Kunst und Künstler."

„Ja, vergiss es, eure Softwaretreiber wären nicht kompatibel gewesen."

„Mach ruhig weiter, du wirst es kaum besser machen als ich: Ich habe ihm gesagt, dass ich gerne mit *Joysticks* rumspiele."

„Was?" hat sie mit einem unglaublichen Ton gefragt. „Los los, erzähl!"

Noch immer lachend über diese Unterhaltung schleiche ich leise und ohne das Licht einzuschalten in mein altes Zuhause. Ich dachte, ich würde es menschenleer vorfinden, aber ich staune nicht schlecht, als ich meinen Vater erblicke, der mich mit ernster Miene aus seinem Sessel heraus anstarrt. Ich schrecke auf und knalle beinahe die Tür über meinen Fingern zu.

„Papaaaaa!", sage ich halb erschüttert, halb verärgert. „Was machst du um diese Zeit noch hier?"

„Du junge Dame, ich könnte dich das Gleiche fragen! Soweit ich weiß, ist das hier immer noch mein Zuhause und ich kann tun, was ich will!"

„Der Fernseher ist noch nicht mal an! Was machst du da?"

Ich sehe die Fernbedienung in seiner Hand. Oh mein Gott, sag mir nicht, dass er sich gerade ... Nein, ich will es nicht wissen. Igitt, nein! Das Bild prägt sich in meinen Gedanken ein und ich muss meinen Kopf schütteln, um es wieder loszuwerden. Und ich bete fast, damit er nicht doch noch antwortet.

„Es war auch nicht geplant, dass du kommst, oder? Und was ist das für eine komische Kleidung?"

„Aber du hast gesagt, dass ich es darf! Weißt du was, ich werde einfach… Ich gehe jetzt nach oben ins Bett und… Nur… Gute Nacht, Papa."

Igitt. Igitt. Igitt.

Denk an etwas anderes. Schnell. SCHNELL. Denk an Josepha, an den Barkeeper, an deinen Roman. Ja, hier ist es. Denk an deine Geschichte, genau.

Ich gehe in mein Zimmer und werfe mich angezogen auf mein Bett, während ich auf meine alte Lieblings-Boysband starre. Ich werde nach diesen Dates nicht mehr hierher zurückkommen, das steht fest.

Ich richte meine Aufmerksamkeit auf die Poster an der Decke. Wie hießen sie noch mal? Hat der Barkeeper denselben Vornamen wie einer von ihnen?

Ich habe noch fünf Abende Zeit, um dieses Geheimnis zu lüften, und ich habe vor, es zu schaffen. Er hat nicht gesagt, dass ich mich mit nur einem Vorschlag pro Abend begnügen muss, oder?

Ich schließe meine Augen, sein Gesicht tanzt vor mir. Seine sanften, haselnussbraunen Augen, sein bezauberndes Lächeln und seine süße Stimme, die mir immer wieder sagt: *Du kennst ihn schon.*

Woher sollte ich seinen Vornamen kennen? Hat er ihn mir gesagt, ohne dass ich mich daran erinnern kann? Hat Simon ihn angedeutet, ohne dass ich es verstanden habe?

Du kennst ihn schon.

Diese Worte hallen in mir bis zum Morgen nach.

Es ist schon lange her, dass ich mit meinen Eltern allein beim Frühstück saß. Ich kann dem Blick meines Vaters nicht standhalten, weil ich zu verwirrt bin, was er im Dunkeln mit seiner Fernbedienung gemacht hat. Ich versuche mir einzureden, dass er aus Rücksicht auf meine Sensibilität seinen Horrorfilm ausgeschaltet hat, als er mich nach Hause kommen hörte, aber es fällt mir sehr schwer, mich davon zu überzeugen. Er scheint sich nicht viel wohler zu fühlen und rührt weiter wortlos und geistesabwesend in seinem Kaffee - ohne Zucker - herum.

Zum Glück ist Mama da und plappert, ohne sich des spürbaren Unbehagens bewusst zu sein. Sie schafft es, die Spannung perfekt zu lösen.

„Du hättest uns sagen sollen, dass du kommst."

„Glaub mir: Das passiert mir nicht noch einmal."

„Rede keinen Unsinn", kichert sie, „du bist immer willkommen. Es ist nur so, dass wir auf dich gewartet hätten, wenn wir es gewusst hätten, nicht wahr, Henri?"

Mein Vater trifft meinen Blick und grummelt. Natürlich nickt er ohne ein Wort zu sagen.

Mama lässt uns keine Zeit, uns mit unserer nächtlichen Begegnung zu beschäftigen, denn sie redet schon weiter:

„Und, ist alles gut gelaufen? Ich nehme an, ja, wenn du so spät nach Hause gekommen bist?"

„Eigentlich…"

„Wie war er? Oma erzählt nur Gutes von ihm. Ich habe gehört, dass er in ihrem Pflegeheim alle Herzen erobert. Vielleicht hat sie sogar angedeutet, dass er — wie soll ich sagen — ein Hingucker ist?"

Sie wird rot, als sie das sagt. Wenn ich unschuldig dachte, dass sie sich auf das bezieht, was Oma gesagt hat, zweifle ich jetzt keine Sekunde mehr daran, dass sie ihm schon einmal begegnet ist. Sie weiß, von wem sie spricht. Mathieu hat zweifellos seine eigene Schar begeisterter Fans.

„Er ist tatsächlich sexy, aber er ist auch ein ziemlicher Trottel."

Sie verschluckt sich und muss den Kräutertee hustend durch die Nase rausstoßen. Papa kann seine Schadenfreude kaum verbergen. Wenn sie ihn sehen würde, müsste er sein Lächeln unterdrücken, also versteckt er sich hinter seiner Tasse und ist plötzlich ganz vertieft in die Tageszeitung.

„Caroline!", schimpft sie. „Du kannst so etwas nicht sagen!"

„Oh doch, das kann ich, und glaub mir, ich werde mich nicht daran hindern lassen! Er war schrecklich!"

„Ich kann dir nicht glauben, er ist doch so charmant und fürsorglich."

„Kennst du ihn?"

„Äh, nein. Oma hat es gesagt."

„Er hasst Künstler und, ich zitiere, *Liebesromane*, die er als unwesentlich bezeichnet!"

„Er hat nicht unbedingt Unrecht. Es ist auch nicht so, dass sie wirklich lebenswichtig sind…"

„Mama! Warum verteidigst du ihn? Auf Kosten deiner eigenen Tochter! Du weißt, dass ich schreibe!"

„Caroline, mach nicht so viel Aufhebens darum, du bist auch nicht wirklich eine Schriftstellerin. Er hat nicht auf dich gezielt. Du schreibst zum Vergnügen, du verdienst dabei nichts."

„Aber das ist doch mein Beruf!"

„Ein großes Wort, wenn du mich fragst. Und es ist überhaupt nicht rentabel, was du tust. Du solltest dir lieber einen richtigen Job suchen, nicht den bei Gérard, weil…"

„Weil, was? Kellnerin ist auch nicht gerade ein Verkaufsschlager?"

Meine Kehle schnürt sich zu. Ich schlucke ein bitteres Schluchzen hinunter und versuche, mein erstochenes Herz zu beruhigen. Ich weiß, dass es sich nicht lohnt. Ich weiß, dass ich am Hungertuch nagen würde, wenn ich nicht bei Gérard arbeiten würde. Aber schreiben ist meine Berufung. Mein Traumjob. Mein Bestreben. Meine Mutter sollte mit mir durch dick und dünn gehen und an mich glauben. Sie sollte mich ermutigen. Ich weiß, dass dies kein Beruf wie jeder andere ist, dass er schwierig und nicht sehr lohnend ist. Wie kann ich jedoch Vertrauen in mich haben, wenn nicht einmal die Frau, die mich geboren hat, daran glaubt? Wie kann ich unter diesen Umständen meinem Werk einen Wert verleihen? Wie soll ich mich gegen einen sexy und herablassenden Computeringenieur durchsetzen, wenn er perfekt in die Form passt und von allen bewundert wird?

Ich gehe nicht die ausgetretenen Pfade, ich mache nichts wie die anderen, ich sehe die Welt anders. Außerdem wurde ich von einem verheirateten Kerl verlassen, aber meine Mutter verteidigt lieber einen Fremden und mein Vater sagt nichts... Ich fühle mich so gedemütigt, so einsam und wertlos.

Eine Träne kullert mir aus den Wimpern, also wische ich sie mit einer wütenden Geste mit der Hand weg. Meine Lippen zittern und ich spitze sie stolz. Ich springe auf und verlasse ohne ein Wort die Küche. Ich schnappe mir meine Tasche im Flur, ziehe meine Jacke an und gehe unter den drohenden Beschimpfungen meiner Mutter nach draußen. Sie versteht gar nichts.

Ich werde ihr beweisen, dass es nicht nur ein Hobby ist. Ich werde ihnen *allen* beweisen, dass ich Talent habe!

Ich öffne die Autotür und schlage sie hinter mir zu. Alles ist zugefroren. Ich muss rausgehen, um die Scheibe zu kratzen, bevor ich wegfahren kann. Meine Mutter öffnet das Fenster und sagt, ich solle aufhören, mich wie ein Kind zu benehmen und zurückkommen, aber ich höre nicht auf sie. Sie redet auf mich ein, aber gibt zu, dass es meine Entscheidung ist. Und wenn ich Mathieu nicht haben will, wird mich niemand dazu zwingen können. Und wenn ich schreiben will, soll ich eben schreiben. Was sie jedoch nicht sagt, höre ich genauso laut: Sie ist nicht einverstanden.

Ich verstecke mich in meinem eiskalten Auto und fahre los.

Ich werde ihnen zeigen, was ich wirklich kann.

Ich verbringe den ganzen Sonntag in eine Decke gewickelt, jammernd und mich über meine Eltern beschwerend, während Josepha mich mit ihren Weihnachtskeksen, diesmal mit Mandeln, verwöhnt.

„Nein, aber kannst du dir das vorstellen?"

„Das ist deine Mutter, sie wird sich nicht mehr ändern. Was mich mehr erstaunt, ist, dass Henri ..."

„Josepha! Igitt, hör auf! Er ist mein Vater, ich will es nicht wissen!"

Sie lacht leise, geht aber nicht weiter darauf ein. Ich lasse meinen Schmerz und meine Enttäuschung schweigend über meine Wangen laufen. Josepha hat Mitleid mit mir. Sie legt meinen Computer auf meinen Schoß und lächelt liebevoll.

„Es sind deine Finger, mit denen du deine Worte und deinen Schmerz ausdrücken lassen solltest. Los. Schreib."

„Du hast nicht Unrecht, ich könnte ein Buch schreiben, in dem die berüchtigte, herzlose und unbarmherzige Mutter an ihrer Reue erstickt und qualvoll stirbt."

Sie lacht und wird plötzlich wieder sehr ernst.

„Das könntest du tun. Aber du könntest auch die Geschichte einer Frau schreiben, die mit einem verheirateten Mann zusammen ist und sein Herz gewinnt. Oder noch besser! Von einer sehr würdevollen Frau, die den Untreuen und die von ihrer Familie ausgesuchten Partner aber auch alle Anstandsregeln über Bord wirft, um ihr Leben in vollen Zügen zu genießen und die Frau zu ehren, die sie in ihrem Herzen wirklich ist. Eine starke und unabhängige Frau, die ihre Träume wahr werden lässt, eine entschlossene, freie und erfüllte Frau!"

Sie weiß genau, wie sie mich aufmuntern kann.

„Josepha, du bist ein Schatz. Weißt du, dass ich dich liebhabe?"

„Komm schon, rede keinen Mist und nimm dir jetzt ein bisschen Zeit für dich."

Ich befolge ihren Rat mit einem Herzen voller Dankbarkeit und einem Ego, das durch ihr Vertrauen und ihre Unterstützung gestärkt wird. Ich öffne meinen Laptop und beobachte, wie sie ihr Notizbuch aus ihrer Tasche holt. Sie sucht sorgfältig einen vierfarbigen Stift aus, der zu ihrer Stimmung und ihrem Projekt passt, und setzt sich wieder neben mich.

Ich bin neugierig auf ihren Totenkopf-Stift und blicke sie fragend an. Es ist kein süßer, kleiner rosa Stift mit mexikanischen Santa Muerte, nein, es sind eher schöne, gruselige Totenköpfe.

Sie sieht mich nicht mehr. Sie taucht ihren Keks in ihren Kaffee und ist völlig in ihre Notizen vertieft. Ich lehne mich ein wenig über sie und stelle mir vor, dass sie noch für ihren geliebten Chef arbeitet, bevor sie das Schiff verlässt, um auf eigenen Füßen zu stehen, aber was ich da lese, hat nichts mit einem Reisebüro zu tun. Es handelt sich um einen Zeitplan für meine zukünftigen Dates, insbesondere für das nächste Date am Mittwoch und einen gewissen Clément.

„Wer ist denn Clément?"

Kapitel 9

Der Computer auf meinem Schoß dient mir nur noch als Wärmflasche. Josepha ist ausgegangen, um wie jeden Sonntag ihre Eltern zu besuchen, und ich sitze hier mit leeren Augen und verdaue die Nachricht: Clément. Mein nächstes Date, das von meiner Tante Gertrud ausgesucht wurde, ist ausgerechnet ein Pfarrer.

Ein Geistlicher.

Es gelingt mir nicht, diese Tatsache zu verinnerlichen. Wie kommt es, dass ein seinem Gott ergebener christlicher Mann im Spiel meiner Familie mitspielt? Ist das überhaupt moralisch? Arrangierte Ehen gibt es im Westen nicht mehr, oder? Was ging in dieser verbitterten, alten Griesgrämigen vor? An welchem Punkt kam sie auf die Idee, es wäre eine großartige Sache, mich mit ihrem heiligen Pfarrer zu verkuppeln? Sehe ich so aus, als würde ich vor dem Schlafengehen einen Rosenkranz beten, oder was? Nein, aber ehrlich!

Aber die Frage, die mich wirklich beschäftigt, ist ein bisschen komplexer: Kann ich ihn versetzen? Verkleidet hingehen und den Plan sabotieren? Kann ich mich über einen Mann Gottes lustig machen, ohne dafür bestraft zu werden? Nicht, dass ich besonders gläubig wäre, aber trotzdem — ich habe meine Grenzen, oder? Und wenn er sich mit einer Fremden verabredet hat, kann er auch nicht wirklich wissen, ob ich ihm etwas vorspiele. Wenn er meine Tante kennt, muss er doch wissen, dass mit mir auch etwas nicht stimmt, diese Dinge sind genetisch bedingt. Er ist nichtsahnend.

Die Idee ist mir allerdings etwas zu peinlich. Erstens habe ich nichts mit dieser alten Jungfer namens Gertrud zu tun. Zweitens ist es nicht sehr moralisch.

Die Zeit vergeht wie im Flug und kein Wort kommt aus meinem Kopf, um die leere Seite zu füllen. Als die Nacht langsam ihren Mantel der Dunkelheit über die Welt legt und das Zimmer so dunkel wird, dass ich meinen Hintern vom Sofa heben muss, um das Licht anzumachen, beschließe ich, das Handtuch zu werfen. Das heißt, dass ich an meinem Sonntag nichts gemacht habe, das ist erbärmlich.

Ich ziehe Clément von meinen Überlegungen ab und suche nach einer gesunden, schuldbefreienden Aktivität, um die Leere zu füllen, die mich vom Ende meines freien Tages trennt. Ich könnte es Josepha nachmachen und Plätzchen backen!

„Nein, verschone uns!", schreit mein Gewissen.

Ich muss zugeben, dass es nicht Unrecht hat. Ich würde mir alle Mühe geben, aber es wäre immer noch ungenießbar.

Ich könnte lesen, das Abendessen zubereiten, putzen, meine Münzen zählen, meine Eltern anrufen und mich für unseren Streit heute Morgen entschuldigen — ja, ich weiß, das ist nicht meine Aufgabe, sie waren diejenigen, die mich verletzt haben, aber so bin ich nun mal. Ich bin das Mädchen, das sich immer für alles entschuldigt, auch wenn sie nichts getan hat. Ich kann nichts dafür, das ist mein Ding. Ich hasse Konflikte. Da fällt es dir wie Schuppen von den Augen, oder? Wer hätte gedacht, dass die nette Caroline sich nicht dafür entschuldigen würde, dass sie ihren Freund mit seiner Frau im Bett erwischt hat? Ich nicht, das ist sicher. Aber ich halte mich an meine Vorsätze! Ich rufe ihn nicht an. Ich denke nicht einmal daran. Ganz und gar nicht. Es war nur, um meine Leistung hervorzuheben, nicht, um wieder an ihn zu denken. Auch nicht, um mir absichtlich weh zu tun und zu spüren, wie mein Herz wieder einmal zerreißt. Nein, ich versichere euch, dass in diesem Moment sein Lächeln nicht vor meinen Augen schwebt.

BARKEEPER!

Habe ich gerade in meinem Kopf *Barkeeper* geschrien, um den Schmerz von meinem Herzen fernzuhalten?

Ich fange an, alleine wie verrückt in meiner Küche zu lachen. Es ist einfach nur lächerlich.

Und doch ... habe ich es geschafft.

An den Barkeeper zu denken ist offenbar eine gute Lösung, um der Niedergeschlagenheit zu entfliehen.

Ich lache noch ein paar Minuten, mein Herz ist leichter und ich kann es kaum erwarten, ihn am Mittwoch wiederzusehen. Irgendwie habe ich eine kleine Liste mit Namen zusammengestellt, die ich ihm vorschlagen könnte.

Warum bis Mittwoch warten?

Nein ... Das kann ich nicht tun.

Was hält dich davon ab? Es ist ja nicht so, dass du bei den ersten Malen einen guten Eindruck gemacht hättest.

Einen guten Eindruck zu machen, ist eine Sache, als Stalkerin zu gelten, eine andere. Ich kann das nicht tun, ich bin auch nicht völlig verrückt.

Sagt das Mädchen, das eine Unterhaltung mit sich selbst führt!

Abgemacht!

So kam es, dass ich eine Stunde vor der Eröffnung des Restaurants in Leggings mit Koboldmuster und gemütlicher Strickjacke vor dem *L'opportuniste* stehe und mich nicht einmal selbst in Frage stelle. Ich knalle die Tür meiner geliebten Rostlaube zu — aber nicht zu hart, sonst könnte sie herunterfallen — und gehe selbstbewusst und voller Zuversicht auf den Eingang zu.

Als ob das Karma mit mir wäre, ist das Lokal bereits offen und ich muss nur die Tür aufstoßen, um in den mittlerweile vertrauten Eingang hineinzutreten. Das Einzige, was anders ist als sonst, ist die Musik: Keine Weihnachtslieder zurzeit. Es wird überhaupt keine Musik gespielt, sondern es herrscht eine ehrfürchtige Stille.

Ich verliere plötzlich etwas von meinem Selbstvertrauen. Was ist, wenn niemand da ist?

Das geht doch nicht, was mache ich denn hier?

Ich will mich gerade umdrehen, als ich ein frustriertes Grunzen höre, das ich unter Tausenden wieder erkennen würde: Mein Barkeeper ist schon da.

Plötzlich schlägt mein Herz höher. Es verschafft mir ein Gefühl der Fülle, das zu flüchtig ist, um es festzuhalten. Aber das Lächeln, das sich dazu gesellt hat, bleibt an meinen Lippen hängen, als ich langsam den Vorhang hebe, ohne mich zu zeigen. Ich weiß nicht, warum ich mir diese wenigen Sekunden, in denen ich im Schatten lauere, gönne, um die Szene zu verkosten. Vielleicht, um diesen flüchtigen Eindruck wiederaufleben zu lassen? Vielleicht, um seine Gesichtszüge zu studieren und den ersten Namen auszuwählen, den ich ihm vorschlagen werde?

Er lehnt an der Bar. Seine ganze Aufmerksamkeit ist auf ein Schachbrett vor ihm gerichtet. Simon steht ihm gegenüber und wartet mit verschränkten Armen darauf, dass er seinen nächsten Zug ausführt. Er scheint zuversichtlich zu sein. Die Falten auf der Stirn des Barkeepers lügen nicht: Er ist auf seine Partie konzentriert, ernst und angespannt. Er nimmt es nicht auf die leichte Schulter. Ein Neuling?

Ich fühle mich plötzlich beschämt, weil ich sie so beobachte. Ich räuspere mich, um meine Anwesenheit anzukündigen, und betrete die stille Bar, die noch leer ist. Simon strahlt, als er mich sieht, während sein Gegner sich versteift und die Augenbrauen hochzieht.

„Caroline!", ruft der Erste, um mich gebührend zu begrüßen. „Was machst du hier? Hast du heute Abend ein Date? Du bist früh dran, aber warum setzt du dich nicht zu uns? Möchtest du etwas trinken?"

Mein Lächeln zittert und meine Worte werden zögerlich, als ich den kalten Blick des Barkeepers sehe.

„Ich war gerade in der Gegend und ich... ich habe... nein, ich habe kein Date. Ich gehe jetzt eigentlich. Tut mir leid, dass ich euch gestört habe."

„Rede keinen Unsinn, komm einfach auf einen Drink vorbei, bevor du gehst. Vielleicht kannst du uns sogar ein bisschen mehr über dein nächstes Date erzählen."

„Simon, du schummelst. Wir haben gesagt, keine Fragen."

Seine Zunge löst sich, seine schöne, vor Drohungen vibrierende Stimme lässt mich erschauern.

Ich sollte umkehren. Er scheint verärgert zu sein, mich hier zu sehen. Aber meine Füße führen mich unwillkürlich zu dem Barstuhl, den Simon mir anbietet, während er seinen Freund zurechtweist. Denn ja, es ist ja offensichtlich, dass sie Freunde sind.

Ich kichere kurz, als würde ich versuchen, die Situation zu entspannen. Der Barkeeper runzelt die Stirn und der fast schon angewiderte Blick, den er mir zuwirft, lässt mich ganz kalt werden. Ich fühle mich plötzlich sehr lächerlich. Wo ist dieses seltsame Gefühl geblieben, dass ich hier hingehöre? Wahrscheinlich ist das eine Folge des

Alkohols, denn ich fühle mich in diesem Moment alles andere als willkommen.

Ich reiße mich zusammen, um wieder in der Realität Fuß zu fassen.

„Alles, was ich weiß, ist, dass er Clément heißt und Pfarrer ist."

„Puh", zischt Simon und zieht eine Augenbraue hoch. „Diesmal haben sie anscheinend etwas übertrieben."

Ich wage es nicht, einen Blick auf den Barkeeper zu werfen, und doch nehme ich einen langen, erstaunten Atemzug wahr, eine Bewegung am Rande meiner Sichtweite und etwas in der Luft verändert sich. Die Stimmung ist plötzlich wärmer und entspannter. Noch immer ohne die Veränderung seiner Haltung feststellen zu wollen, setze ich meine Unterhaltung mit Simon fort.

„Ich muss zugeben, dass ich irgendwie deswegen hier bin. Ich habe mir den Kopf darüber zermartert, ob ich dieses Treffen einhalten soll oder nicht, also habe ich beschlossen, mich auf andere Gedanken zu bringen."

„Indem du hierherkommst? In dieses gottverlassene Restaurant?"

Simon wölbt zweifelnd die Augenbrauen und der Tonfall seiner Worte ist sehr deutlich.

„Zu meiner Verteidigung sei gesagt, dass es sich auch um eine Bar handelt und ich hätte gewettet, dass eure Stammgäste bereits hier wären. Gut, ich habe mich geirrt, aber ihr seid da, also lag ich auch nicht ganz falsch. Ich hatte auch Lust zu spielen."

„Schach? Woher wusstest du es?"

Simon lässt mir wirklich keine Ruhe. Und wann hat er angefangen, mich zu duzen, ohne dass es unpassend erschien? Es ist erstaunlich, wie leicht es ihm fällt, soziale Kontakte zu knüpfen! Ich beneide ihn ein bisschen. Aber zum Glück ist er da, sonst wäre die Stimmung mit Herrn

Ich-habe-beschlossen-den-Mund-heute-nicht-aufzumachen nicht so locker.

„Nein! Ich wollte versuchen, seinen Vornamen zu erraten!"

Ich deute mit dem Finger auf den besagten Stummen und riskiere einen Blick zu ihm. Er ist immer noch einen Schritt zurück, jeder Muskel angespannt, die Kiefer zusammengepresst, und blickt mich regelrecht mürrisch an.

„Fünf Abende sind ja zu wenig. Und niemand hat gesagt, dass ich nicht mehrere Namen nennen oder dass ich nicht außerhalb dieser Dates kommen darf", rechtfertige ich mich ein wenig zu schnell.

Simons Lippen verziehen sich zu einem amüsierten, fast verblüfften und etwas ironischen Lächeln. Sein Freund macht immer noch keine Anstalten, sich zu rühren.

Ich seufze. Wenn ich schon für dumm gehalten werde, kann ich auch gleich mit offenen Karten spielen und bis zum Ende ich selbst sein:

„Komm schon, so schlimm ist es nicht, entspann dich ein bisschen. Bastien?"

Seine Schultern fallen leicht nach unten, sein Oberkörper scheint sich zu strecken und ein langes, resigniertes Ausatmen kommt über seine Lippen. Seine Brust sinkt, ein paar Falten erscheinen in seinem T-Shirt, aber selbstwenn er sich entspannt, stehen alle seine Muskeln hervor. Wo kommt der denn her? Niemand in dieser gottverlassenen Gegend ist so gebaut. Vielleicht war er beim Militär?

Er schüttelt den Kopf und wirft damit einen Stein in den glatten Teich meiner Gedanken, die sich wellenförmig von meinen Prioritäten wegbewegen.

„Immer noch nicht? Okay, also Alban? Jules? Franck?"

„Nein."
„Jeremiah? Alexis? Theo?"
„Auch nicht."
„Pfff."
Sein feines, absolut charmantes Grübchen erscheint endlich auf seiner Wange. In meinem Herzen spielen die Akkordeons verrückt. Ich weiß nicht, warum es ein Sieg ist, ihn lächeln zu sehen, aber ich weiß schon jetzt, dass heute Abend, wenn ich ins Bett gehe und die drei positiven Dinge meines Tages auflilste, diese eine dabei sein wird.

Er trifft meinen Blick und die kleinen goldenen Pünktchen, die seine Augen erhellen, beleben meine Entschlossenheit.

„Ich werde dich Barry nennen, bis ich etwas gefunden habe", beschließe ich.

„Barry?", lacht Simon neben mir.

„Oh nein, sag nicht, dass das wirklich dein Name ist? Habe ich es herausgefunden?"

Er zögert und schüttelt ungläubig den Kopf.

„Warum siehst du mich dann so komisch an?"

„Barry, wie Barry White? Der Schlagersänger, der die Bräute umhaut?"

Ich werde gegen meinen Willen rot. Daran habe ich nicht gedacht. Ich unterbreche den Gedanken, bevor mein Barkeeper noch mehr in Fahrt kommt. Es ist ja nicht so, als hätte ich mich nicht schon lächerlich gemacht, als ich ihm gesagt habe, dass ich ihn sexy finde!

„Nein! Barry als Barkeeper! Es ist komisch, an jemanden zu denken, ohne seinen Vornamen zu kennen."

Simon kichert und der Barkeeper grinst diesmal über beide Ohren.

„Nein, hör auf damit! So habe ich das nicht gemeint!"

„Denkst du dann oft an mich?"

„Aber nein!"

„Genug, um dich an einem Sonntagabend hierher zu locken."

Er könnte das durchaus mit einem Lächeln in der Stimme gesagt haben, aber das sind nicht die Signale, die mein Körper wahrnimmt. Bilde ich mir das nicht nur ein? Ich runzle die Stirn, da ist dieses kleine Grübchen, und er lächelt. Seine Augen leuchten, aber seine Stimme ... Seine Stimme ist tief, ernst und ohne jeden Humor.

Mein Herz rast in meiner Brust, als ich mich daran erinnere, wie nah er mir gestern Abend war, und seine Worte kommen wieder und wieder. Sein Atem auf meinen Lippen. Das Gold seiner Augen, die in die meinen blicken. Ich beuge mich ein wenig zur Bar, zu ihm, seltsam angezogen von dem Versprechen dieses vorgetäuschten Scherzes. Ich möchte ihm sagen, dass ich in Wirklichkeit ein bisschen zu viel an ihn denke. Diese Herausforderung...

Plötzlich weicht er zurück und lacht laut auf. Das ist die kalte Dusche. Er hat wirklich gescherzt. Wie konnte ich mich nur so verirren?

Ich lehne mich in meinen Stuhl zurück und grinse ebenfalls. Ich muss etwas antworten, um meine Würde zu wahren. Nicht leugnen. Nicht auf sein Spiel eingehen. Schnell!

„Wenn du *Glühwein* heißen würdest, vielleicht. Nur *der* ist heiß genug, um mich in diesem Outfit hierher zu locken."

Mein Lachen klingt in meinen Ohren falsch, aber niemand merkt es. Barry kichert freundlich, vielleicht ein wenig in seinem Ego gekränkt, aber das ist nur fair und er lässt sich nichts anmerken. Er holt sogar Glühwein für mich, während Simon mir verschwörerisch zuzwinkert, worauf ich nicht weiß, was ich antworten soll.

Schließlich fragt er mich, ob ich Schach spielen kann, weil er die Tische im Saal vorbereiten muss.

„Ein bisschen, aber das ist schon lange her…"

„Perfekt. Dann beende es für mich und mach ihn fertig."

„Keine Chance", entgegnet der Barkeeper mit meiner Tasse Glühwein in der Hand.

Mein Wettbewerbsgeist ist geweckt. Ich richte mich auf und setze mich auf den Stuhl, den Simon gerade verlassen hat.

„Ach ja, das denkst du! Ich war in der Schule Damenmeisterin!"

„Damenmeisterin?", wiederholt er und zischt mit all der Ironie, zu der er fähig ist.

„Ganz genau! Du hast keine Ahnung, mit wem du dich da anlegst!"

„Oh, ich verstehe", lächelt er.

Ich mag es, wenn er lächelt. Es wirkt natürlicher. Alles scheint leichter zu sein, wenn er entspannt ist.

„Willst du wetten?", schlägt er vor.

„Schon wieder? Aber das ist doch nicht wahr, du und Simon, ihr macht nichts Anderes?"

Der Betroffene geht an uns vorbei und trägt eine Menge Gläser. Er setzt auf den Barkeeper im Vorbeigehen.

„Tut mir leid, Caroline, aber das ist leicht verdientes Geld."

Der Barkeeper starrt ihn an und schreit:

„Skandal!"

„Warum sollte ich dann wetten?"

„Ach, ich dachte, du wärst Damenmeisterin? Oder hast du gar keinen Ehrgeiz mehr?"

„Haha, ich weiß, was du vorhast, aber dieses Mal klappt es nicht. Außerdem habe ich nichts, was ich dir als Gegenleistung anbieten könnte."

„Wenn ich gewinne, kommst du am Mittwochabend."

„Bin ich so durchschaubar, dass du schon geahnt hast, dass ich nicht kommen werde? Und bist du so überzeugt von dir, dass du mir nicht sagst, was ich gewinne?"

„Wenn du gewinnst, verrate ich dir meinen Vornamen."

Ich ziehe eine Figur und schreie:

„Schachmatt!"

Er lacht fröhlich und schüttelt den Kopf, aber dann wird er plötzlich wieder sehr ernst.

„Und wenn ich verliere?", frage ich, weil er so nachdenklich ist.

In seinen Augen glüht ein wilder Schimmer. Ich bereue es fast, dass ich mich auf diese Wette eingelassen habe. Aber er wird weich und antwortet mir mit einem entwaffnend sanften Lächeln:

„Wenn du verlierst, bist du verpflichtet, noch einmal mit mir zu spielen."

Kapitel 10

Ich liege in meinem Bett und beobachte, wie die Minuten unaufhaltsam auf die schicksalhafte Weckzeit zugehen. Warum kann ich nicht schlafen? Und vor allem: Warum muss ich immer wieder an Barry denken?

Denn, nein, ich habe nicht gegen ihn gewonnen und konnte natürlich auch nicht seinen richtigen Vornamen erfahren. Ich habe nicht nur verloren, sondern ich muss auch sagen, dass es eine krachende Niederlage war. Er erledigte mich mit drei lächerlichen Zügen. Ich handelte eine Revanche aus (na gut, mehr als eine), aber auch hier erntete ich nur Misserfolge. Das Schlimmste war, dass ich als Verliererin nicht in der Lage war, meine Unterlegenheit mit Würde zu akzeptieren. Ja, ich habe mich wie ein verwöhntes Kind verhalten und vielleicht sogar versucht, ihn mit einem Sieg zu bestechen. Er hat nicht nachgegeben. Er hat gelacht. Sehr viel. Und jetzt sitze ich hier, in meine Bettdecke gewickelt, und stelle fest, dass es mir egal ist, dass ich verloren habe, weil es mir so viel Spaß gemacht hat, mit ihm zu spielen; ich kann es kaum erwarten, es wieder zu tun!

Liegt es daran, dass ich die ganze Nacht diese Serie über die Schachweltmeisterin geschaut habe? Vielleicht.

Liegt es daran, dass ich mich weiter durch Schachseiten geklickt habe, bis ich eine Neurose entwickelt habe, und mir fast sicher war, dass ich beim nächsten Spiel gewinnen würde? Vielleicht auch.

Habe ich auch die sozialen Netzwerke nach dem Profil eines sexy Barkeepers durchsucht, um zu versuchen, seinen Vornamen herauszufinden? Vielleicht. (Ich bin leer ausgegangen, falls ihr euch das fragt).

Liegt es daran, dass ich so ein seltsames Gefühl des Entzugs habe und sein Gesicht nicht aufhört, mich anzulächeln, wenn ich die Augen schließe? Nein. Ganz und gar nicht.

Ganz und gar nicht.

Ich stoße einen lauten Seufzer aus und schlage gegen meine Matratze, weil ich genervt bin, dass ich keinen Schlaf finde. (Ja, ja, ich kann schon hören, wie ihr mir die Sache mit dem blauen Licht erklärt, das ist schon in Ordnung.) Tatsache ist, dass ich nicht schlafen kann, egal warum. Ich werfe noch einmal einen Blick auf die leuchtende Uhr meines Weckers: Ich habe nur noch eine Stunde, bevor ich aufstehen muss, um zu Gérard ins Café zu gehen.

Nach einem tiefen Atemzug beschließe ich, aufzugeben. Es wird ein langer Tag, was soll's.

Ich öffne meinen Fensterladen. Die Überraschung lässt mich vor Staunen zusammenzucken: Die Straße ist weiß und mit einer dicken Schicht Neuschnee bedeckt. Im gelben Schein der Straßenlaternen tanzen die Schneeflocken Ballett. Alles ist ruhig. Wüst und verlassen. Und beruhigend.

Ich nehme mir ein paar Minuten Zeit, um das Schauspiel aus meinem alten Sessel heraus zu bewundern. Meine Augen brennen. Ich schließe sie nur für einen Moment.

Ich komme summend bei Gérard an. Nun ist es soweit: Die Weihnachtsstimmung hat sich mit dem Schnee von heute Morgen eingestellt! Die Menschen lächeln herzlich, und wenn ich meiner Erfahrung glauben darf, wird es Trinkgeld geben! Das hebt sofort meine Stimmung, obwohl ich die ganze Nacht durchgemacht habe. Das und die Tatsache, dass ich weiß, dass ich mich an Barry rächen werde. Vielleicht heute Abend?

„Caroline, du bist schon zu spät! Geh in die Spülküche!"

Na toll, der Chef ist anscheinend nicht gut gelaunt. Das wird wirklich ein langer Tag.

Ich drücke die Tür zu meiner Wohnung auf. Josepha begrüßt mich mit ihrem wunderschönen Lächeln und einer neuen Ladung Zimtplätzchen.

„Oh, Scheiße, du guckst so schrecklich, dass ein Blinder vor dir weglaufen würde!"

Ich schnappe mir eines der Plätzchen und grummle. Sie versteht nur „müde" und „gehe ins Bett", was das Wichtigste ist. Aber sie hält mich auf.

„Mhm, mhm. Das geht nicht. Wir haben Besuch."
„Oh bitte, nein ... Wer ist das?"

Kaum habe ich meine Verärgerung ausgesprochen, ragt der zerzauste und ziemlich beleidigte Kopf meiner Mutter aus dem Eingang. Sie hat ihre Weihnachtskleidung herausgeholt: eine rote Hose und einen hässlichen, tannengrünen Pullover, der mit Perlen bestickt ist. Es soll wie Schneeflocken aussehen, die auf eine Winterlandschaft fallen. Wenn noch jemand daran gezweifelt hat, jetzt ist es endgültig: Wir werden jetzt bei jedem Gespräch Weihnachten erwähnen.

Ich stöhne, seufze und zögere wirklich, ihr den Rücken zuzukehren und dem Ruf meines gemütlichen Bettes nachzugeben. Leider packt mich Josepha am Arm und zieht mich ins Wohnzimmer. Dort werde ich fast ohnmächtig: Mein Vater, meine Großmutter und meine Tante sind auch da. Jetzt fehlen nur noch Eline und die Nachbarin, um das Ganze perfekt abzurunden.

Bitte bringt mich um.

„Ganz ehrlich, Caroline, du bist wirklich unhöflich! Was für ein Empfang!"

„Entschuldige, ich hatte eine sehr schlechte Nacht, und ich dachte ... Aber egal, was macht ihr hier?"

„Ohne Ankündigung", füge ich zwischen zusammengebissenen Zähnen hinzu.

Josepha lässt mich in der Höhle des Löwen zurück und behauptet, dass sie Plätzchen aus dem Ofen holen muss, aber ich glaube ihr keine Sekunde. Sie hat den Braten gerochen. Ich hoffe wirklich, dass sie sich einen Plan ausgedacht hat, wie sie mich da rausholen kann, sonst muss ich ihr Weihnachtsgeschenk von der Liste streichen!

„Du bist gestern abgehauen und gehst nicht dran, wenn wir dich anrufen, also hatten wir keine Wahl!"

„Ach ja, also war es anscheinend nicht deutlich genug..."

„Was murmelst du da?"

„Ach, nichts."

„Wir sind hier, weil Oma nicht sehr erfreut ist und wissen will, warum ihr Computerfachmann sauer auf sie ist."

Ich sehe den Karton mit der Weihnachtsdekoration, der neben dem Sofa steht, und den Baum, der in der Ecke des Zimmers noch wie ein Braten verschnürt ist. Josepha hatte für den Abend eigentlich etwas anderes geplant. Der frische Geruch von feuchter

Kiefer drückt sich unauffällig in meine Nase, jetzt, da ich ihn wahrgenommen habe. Ich höre deutlich die genervten Worte meiner Mutter, die auf eine Erklärung wartet, und ich höre auch, was sie nicht sagt: Sie macht sich Sorgen um ihren Kandidaten. Zu Recht!

Mein Vater verlässt das Wohnzimmer und geht zu Josepha in die Küche. Wie hält er das nur den ganzen Tag aus? Ich nehme an, er hat eine Lösung gefunden: Er muss still sein und sie nie verärgern. Leider liegt das nicht in meiner Veranlagung und jetzt bin ich müde. Wirklich sehr, sehr müde. Das heißt, ziemlich reizbar.

Ich beiße jedoch die Zähne zusammen, als ich Oma verkrampft auf dem Sofa sitzend bemerke. Nie im Leben wollte sie mich zur Rede stellen. Selbst wenn Mathieu sauer auf sie wäre, würde sie nicht kommen, um mich zur Rechenschaft zu ziehen. Zumindest glaube ich das.

„Caroline! Antworte deiner Großmutter!"

„Mama, im Ernst, lass mich in Ruhe."

„Oh!", empört sie sich. „Rede nicht in diesem Ton mit mir, junge Frau! Ich bin immer noch deine Mutter!"

„Das ist der Punkt! Warum sagst du Oma dann nicht, dass ihr Informatiker ein Trottel ist? Er ist zwar ein hübscher Kerl, aber so oberflächlich, aber hallo! Warum verteidigt mich meine eigene Mutter nicht? Und tu nicht so, ich sehe dich schon kommen. Ich habe deine Anrufe nicht beantwortet, weil ich keine Lust hatte, mit der Frau zu reden, die mich geboren hat und die die Erste sein müsste, die meine Träume unterstützt. Aber nein, sie zieht es vor, mich noch mehr, damit ich mich wie der letzte Dreck fühle!"

„Das stimmt nicht!"

„Mama", seufze ich. „Ernsthaft, warum bist du hier? Was willst du denn?"

Sie wettert, steht kerzengerade und stemmt ihre Fäuste in die Hüften. Sie lockert ihren Kiefer nicht. Sie weiß nicht einmal, was sie antworten soll.

Oma ist plötzlich ganz vertieft in die Betrachtung einer goldenen Lichterkette, die über dem Fenster hängt. Ich versuche, ihren Blick zu erhaschen, um mich stillschweigend zu entschuldigen, aber es gelingt mir nicht.

Die Stille dehnt sich aus.

Ich bin müde. Es ist zu viel.

Ich seufze und lasse die Arme an meinem Körper herunterhängen. Die Last meiner Schuld lastet auf meinen Schultern. Ich gebe auf.

„Es tut mir leid. Ich gehe jetzt ins Bett. Fühlt euch wie zu Hause."

Ohne ein weiteres Wort zu sagen, drehe ich mich um und verlasse den Raum. Sie holt mich nicht ein. Sie entschuldigt sich nicht. Nichts.

Was für ein Glück, eine so *liebevolle* Mutter zu haben.

Ich schließe die Tür zu meinem Zimmer leise, überwältigt. Jede Spur von Wut ist verschwunden. Eine große Leere ergreift Besitz von mir. Einsamkeit und Dunkelheit begrüßen mich in meinem kalten Bett. Ich ziehe meine Kleidung aus und rolle mich mit brennenden Augen unter meiner Bettdecke zusammen. Es dauert nicht lange, bis mein Kopfkissen mein Murren begrüßt. Heute Abend bringe ich es nicht übers Herz, die positiven Dinge des Tages aufzuzählen. Ich lasse meinen Kummer das Licht auslöschen und versinke in einen schweren Schlaf. Erst ist er quälend, dann so leer wie mein Leben.

Später in der Nacht spüre ich den warmen Körper meiner besten Freundin, die sich hinter mich legt und mich in ihre Arme schließt. Ich weiß nicht, wie spät es ist, und ich habe nicht die Kraft, meine Augen zu öffnen oder mich bei ihr zu bedanken. Ein Seufzer bleibt mir im Hals stecken und ich schlafe wieder ein. Weniger einsam.

Das Frühstück findet in einer fast bedrückenden Stille statt, die mit Mitleid und Schuldgefühlen behaftet ist. Josepha kennt mich wie keine andere. Sie weiß es einfach: Egal, was sie sagt, es wird meine Reue nicht mindern und meinen Schmerz nicht lindern. Sie weiß auch, dass meine Mutter eine harte Schale hat und meine Großmutter mit Zwang hierher geschleppt wurde, ohne dass sie den Grund dafür wirklich verstanden hat (sie ist ein Schatz, aber sie beginnt langsam, ihr Gedächtnis zu verlieren). Und mein Vater ist wahrscheinlich hin- und hergerissen zwischen dem Frieden in seinem Haushalt und dem Wohlergehen seiner Tochter. Sie weiß das alles, denn auch ich bin mir dessen bewusst. Aber trotz all dieser Dinge fühle ich mich heute Morgen sehr schlecht.

„Sie sind nicht lange geblieben. Dein Vater hat sein Bier stehen lassen und deine Mutter zum Aufbruch bewegt. Er war nicht gerade glücklich."

„Schade, dass er nicht den Mut hat, sich ihr entgegenzustellen, wenn ich da bin."

„Caroline…"

„Ich weiß. Ach, vergiss es einfach."

Meine Finger gleiten über die Oberfläche meiner Rentier-Tasse, rollen um die große rote Nase herum und halten sich an den Ohren fest, die als Henkel dienen. Ich führe die süße Flüssigkeit an meine Lippen. Normalerweise trinke ich Kaffee, aber Josepha hielt es für nötig, heute Morgen alle Register zu ziehen: ein selbstgemachter heißer Kakao mit viel Schokolade und Milchschaum. Ich stecke meine Nase in die Tasse, um den

Duft einzuatmen, und sauge ihn ganz in mich auf, bis ich all die guten Erinnerungen wecke, die daran hängen: Schneeballschlachten, die unsere Kinderfinger gefrieren und unsere Nasen rot werden ließen. Gelächter. Heiße Schokolade, die Körper und Seele wärmt. Stille Frühstücke, bei denen ich meinem Vater mit der Bewunderung eines Kindes beobachtete. Geteilte Nachmittagssnacks mit meiner besten Freundin. Sonntagnachmittage, an denen ich am Fenster gedrückt den Schnee beobachtete, wie er vom Himmel herabfiel. Den mit Eline geschmückten Weihnachtsbaum. Die von meiner Großmutter mit einer Tasse Schokolade getrösteten Sorgen. All diese Dinge füllen mein Herz und ziehen meine Lippen in die Länge. Ich fühle mich schon ein wenig beruhigt.

Ich öffne meine Augen und seufze lange, während ich meine Freundin anlächle. Ich brauche nichts zu sagen, denn sie liest mich wie ein offenes Buch. Ich greife nach ihrer Hand und drücke sie zärtlich. Sie erwidert meine Geste mit Wärme.

„Ich hab' dich lieb, Schwesterherz."

„Meine Josepha, was würde ich ohne dich tun?"

„Oha! Soll ich wirklich darauf antworten?", lacht sie lauthals.

Und so ist es mit ihr: Sie verwandelt jeden schwierigen Morgen in eine Vielzahl von Möglichkeiten, die die Zukunft eröffnen. Mein Tag sieht jetzt viel weniger trist aus und ich bin fast bereit, ihn mit Zuversicht anzugehen.

Fast.

„Nee, sag lieber nichts."

„Hat Gérard dir morgen den Abend freigegeben?"

„Ja, ich bekam schließlich alle Mittwoch- und Samstagabende bis Weihnachten von ihm frei. Er war nicht begeistert, aber ich konnte mich mit Martha arrangieren, so dass er nicht meckern konnte."

„Wird sie für dich einspringen?"

„Ja, und im Gegenzug nehme ich ihr die Sonntage ab. Ich glaube, sie hat einen Freund. Sie hat nämlich eine neue Leidenschaft für Weihnachtsschaufenster erwähnt."

„Oh Mann, das muss ein aufregender Typ sein…"

„Hör auf", lache ich. „Vielleicht ist er gar nicht so langweilig, wie er aussieht."

„Schaufensterdekorationen an Weihnachten beobachten… *als Hobby*? Als *Zwanzigjähriger*?"

„Vielleicht war das ein Deckname?"

„Du meinst, ein Deckname für … du weißt schon…"

„Josepha!"

Ich tue zwar so, als wäre ich schockiert, aber meine Heiterkeit verrät mich zu schnell. Ich verschütte fast meine Tasse und Josepha verschluckt sich an ihrer eigenen heißen Schokolade. Der Schaum kommt herrlich aus ihrer Nase, es ist ekelhaft. Sie dreht sich um, um nach Taschentüchern zu greifen, und schnäuzt sich dann mit einem glamourösen Trompeten alles raus. Unser Lachen übertönt die Weihnachtslieder aus ihrem Handy. Schließlich bemerke ich, dass sie eine Kiste mit der Weihnachtsdekoration herausgeholt hat. Diejenige, die in ihrem Haus verstaut war. Diejenige, die sie besonders schätzt. Die Kiste mit der Weihnachtsdekoration, die sie zusammen ausgesucht hatten.

In Josephas Familie gibt es eine Tradition: Jedes Jahr wird ein neuer Schmuck für den Baum oder das Haus ausgesucht. Diese Tradition hatte Josepha ein wenig abgewandelt: Jedes Weihnachten suchten sie und Cyril eine neue Weihnachtskugel aus, die sie an ihren Baum hängen wollten. Es gibt also für jedes Jahr eine Kugel, die sie sich geteilt haben. Ich erinnere mich an die erste, eine

Kugel aus sandbestrahltem Glas in makellosem Weiß, die die Reinheit ihrer Liebe symbolisierte. Es folgten weitere: eine blaue wie ihre Augen, eine rote wie die Leidenschaft, eine japanische für ihre Lieblingsreise und eine grüne, die letzte, für die Hoffnung. Im nächsten Jahr, als die Krankheit ihn besiegte, kaufte sie eine schwarze Kugel, wie die dunkelste Nacht, aus der sie glaubte, nie wieder herauszukommen. Seitdem kauft sie keine mehr. Es ist zu viel. Sie hatten geplant, sie ihren Kindern zu vererben, wenn sie erwachsen sind.

Das Lachen ist verstummt. Die Weihnachtslieder verbreiten immer noch die Freude der Feiertage zwischen den Wänden, aber die Schokolade ist in unseren Händen kalt geworden. Ich wende meinen Blick von der Kiste ab, zu spät. Ihre Gesichtszüge sind ein wenig zu starr, um natürlich zu wirken.

„Ich dachte, vielleicht … Na ja, ich weiß nicht, ob ich … Vielleicht ist das keine gute Idee."

„Natürlich ist es das! Sollen wir sie aufhängen?"

Sie antwortet nicht, die Worte bleiben in ihrer Kehle stecken, ihre Augen zittern unmerklich und ein Schleier legt sich über ihr Blick. Auf einmal ist ihr ganzer Körper von Emotionen erfüllt. Sie versucht zwar, die Wellen der Unruhe herunterzuschlucken, aber der Wellenschaum bleibt an ihren dünnen Wimpern hängen.

„Nur wenn du bereit bist. Du musst es nicht, weißt du, und es gibt keine Eile."

„Es sind schon drei Jahre her."

„Es ist unwichtig, ob du drei oder dreißig brauchst. Es spielt keine Rolle."

Sie schnieft laut, steht auf und greift nach der Kiste. Für eine Sekunde fürchte ich, dass sie ihn aus Wut in den Müll werfen wird, aber sie tut es nicht. Sie öffnet das Sideboard und stellt die Box wieder ganz nach hinten hinter die Tischdecken. Sie achtet darauf, sie unter den

Tüchern zu verstecken, und schließt den Schrank vorsichtig.

„Nicht dieses Jahr."

„Nicht dieses Jahr", wiederhole ich und nicke fest mit dem Kopf.

Sie zögert eine Sekunde, immer noch aufgebracht, kommt aber nicht mehr in die Küche zurück.

„Ich muss mich fertig machen, um 8.30 Uhr habe ich Kunden."

„Und ich bin schon zu spät."

„Wie jeden Morgen. Ein Wunder, dass Gérard dich nicht feuert. Eigentlich mag er dich doch."

„Das kann nicht sein! Er würde mich nicht so hart arbeiten lassen, wenn es so wäre! Und er würde mich ausschlafen lassen!"

Ich höre sie ironisch aus der Ferne seufzen. Ich stehe auf, sammle schnell unser Geschirr ein und räume den Lebkuchen weg, fahre mit der Hand über den Tisch, um die Krümel grob wegzuräumen, wohl wissend, dass sie sich aufregen wird, wenn sie sieht, dass ich den Schwamm nicht genommen habe, und gehe dann in den Flur. Ich schlüpfe in meinen Mantel, ziehe mir die Mütze über den Kopf, lege hastig meinen Schal um und springe in meine Stiefel. Nicht sehr überzeugend für eine Kellnerin, aber zum Glück gibt es im Café keine Kleiderordnung. Es wäre eine Qual, bei diesem Wetter im Rock rauszugehen!

Ich schnappe mir meinen Schlüsselbund und rufe meiner Freundin ein „Auf Wiedersehen" zu.

„Vergiss nicht, auf dem Heimweg zum Verkleidungsgeschäft zu gehen!", ruft sie aus ihrem Zimmer.

„Warum?"

„Das Date ist doch morgen! Ich habe dir ein Outfit reserviert."

„Ach ja? Welches?"
„Das wirst du schon sehen."

Kapitel 11

Das Café ist überfüllt. Gérard hat seine Schürze angezogen, um mir heute Morgen auszuhelfen. Er schwingt sich zwischen den Tischen hin und her und verteilt mit jedem Kaffee ein freundliches Lächeln. Er summt hinter seiner Bar und ich könnte sogar schwören, dass ich ihn gesehen habe, wie er mit seinem Hintern im Rhythmus wackelte, als *Jingle Bells* im Radio gespielt wurde. Draußen werden die wattigen Flocken immer dichter. Die Bürgersteige sind mit einem dicken Teppich bedeckt, die Schritte werden leiser und die Fußgänger haben ein ekstatisches Lächeln auf ihren Gesichtern. Der Schnee hat die besondere und einzigartige Fähigkeit, jeden Erwachsenen in das Kind zurückzuversetzen, das er einst war. Ich kann in ihren leuchtenden Augen all die Erinnerungen an Schlittenfahren und Schneemänner sehen, die sich in ihnen regen. Es ist faszinierend. Ich könnte den ganzen Tag damit verbringen, sie zu beobachten, warm und gemütlich hinter meiner Fensterscheibe niedergelassen.

„Caroline!"

„Schon gut, ich denke nach!"

Gérard mahnt mich zur Ordnung, wenn meine Gedanken abschweifen. Ich richte meine Aufmerksamkeit wieder auf die feinen Linien, die auf dem Schaufenster gezeichnet sind. Wie jedes Jahr bin ich dazu bestimmt, das Café zu dekorieren. Heute Morgen geht es um die Schaufenstergestaltung: Ich schaue mir die vielen Dosen mit Spezialfarbe an, die auf der Holzleiste stehen, und wähle die rote Farbe aus. Wir müssen dem

Weihnachtsmann einen Hut aufsetzen! Der arme Kerl weiß es zwar nicht, aber er hat da unten eine schleichende Glatze.

Ich muss selbst über meinen Witz lachen, als ein Fußgänger auf der anderen Straßenseite stehen bleibt und mich anstarrt. Ich strecke ihm freundlich die Zunge heraus, bevor ich ihn erkenne. Vor Überraschung zucke ich instinktiv zurück, wackele auf meinem Stuhl, versuche mich zu fangen und falle rückwärts auf den Tisch eines Kunden, mit dem Pinsel im Gesicht und verbrühe mir mit dem Kaffee meinen Hintern.

„Sorry, sorry, sorry..."

Ich richte mich so gut es geht wieder auf, und entschuldige mich. Der Kunde lacht, ohne auch nur beleidigt zu sein. Da habe ich ja Glück. Gérard beschimpft mich aus der Ferne und schüttelt den Kopf, entsetzt über meine Ungeschicklichkeit. Er kennt nicht den Grund für meinen Sturz: Als ich einen Blick nach draußen werfe, ist er immer noch da, mit einem Grinsen im Gesicht und schelmischen Augen.

Der Barkeeper.

Was macht er hier? Woher weiß er, wo ich arbeite? Folgt er mir? Spioniert er mir nach? Vielleicht ist er sogar gefährlich.

Ich wische den Tisch ab und entschuldige mich noch einmal bei dem Kunden, abgelenkt und ein seelisch ein wenig aus dem Gleichgewicht von diesem Auftritt. Dann sehe ich, wie er zum Schaufenster geht und das Café betritt. In *mein* Café! Er kommt genau in dem Moment herein, als der Kunde lacht und mich auffordert, mit den Entschuldigungen aufzuhören:

„Wenn jedes Mal, wenn ich hier einen Kaffee bestelle, eine hübsche Frau auf meinem Schoß landet, komme ich jeden Tag wieder!"

Er scherzt natürlich. Oder etwa nicht?

Seine Hand wandert plötzlich hinter meine Beine und kneift mich in den Hintern. Ich zucke zusammen, entsetzt über diese unpassende Geste und sein dreckiges Lachen. Mein Blick fleht Gérard an, einzugreifen, aber er steht wie versteinert hinter seiner Bar. In diesem Moment runzelt der Barkeeper die Stirn und packt den Mann am Kragen seines Hemdes. Die Stühle schrammen über den Boden und empörte Rufe erfüllen den Raum. Gérard bewegt sich endlich und schimpft. Ich zittere. Kein Ton kommt aus meinem Mund. Ich sollte ihn aufhalten, ich riskiere meinen Job. Aber es kommt nichts. Ich bin wie gelähmt.

Der Barkeeper schüttelt den Gast heftig und fordert ihn auf, sich bei mir zu entschuldigen. Er erschreckt ihn so sehr, dass er der Aufforderung widerwillig nachkommt und behauptet, es sei nur ein kleiner Stupser gewesen. Der Barkeeper zieht die Augenbrauen hoch und öffnet seine großen, runden Augen, dann greift er mit einem verständnisvollen Blick tiefer zwischen sie und fasst ihn in den … na ja … in den Schritt.

„Es ist schon in Ordnung, oder?", fragt er ironisch.

Ein subtiles, schrilles Stöhnen kommt über die Lippen des Kunden, dann wirft Barry ihn zurück.

„Hey, beruhigt euch! Keine Schlägereien in meinem Café!"

„Dann wäre es an der Zeit, Arschlöchern den Zutritt zu Ihrem Café zu verbieten", erwidert der Barkeeper sehr ruhig.

Der Gast starrt ihn grimmig an und schützt seinen Schritt. Barry erwidert:

„Ein kleiner Schubs. Du wirst doch keine große Sache daraus machen, oder?"

Der Kunde packt seine Sachen zusammen und verlässt das Café, ohne zu bezahlen. Gérard runzelt die

Stirn, schaut mich an und sagt dann, dass es von meinem Lohn abgezogen wird. Ich nicke, rot vor Scham und zutiefst schockiert. Barry will wieder einmal protestieren, aber ich unterbreche ihn gerade noch rechtzeitig.

„Bitte lass es sein."

„Er kann das doch nicht von deinem Gehalt abziehen!"

Ich führe ihn zu dem Stuhl, den der Kunde gerade verlassen hat, und zwinge ihn, sich zu setzen. Mein Herz schlägt zu schnell und meine Hände zittern immer noch.

Er nimmt willig Platz, als er meine Verwirrung bemerkt. Ich kann sehen, dass er wütend ist, aber er beißt die Zähne zusammen und wartet. Ich sammle die Keramikscherben ein und wische den Tisch schnell ab.

„Was kann ich dir bringen? Einen Kaffee?"

„Caroline!"

„Jetzt nicht. Bitte, bestell dir etwas."

„Du zitterst ja!"

„Ich habe eine Schlägerei angezettelt, ich…"

„Willst du mich verarschen? Du hast nichts anderes getan, als von deinem Stuhl zu fallen, verdammt noch mal! Er hätte dich nicht anfassen dürfen! Und dein Chef hat kein Recht, dich dafür zu bestrafen, das ist sexuelle Belästigung und *du* bist das Opfer!"

Natürlich spricht er so laut, dass Gérard es hören kann. Gérard und all die anderen Kunden, die die Szene nur beobachtet haben, anstatt etwas dagegen zu tun.

Ich seufze, meine Augen brennen, und ich muss mich zusammenreißen, um die Fassung zu bewahren.

„Es war nur ein Versehen."

„Man kneift doch nicht aus Versehen in den Hintern einer Frau! Ich bin da anderer Meinung!"

Plötzlich ist es zu viel. Ich habe alles versucht, um darüber hinwegzukommen und keine Wellen zu schlagen. Wenn er doch nur still sein könnte und mich das alles verkraften lassen würde! Aber nein, er bringt es immer wieder zur Sprache! Natürlich habe ich mich angegriffen gefühlt! Natürlich war es unangebracht und aufdringlich! Natürlich war es schockierend und schmerzhaft! Aber ich kann es mir nicht leisten, deswegen meinen Job zu verlieren! Es ist nicht der Erste und es wird nicht der Letzte sein, so ist das nun mal, wenn man eine Kellnerin ist. Und im weiteren Sinne, wenn man eine Frau ist. Wer hat das noch nicht erlebt? Niemand.

Meine Tränen kullern über meine Wangen, ich schlucke ein paar Schluchzer herunter und schniefe laut und unwillig. Ich flehe ihn mit meinen Augen an, die Klappe zu halten. Ich stecke all meine Wut und meine Würde hinein. Endlich begreift er. Seine Schultern sinken und jede Spur von Wut verschwindet aus seinem Blick. Seine haselnussbraunen Augen sind von Bedauern erfüllt.

„Es tut mir leid, ich war etwas unüberlegt. Ich wollte nur betonen, dass das nicht normal ist und dass du das nicht akzeptieren musst. Ich wollte dich nicht aufregen oder dir sagen, was du tun oder wie du dich verhalten sollst…", erklärt er.

Er steht auf und hockt sich neben mich, um mir zu helfen. Er greift nach den restlichen Glasscherben und zieht mir dann die Scherben aus den Handflächen, die durch das Fleisch schneiden, während er durch seine Zähne zischt.

„Es geht mir gut", versuche ich ihn zu überzeugen, wobei meine Stimme fester klingt, als sie ist.

„Du blutest doch."

„So schlimm ist das nicht."

Gérard kommt mit Schaufel und Handfeger. Er sieht verwirrt und beschämt aus. Er räumt die Scherben zusammen und fordert mich auf, zu verschwinden, ohne mich eines Blickes zu würdigen.

„Nein, es macht nichts! Ich kann weiterarbeiten, entlasse mich bitte nicht!"

„Aber wer hat etwas von Entlassung gesagt? Caroline, ich weiß, dass ich ein harter Boss bin, aber lass mich vor meinen Kunden nicht wie das Monster aussehen, das ich nicht bin! Ich habe dir nur den Tag freigegeben, das ist alles."

„Oh. Danke, aber ich kann mir das nicht leisten. Wenn das so weitergeht, kostet mich meine Ungeschicklichkeit noch einen ganzen Lohn", sage ich und schniefe immer noch erbärmlich.

Ich will das Ganze auf die leichte Schulter nehmen und mich darüber lustig machen. Es gelingt mir nicht. Jedes mitleidsvolle Gesicht ist auf mich gerichtet. Die Demütigung hat ihren Höhepunkt erreicht.

„Das ist ein Arbeitsunfall. Du musst zum Arzt gehen und die Wunde nähen lassen. Du kriegst natürlich deinen Lohn für heute."

Gérard verschwindet mit den Scherben und kommt mit meinem Mantel zurück. Er vermeidet es, meinen Blick zu treffen, genauso wie den von Barry, der ihn von oben herab mit voller Härte und Nachdruck mustert. Er lässt nicht locker und kann sich schließlich durchsetzen.

Er greift nach meinem Mantel und legt ihn mir über die Schultern, dann führt er mich mit erhobenem Kopf aus dem Café.

Der eisige Wind trifft auf meine nassen Tränen, die sich nun wie brennende Stiche in meinem Gesicht anfühlen. Ich werde von unkontrollierbaren Krämpfen geschüttelt. Ich fühle mich so dumm!

„Wenn du eine Anzeige erstatten willst, kann ich dich begleiten, aber wenn du es lieber auf deine Weise handhaben willst, ist das auch in Ordnung. Sag es mir einfach."

„Was hast du dir dabei gedacht, mein Leben durcheinander zu bringen? Ich kenne dich nicht einmal! Ich kenne nicht mal deinen Vornamen! Lass mich in Ruhe!"

Ich stoße ihn grob von mir weg und entferne mich rasch von ihm, angewidert von seiner Berührung. Jetzt gerade kann ich seine Nähe nicht ertragen.

„Autsch. Okay, du bist sauer, das kann ich verstehen. Aber ich habe nichts anderes getan, als dich zu verteidigen!"

„Aber aus welchem schleierhaften Grund hast du dich wie ein Ritter gefühlt? Ich hatte dich um nichts gebeten! Und außerdem: Woher weißt du, wo ich arbeite? Spionierst du mir nach? Es ist deine Schuld, dass ich diesem Kerl begegnet bin! Es ist deine Schuld, dass er mich..."

Ein weiterer Schwall Tränen steigt an meinen Wimpern auf und schnürt mir die Kehle zu. Die Worte verstummen auf meiner Zunge. Ich werde von der Heftigkeit meiner Emotionen überwältigt, von denen eine widersprüchlicher als die andere ist. Wut, Erleichterung, Schmerz, Angst, Neugier, Freude. Ich bin nur noch ein unzusammenhängender, nicht fassbarer Strudel.

Er steckt seine Hand in seine Hosentasche und holt eine abgenutzte Lederbörse heraus, die ich sofort erkenne. Ich beiße mir auf die Zunge und schniefe noch einmal. Ich muss irgendwie runterkommen und aufhören, so kindisch zu reagieren. Einfach typisch!

„Ich dachte, du würdest deinen Geldbeutel abholen, aber als du nicht zurückkamst, habe ich mir erlaubt, nach deiner Adresse zu suchen. Ich bin bei deinem Haus vorbeigekommen, aber es war niemand da. Dein Nachbar hat mir gesagt, wo du arbeitest, und das war's. Nichts Besonderes."

Er reicht mir den Geldbeutel. Meine Tränen fließen, meine Hände bluten und meine Entschuldigungsworte ersticken in meiner Brust. Ich bekomme mein Eigentum zurück. Er spitzt die Lippen zu einem halben, schiefen Lächeln und zögert eine Sekunde. Seine Hand hebt sich zum Abschied, er dreht mir den Rücken zu.

„Warte! Es tut mir leid."

Er kommt zu mir zurück, zieht eine Packung Taschentücher aus seiner Tasche und hält mir kopfschüttelnd eines hin. Ich spreche trotzdem weiter.

„Es tut mir leid, ich …"

„Es ist nicht nötig. Deine Reaktion ist ganz normal. Ich wollte dich nicht erschrecken. Nur… Er hat mich aufgebracht."

Ich schweige über meine Fragen, obwohl ich nicht anders kann, als mich zu wundern, warum er so leicht aus der Fassung geraten ist. Mir ist es gerade genauso passiert, obwohl ich ihm im Grunde so dankbar bin, dass er sich einmischte, dem Kunden und meinem Chef die Stirn bot und sich die Zeit nahm, mich zu beruhigen. Dass er mich nicht in dem Glauben gelassen hat, dieses Verhalten sei in Ordnung.

„Ich habe nichts dagegen, dass du mich doch noch zum Arzt fährst."

„Klar! Komm mit, ich habe dort geparkt."

Er führt mich zum Parkplatz am Straßenrand zu einem alten, burgunderroten Pickup. Ich kann ein ungläubiges Lachen nicht unterdrücken, als ich diese Gemeinsamkeit zwischen uns feststelle: Wir haben keine Autos aus der ersten Reihe.

„Ich weiß. Tut mir leid, die Heizung funktioniert nicht mehr, aber trotzdem fährt es uns, wohin wir wollen."

„Oh nein, ich habe mich nicht über dein Auto lustig gemacht, meins ist noch schlimmer", sage ich und schlüpfe unter dem Arm durch, der mir die Tür offenhält.

Er ist ein Gentleman, das ist angenehm. Allerdings ist er noch unordentlicher als ich, und das ist unglaublich genug, um es zu erwähnen!

Ich schiebe die auf dem Sitz gestapelten Pullover und die Schuhe auf dem Boden beiseite, um mir einen Platz zu verschaffen.

„Tut mir leid", sagt er noch einmal.

„Lebst du in deinem Auto, oder was?"

Er lacht, leicht beschämt über sein Chaos, aber er schüttelt den Kopf. Ein paar Flocken bleiben in seinem Bart hängen und seine Nasenspitze ist ganz rot. Er setzt sich hinter das Lenkrad, reibt sich die Hände und bläst seinen warmen Atem darüber. Er sieht süß aus mit seiner grauen Mütze und den dichten Wimpern. Er schnallt sich an, aber sein Blick bleibt an mir hängen:

„Brauchst du Hilfe?"

„Wozu?", antworte ich verständnislos.

„Um dich anzuschnallen. Tun dir die Hände zu sehr weh? Warte, ich mache das schon."

Scheiße, ich habe gar nicht gemerkt, dass ich tagträume. Er beugt sich über mich und seine Nähe wärmt meine Wangen, obwohl die Luft um uns herum eiskalt ist und wir dicke Schichten an Kleidung tragen. Sein süßer Geruch steigt in meiner Nase. Auf einmal schlägt mein Herz schneller. Er gleitet mit seiner Hand den Gurt entlang, bis das Klicken durch den Innenraum hallt. Er geht ein Stück zurück und lächelt mich an, wobei seine beiden Grübchen zum Vorschein kommen und seine Augen leuchten. Ich fühle mich plötzlich so verletzlich, dass ich ausrufe:

„Und deshalb bist du extra gekommen? Um mir meinen Geldbeutel zu bringen?"

Er grinst, sinkt in seinen Sitz, dreht den Schlüssel um und der Motor brummt wie verrückt.

Ha, kein Vergleich mit meiner liebgewonnenen Rostlaube.

„Denn ich wäre heute Abend sowieso wiedergekommen, weißt du. Also das ist wirklich lieb von dir, aber das war nicht nötig."

„Ich hatte noch etwas in der Stadt zu erledigen."

„Oh."

Er fährt ruhig über die verschneiten Straßen, kann aber einen Blick zu mir nicht unterdrücken, als er meine Enttäuschung wahrnimmt. Ich wusste in dem Moment, als dieses verfluchte „Oh" über meine Lippen kam, dass ich es bereuen würde.

„Ich meine, oh wirklich? Was führt dich zu den Städtern? Hat dich die Landluft irgendwie erdrückt?"

„Ein paar Sachen."

„Also Dinge, über die du nicht reden willst, wenn ich das richtig verstanden habe."

„Ganz genau."

Sein Zögern, sich zu äußern, trifft mich wie ein Schlag ins Gesicht. Die Stimmung kühlt ab, obwohl ich das angesichts der Außentemperaturen um die Null Grad nicht für möglich gehalten hätte. Ich weiß nicht, warum mich sein Schweigen so verletzt, schließlich weiß ich nichts über ihn. Selbst sein Vorname ist mir ein Rätsel. Zu meinem Leidwesen mag ich Rätsel, die es zu lösen gilt.

Große, Bad-Boy-artige Männer, die voller Geheimnisse sind, eher.

Was auch immer.

Wie dem auch sei: Ich mag diese unangenehme Spannung, die sich zwischen uns aufgebaut hat, nicht besonders, also beschließe ich, das Thema zu wechseln. Schließlich habe ich auch nicht unbedingt Lust, mit ihm über mein Privatleben zu sprechen.

„Könntest du kurz links halten, genau hier, bitte? Ich muss noch meine Verkleidung für heute Abend abholen."

„Willst du immer noch gehen? Nach all dem, was passiert ist?"

„Ein oder zwei Stiche, und die Sache ist erledigt!"

„Wenn du meinst."

Er scheint skeptisch zu sein und ich habe verstanden, dass seine Frage sich viel weniger auf meine körperliche Beeinträchtigung als auf meine verletzte Würde bezog, aber ich möchte dieses Thema nicht ansprechen.

Er hält an und steigt aus dem Auto aus, um meine Bestellung abzuholen, ganz der Gentleman. Er lächelt breit, als er aus dem Laden kommt.

„Ich kann es kaum erwarten, das Gesicht deines Pfarrers zu sehen, wenn er dich sieht!"

„Warum?"

„Du weißt nicht, um welche Verkleidung es sich diesmal handelt?", fragt er mich und hält mir die Schutzhülle hin.

Ich schüttle meinen Kopf.

„Josepha wollte es mir nicht sagen."

Ich ziehe an dem Reißverschluss und mein Mund formt ein riesiges O, das ebenso bewundernd wie schockiert ist. Sie ist wirklich die Königin der Heiratsvermittlerinnen. Er kann sich ein Lächeln nicht mehr verkneifen.

Wir kommen vor der Notaufnahme des Krankenhauses an, er parkt und stellt den Motor ab.

„Ich kann alleine gehen, du musst nicht mitkommen."

„Wäre es dir lieber, ich würde einfach gehen?"

„Nein! Das habe ich nicht gesagt."

„Dann bleibe ich."

„Ich dachte, du hättest noch etwas zu erledigen?"

„Ich habe noch ein bisschen Zeit."

Er führte mich also in die Notaufnahme. Zu meinem Erstaunen ist das Wartezimmer leer, ich werde direkt behandelt und der Barkeeper wartet draußen auf mich, als ich wieder herauskomme. Mein Herz macht einen Sprung.

„So gut wie neu!", verkünde ich mit vorgestreckten Händen, um ihm meine Verbände zu zeigen. „Ich musste nicht einmal genäht werden! Ich kann dich ohne Probleme im Schach schlagen."

„Was ist mit dem Rest?"

„Was für ein Rest?"

Er sieht meine Verlegenheit, lächelt und sagt:

„Oh, ist es zu schwer für die Krankenpfleger? Sind sie nicht für die Behandlung von geschwollenen Egos ausgebildet?"

Ich greife nach einer Handvoll Neuschnee und werfe sie ihm an den Kopf, als wäre ich beleidigt. Sein Lachen erfüllt meine Ohren. Dann macht er sich daran, es mir heimzuzahlen.

„Hey, ich bin ja verletzt!"

„Offenbar nur, wenn es dir passt!"

„Na gut, Barry …"

„Du nennst mich immer noch so?"

„Willst du mir lieber deinen richtigen Namen sagen?", versuche ich unschuldig.

„Netter Versuch. Ich höre dir zu."

„Ich sagte: Barry, die Lage ist ernst. Es ist Mittag und ich bin am Verhungern. Und glaub mir, du willst nicht herausfinden, in was für ein Monster ich mich verwandle, wenn mein Magen knurrt. Also, wie wäre es, wenn du mit mir zu Mittag isst?"

Sein Lächeln verblasst und meines verliert seinen Glanz, als er auf seine Uhr schaut und zögert.

Um meiner Würde willen ergreife ich die Initiative und rette, was noch davon übrig ist:

„Aber du wirst doch erwartet! Geh schon mal vor, ich rufe ein Taxi."

„Es ist nicht so, dass ich nicht will, aber ..."

„Ja, ja, schon gut! Beeil dich, bevor das Monster aufwacht."

Ich lächle ihn mit einem eingefrorenen, enttäuschten Lächeln an. Mir ist klar, dass ich eine gute Zeit mit ihm hatte und nicht wirklich wollte, dass es aufhört. Aber was genau hatte ich erwartet? Dass er mit mir ins Kino geht, heiße Maronen isst und Schlittschuh läuft? Wir sind hier nicht in einem Film.

Er wiederholt seine Entschuldigung, bevor er wieder in sein Auto steigt. Ich sehe, wie er den Rückwärtsgang einlegt und in die Einfahrt fährt. Wie zu meiner Stimmung passend, verwandelt sich der Schnee plötzlich in eisigen Regen. Er winkt mir noch einmal zu, verschwindet in der Ferne und lässt mich mit leerem Magen und schwerem Herzen allein vor der Tür der Notaufnahme stehen.

Ich ziehe geistesabwesend mein Handy aus der Tasche und wähle Josephas Nummer.

„Ich habe Hunger", murre ich, als sie rangeht.

„Ach du Schreck. Aber bist du nicht im Café?"

„Ich komme gerade aus dem Krankenhaus."

„Woher?", schreit sie.

„Lange Geschichte. Ich habe die Verkleidung dabei und einen Bärenhunger. Hast du gerade Zeit oder soll ich mit dem Taxi heimfahren?"

„Ich bin gleich da."

Sie legt resigniert auf. Ich grüble minutenlang über meine Frustration nach, bevor mir ein Licht aufgeht: Ich werde ihn heute Abend auf jeden Fall wiedersehen!

Kapitel 12

„Du bist in ihn verknallt, Süße."
„Das kann ja nicht sein!"
„Ich kenne dich besser als du dich selbst. Und ich sage dir, dass es so ist."
„Josepha, ich habe ihn vielleicht drei oder vier Mal gesehen. Das ist doch Quatsch. Ich kann nicht sagen, dass ich seine Gesellschaft nicht genieße, aber zu sagen, dass ich mich in ihn verliebe, das geht zu weit."

Sie zerrt an den Riemen meines schwarzen Lederkorsetts, während sie widersprechend mit der Zunge gegen ihren Gaumen schnalzt.

„Und er ist einfach so gekommen, um dir deinen Geldbeutel zu bringen? Das scheint mir ein wenig nach Flirt zu riechen. Es würde mich nicht einmal wundern, wenn du deinen Geldbeutel absichtlich dort gelassen hast."

„Josepha!", empöre ich mich.
„Tu nicht so, als ob du dazu nicht in der Lage wärst."
„Klar wäre ich dazu in der Lage. Wenn ich es wollte! Aber das ist nicht der Fall, das kann ich dir versichern. Ich weiß nichts über ihn. Und außerdem habe ich beschlossen, jetzt bis zu meinem Tod Single zu bleiben, erinnerst du dich?"

„Ja ja. Seit wann meinst du's ernst?", brummt sie und fixiert einen Knoten auf meinem Rücken.

„Seit ich den letzten Typen gefunden habe, mit dem ich in Erwägung gezogen habe, den Rest meines

Lebens zu verbringen, aber ihn im Bett mit seiner Frau erwischt habe."

Sie atmet hörbar aus und ist endlich zufrieden mit dem Ergebnis. Ich hingegen habe ein wenig Mühe, zu atmen. Ich bin mir nicht sicher, ob es die beste Idee meines Lebens war, dieses Date einzugehen.

„Ich werde in der Hölle landen", sage ich, während ich mich im Spiegel betrachte.

„Du hast schon mit einem verheirateten Mann geschlafen, das kann nicht schlimmer kommen."

Ich antwortete mit einem müden Seufzer und blasiertem Blick.

„Und? Was sagst du dazu?"

„Zu viel schwarz. Zu viel Leder. Zu viele Riemen. Zu eng. Sieht aus wie eine Sado-Maso-Gothic. Bist du sicher, dass die Kostümfrau den Auftrag richtig verstanden hat? Ist das nicht eher ein Kostüm aus der Pornoindustrie? Ist das nicht zu anmachend?"

„Aber nein, man sieht nicht einmal ein Stück Haut. Flippst du wegen deinem Kunden von heute Morgen aus? Er war ein Arschloch. Dein Barkeeper hat Recht. Ich hätte ihn angezeigt."

„Und um was zu sagen? *Guten Morgen, Herr Polizist, ein ganz gewöhnlicher Kunde, dessen Namen ich nicht kenne, hat mich in den Hintern gezwickt, und ich möchte, dass Sie ihn einsperren, bitte!* Er würde mich nicht ernst nehmen…"

„Wenigstens hat dein Barkeeper ihm eine Lektion erteilt. Ich hätte ihn gerne wie eine Ratte quietschen hören. Das haben seine Kronjuwelen verdient."

Die Erinnerung, die ich in meinem Handy gespeichert habe, ertönt und ich beginne, schneller zu handeln. Josepha schaut mich verständnislos an.

„Scheiße, ich werde zu spät sein", meine ich und gehe ins Bad.

„Wieso zu spät? Dein Termin ist erst in einer Stunde, oder? Du hast mehr als genug Zeit."

„Ja, aber ..."

„Du willst Zeit mit deinem Barkeeper verbringen!"

„Hör auf, ihn so zu nennen, er ist nicht *mein* Barkeeper. Ich wollte nur vorher eine Partie Schach spielen, das ist alles."

„Hm, verstehe... Mit diesem Outfit wird es aber für seinen Springer schwer sein, in die Burg deiner Dame einzudringen, wenn du mich fragst."

Ich lache unwillig. Josepha liebt Wortspiele und hat fast so viele auf Lager, wie Stifte in ihrer Sammlung, aber sie zaubert sie viel schneller hervor.

„Du kannst es einfach nicht lassen, oder?"

„Das war einfach zu *eindringlich*!"

Sie kichert regelrecht, bevor sie ihren Satz beendet.

„Wirklich? Schon wieder?"

So sehr ich mich auch bemühe, ernst zu bleiben, meine Lippen verziehen sich wie von selbst zu einem Lächeln.

Ich lasse sie hinter der Badezimmertür zurück, bis ich mich geschminkt habe, denn sonst weiß ich schon, dass ich es zwanzig Mal wiederholen muss, und ich habe keine Zeit. Allein vor meinem Spiegel, Josephas Lachen von der Tür gedämpft, male ich dicke schwarze Striche auf meine Augenlider. Und dort, vor meinem Spiegelbild, mein Blick in den smaragdgrünen See meiner Augen, frage ich mich: Könnte nicht etwas Wahres in dem stecken, was sie sagt? Hoffe ich nicht unbewusst auf eine Annäherung?

Meine Hand hält still, ein Kloß bildet sich in meinem Hals, schwer und erdrückend. Sein Gesicht tanzt in meinem Kopf. Enzos Lächeln überdeckt es. Ich ersticke.

Nein.

Ich schminke mich weiter und schiebe all diese Gefühle weit von mir weg. Er ist nur ein netter Kerl, eine willkommene Ablenkung. Nicht mehr und nicht weniger.

Trotz all meiner Bemühungen gelingt es mir nicht, die Aufregung darüber, ihn für ein paar Stunden wiederzusehen, ganz zu verdrängen, aber ich verzichte darauf, es meiner Freundin zu sagen.

„Oh, wow!", ruft sie aus, als sie mich rauskommen sieht. „Du bist die heißeste Gothic-Frau, die ich je gesehen habe!"

„Und du sagst mir immer noch, dass das keine Verkleidung aus einem Sexshop ist?"

„Du hast es doch selbst abgeholt."

Nicht ganz, aber das muss sie auch nicht wissen, denn dann würde sie seine Ritterlichkeit als Interesse interpretieren. Nein, ehrlich, es gab nichts Interessiertes an seinem Vorgehen. Er ist einfach nur nett.

Die meiste Zeit über.

Ich lächle. Es stimmt, dass er ein bisschen stur ist und manchmal etwas zurückhaltend, aber heute nicht.

„Huhu! Bist du noch da?"

Josepha schüttelt ihre Hand vor meinen Augen. Ihre sind weit geöffnet und leuchten vor Vergnügen.

„Und dann willst du mir erzählen, dass du nicht an den Barkeeper gedacht hast", fährt sie lachend fort.

Ich lüge unverschämt und hoffe, dass ich nicht rot werde:

„Ganz und gar nicht."

„Von wegen!"

„Ich dachte über mein Date nach. Mit meinem unfassbaren Glück ist es vielleicht sogar ein heißer Pfarrer."

„Keine Chance, Gertrud hat ihn ausgesucht. Sie hat einen schlechten Geschmack. Aber ich will trotzdem ein Foto."

„Nein, aber glaubst du, dass ich mich neben ihn stellen kann, um ihn um ein Selfie zu bitten, bevor ich ihn den ganzen Abend auf die Palme bringe, oder was? Warum kommst du nicht einfach mit?"

„Und dein heißes Spiel mit deinem Barkeeper zu versauen? Nein danke, ich bin kein Voyeur, ich verzichte auf die Details."

„Ich werde jetzt wirklich Schach spielen!"

„Aber klaro!"

Mit diesen Worten dreht sie sich um und lässt mich im Flur stehen. Ohne es zu merken, habe ich bereits meine Jacke und meine Mütze angezogen. Josepha hat auf dem Schrank neben den Schlüsseln meiner liebgewonnenen Rostlaube Fäustlinge bereitgelegt. Diese Frau ist ein Schatz.

„Vergiss nicht mein Bild!", schreit sie aus der Küche.

„Du könntest wenigstens so tun, als würdest du dir Sorgen um mich machen! Oder mir viel Glück wünschen!"

„Er ist ein Pfarrer, kein Serienkiller. Viel Spaß mit Barry!"

Ich brumme ein wenig und murmle in meinen Schal, dass es durchaus beides sein könnte. Trotzdem schnappe ich mir meine Schlüssel und verlasse die Wohnung mit einem etwas zu leichten Herzen. Der Gedanke, dass ich die neuesten Züge, die ich gelernt habe, auf dem Schachbrett meines Barkeepers ausprobieren kann, um es ihm zu zeigen, macht mich glücklich.

„Ich hab dich auch lieb!", rufe ich und knalle die Tür hinter mir zu.

Ich schalte die Zündung meiner liebgewonnenen Rostlaube aus und nehme mir eine Minute Zeit, um meine gefrorenen Finger an meinen Oberschenkeln zu reiben. Ich blase meinen warmen Atem in meine Hände. In solchen Situationen denke ich, dass ich wirklich darüber nachdenken sollte, es in den Ruhestand zu schicken. Der harte Winter verschont uns in dieser Region nicht und es ist jedes Jahr dasselbe: Je größer die Flocken und je steifer mein Körper von den Autofahrten ist, desto mehr denke ich über einen Fahrzeugwechsel nach. Leider halten mich meine Skrupel und meine Zuneigung zu meiner liebgewonnenen Rostlaube immer nur so lange zurück, bis die Luft wieder milder wird und der Frühling den Gedanken aus meinem Kopf vertreibt. Der Frühling und mein Banker.

Ich steige aus meinem Auto und hüpfe euphorisch über den schneebedeckten Parkplatz von *L'opportuniste*. Im Moment ist nichts los aber das Licht brennt bereits im Restaurant. Perfekt!

Ich stoße die Tür mit einem Lächeln auf, das so breit wie der Atlantik ist. Ich trabe fast bis zu dem Vorhang, der den Flur von der Bar trennt, ohne mich um die tadelnden Blicke der Deko-Elfen zu kümmern, die die Holzregale zieren. Dann betrete ich den warmen Raum, ohne mein Lächeln zu verlieren. Er ist menschenleer.

Ich warte ein paar Augenblicke, die zu Minuten werden. Mein Enthusiasmus lässt nach und wird schnell durch Verlegenheit ersetzt.

„Ist da jemand?", frage ich schließlich mit dünner Stimme, nachdem ich eine Viertelstunde lang im Flur gestanden habe.

Aus einem Hinterzimmer, das ich vorher nicht bemerkt hatte, dringt ein Geräusch zu mir.

Ich wiederhole meine Frage mit mehr Nachdruck und gehe näher an die Geräusche heran, als Simon plötzlich wie ein Pfeil aus der Küche kommt. Ich springe auf und schreie vor Überraschung. Er tut es mir gleich und lässt ein Tablett mit Tischdecken, Besteck und Servietten fallen. Ich entschuldige mich und bücke mich, um ihm zu helfen, alles aufzuheben.

„Es tut mir so leid."

„Zum Glück waren es keine Gläser", meint er. „Was machst du denn schon so früh hier? Das Restaurant hat noch nicht geöffnet. Schickes Outfit, dein Priester wird es lieben. Ich habe dich nicht gleich erkannt."

„Sorry, ich wollte dich nicht erschrecken. Ich wollte vorher noch eine Partie Schach mit euch spielen… Es tut mir leid."

„Hör auf, dich zu entschuldigen, es ist okay. Aber er ist nicht hier."

„Ha. Wo ist er denn?"

Simon grinst und fragt mich, ob ich meinen Geldbeutel zurückbekommen habe. Ich stottere, plappere und richte meine Aufmerksamkeit dann wieder auf die Servietten, die auf dem Boden liegen. Er beugt sich vor, seine Hose rutscht ein wenig nach oben und er entblößt seine hübschen Socken mit einem Weihnachtsmannaufdruck und eine wunderschöne schwarze Fußfessel, die mich zurückschrecken lässt. Simon bemerkt nichts von der Welle der Angst, die mich überfällt, und fährt mit dem Aufsammeln von Gabeln fort. Meine Hände beginnen zu zittern. Ich bin nicht dumm, ich weiß, worum es geht. Von nun an ist mein ganzes Denken auf diesen lächelnden, jovialen Kellner und die Verbrechen, die er vertuscht, gerichtet.

Ohne es zu merken, bin ich aufgestanden und habe mich von ihm wegbewegt. Sein Satz und sein Lachen verstummten, als er sich der Distanz bewusst wird, die ich zwischen uns gebracht habe. Die Stimmung hat sich schlagartig abgekühlt, meine Angst durchdringt die Luft. Ich gehe langsam zum Ausgang zurück und mache mir Vorwürfe, sowohl wegen meiner Unvorsichtigkeit als auch wegen meiner vorschnellen Urteile. Er ist nett, er hat mir nie Anlass gegeben, an seinen Absichten zu zweifeln. Ich sollte ihm zweifellos vertrauen können, und doch schreit mein Instinkt, dass die größten Kriminellen von ihren Verwandten immer als unauffällige Menschen beschrieben wurden.

Sein Gesicht beginnt sich zu entsetzen. Er schaut auf seine elektronische Fußfessel, seine Schultern sinken und er macht sich nicht einmal mehr die Mühe, zu lächeln. Er ist von Messern umgeben, die auf dem Boden verstreut sind. Meine Augen wandern zwischen ihm, ihnen und der Tür hin und her.

Lauf!

„Caroline", flüstert er.

Mein Verstand nimmt eine Bedrohung wahr, während meine Ohren nur ein Flehen hören.

Er seufzt und deutet mit dem Kinn auf die Tür.

„Geh, bevor ich dich verfolge, um dir die Kehle durchzuschneiden und deine Leiche zu verstecken."

Sein Ton drückt so viel Müdigkeit und Schmerz aus, dass meine Füße sich weigern zu gehen.

„Was soll das? Hast du versucht, mir Angst zu machen? Na, du könntest dir mehr Mühe geben."

Aber halt die Klappe! Nutze deine Chance und hau ab, anstatt ihn zu provozieren!

„Meine Fußfessel reicht aus. Normalerweise muss ich nicht reden, um die Leute zu beunruhigen."

Er sammelt weiter Besteck ein, das für eine weitere Bonusrunde im Geschirrspüler qualifiziert ist, ohne mich anzusehen. Jede Spur von Angst verflüchtigt sich, es bleibt nur eine vage Neugier und ein riesiger Anflug von Mitgefühl. Ich weiß nicht, warum ich nicht mehr Überlebensinstinkt habe, aber es ist ziemlich erbärmlich, um ehrlich zu sein. Ich gehe also zurück, um ihm zu helfen, da ich diesen Schlamassel verursacht habe, und werfe ihm ein paar Seitenblicke zu, in der Hoffnung, dass er mir etwas mehr über sich selbst erzählt. Als er mich wieder neben sich hockend erblickt, beginnen seine Augen zu strahlen. Er dreht den Kopf weg und sagt:

„So so, eine Leichtsinnige. Ist es die Verkleidung, die dir Mut verleiht? Die Faszination des Todes ... all das?"

„Wenn du die Leute so empfängst, ist es kein Wunder, dass sie vor dir weglaufen. Es ist ja nicht so, dass du ihnen einen guten Grund zum Bleiben gibst. Und wenn du ein Fußfessel trägst, bedeutet das, dass du überwacht wirst, also werden sie im schlimmsten Fall deine Schritte zurückverfolgen und meine Leiche finden. Also, das ist okay."

Er dreht sich schnell zu mir um, starrt mich ungläubiger als je zuvor an, und als er sieht, dass ich keine Anstalten mache, umzudrehen, und merkt, dass er nicht träumt und ich wirklich über ein so gefährliches Thema scherze, bricht er in Gelächter aus.

Bitte, mach, dass ich nicht einen Psychopathen in Versuchung bringe...

„Also, was ist deine Geschichte? Hast du deine Schwiegermutter abgeknallt?"

Erneut bricht er in Gelächter aus, und diesmal fließen auch ein paar Lachtränen dabei. Er beruhigt sich endlich und lächelt mich mit so viel Dankbarkeit in den Augen an, dass man ihm sogar blind vertrauen könnte.

Aber mir kann man nichts vormachen. Er hat immerhin eine elektronische Fußfessel, um seine unschuldige jugendliche Miene zu widerlegen.

„Ich habe keine Schwiegermutter", lacht er.

„Was hast du denn angestellt, dass du das jetzt bekommen hast?"

„Du weißt doch, wie das ist..."

„Nein, eigentlich nicht!"

„Lass mich endlich ausreden! Ich wollte sagen: Du weißt ja, wie es ist, wenn man jung ist..."

„Joints mit den Kumpels, was?"

„Nein", sagt er etwas lauter, weil er schon wieder unterbrochen wird. „Bewaffneter Raubüberfall."

„Willst du mich verarschen?"

„Bist du etwa enttäuscht, dass ich kein Serienmörder von Schwiegermüttern bin? Mir ist das bewusst. Ich sehe, wie mich die Leute anschauen, sobald sie wissen, dass ich eine Fußfessel habe, aber ich bin bloß gerast. Zu oft. Und du brauchst mich nicht zu belehren, ich weiß auch, dass es sowohl für mich als auch für andere gefährlich ist, dass die Fußfessel gerechtfertigt ist und bla, bla, bla... Aber das macht es nicht einfacher, damit zu leben."

„Musstest du deswegen ins Gefängnis?"

Er nickt und ist offenbar fest entschlossen, nicht darüber zu sprechen. Ich nehme an, dass seine Erfahrungen hinter Gittern nicht sehr erfreulich waren. Ein Trauma, das ein junger Mann wie er nur schwer verarbeiten kann. Wie alt ist er? Vielleicht 20 Jahre alt? Ich beobachte ihn unauffällig. Er ist nicht sehr groß, ein wenig kränklich und lächelt normalerweise sehr viel. Ich kann mir kaum vorstellen, was er durchgemacht haben muss, als er mit anderen echten Verbrechern eingesperrt war.

„Eigentlich ist die Fußfessel gar nicht so übel."

„Wenn man den Schrecken und den Ekel der Leute, die es herausfinden, ausblenden kann, ja. Nicht so übel."

„Wie lange musst du sie noch tragen?"

Er kommt nicht dazu, mir zu antworten, da ein neues Geräusch aus dem Hinterraum ertönt. Ich hatte es mir also nicht eingebildet. Simon merkt meine Neugierde und beantwortet meine stummen Fragen.

„Nichts Besonderes, keine Sorge. Der Chef vermietet Zimmer im Obergeschoss."

„Ach ja?"

Ich blicke auf die Treppe neben der Tür, aus der das seltsame Geräusch gekommen war.

„Ja, das soll gerade im Trend liegen. Gut, ich räume alles auf und bin gleich wieder da. Hilfst du mir beim Eindecken der Tische?"

„Ich schätze, das bin ich dir schuldig."

Er steht auf, beladen mit seinem Tablett, auf dem ein heilloses Durcheinander herrscht, und geht in die Küche. Das alles wird in einem neuen Spülgang unterkommen. Er hat wegen mir Zeit verloren und bald werden die ersten Gäste auftauchen, so dass ich mich für heute Abend von meiner Schachpartie verabschieden muss. Außerdem wo ist Barry, den ich herausfordern wollte? Wo ist er denn?

Ich werfe einen Blick auf die Uhr an meinem Handgelenk: Achtzehn Uhr dreißig. Letzten Mittwoch war ich um die Uhrzeit noch nicht da, vielleicht fängt er also erst um neunzehn Uhr an? Ich versuche wirklich, mir das einzureden, um meine Enttäuschung zu überwinden. Das Schachbrett liegt unter der Bar und ich kann sehen, wie ein Stück herausragt.

Simon kommt mit neuen Tischdecken, frischen Servietten und Besteck zurück. Seine Stirn glänzt vor Schweiß und sein Blick ist unruhig.

„Die ersten Gäste kommen gleich."

„Es tut mir leid. Gib mir die Hälfte, dann geht es schneller."

Er lässt einen dankbaren Seufzer los und reicht mir den ganzen Stapel. Ich kann kaum alles tragen und gerate beinahe in Panik.

„Was hast du vor?"

„Du kümmerst dich um die Tische und ich um die Reservierungen, okay?"

„Aber ich habe noch nie einen Restauranttisch eingerichtet!"

„Es gibt für alles immer ein erstes Mal."

„Nein, aber warte!"

„Geh schon mal vor, ich halte sie in der Zwischenzeit an der Bar auf."

Er schubst mich in den Gastraum und schließt die schwere, doppelte Holztür hinter mir mit einem breiten, entschuldigenden Lächeln. Das Glöckchen, das in der Eingangshalle ertönt, gibt mir einen Kick. Ich beeile mich, alles auf einen Rollwagen zu legen, und mache mich daran, die erste Tischgedecke aufzulegen. Natürlich ist sie schief. Ich schimpfe vor mich hin. Wenigstens gibt es bei Gérard nicht so viele Dekorationskram Ich beginne in meinem schwarzen Anzug zu schwitzen und ertappe mich dabei, wie ich bete, dass die Gäste nicht zu schnell kommen.

Nachdem alle Tischdecken und Servietten aufgedeckt sind, kümmere ich mich um die Gläser, die auf der Kante eines großen Kirschholzschranks stehen. Das Glöckchen klingelt zu oft, meiner Meinung nach. Durch die Tür dringt Stimmengewirr und ich nehme an, dass die Leute ungeduldig werden. Ich lasse das Besteck liegen, er kann es ja mit dem Essen mitbringen, was soll's.

Ich trete zurück, um das Endergebnis zu bewundern: eine Katastrophe, es gibt keine richtige Ordnung.

Egal.

Ich schleiche mich so leise wie möglich an die Bar.

Kapitel 13

Auch dieses Mal klappt es nicht. Alle Blicke sind auf mich gerichtet. Die Leute starren mich an, als hätten sie den Teufel gesehen. Wie wäre es, wenn sie wüssten, dass der charmante junge Mann, der ihnen Alkohol einschenkt, um Zeit zu gewinnen, eine ebenso charmante Fußfessel trägt?
　Du bist als Gothic verkleidet, du Spinnerin!
　Ups, das stimmt. Das hatte ich vergessen. Nun, vielleicht sind ihre empörten und besorgten Blicke berechtigt. Tief in meinem Inneren hoffe ich, dass Tante Gertruds Pfarrer die gleiche Ablehnung zeigen wird.
　Simon schlängelt sich durch die ungeduldigen Gäste, um die Tür zum großen Saal zu öffnen. Er zuckt unwillkürlich zusammen, als er das Ergebnis sieht, und eine Sekunde lang fürchte ich sogar, dass er wegschaut, aber er fängt sich sofort wieder und setzt eine einladende und fröhliche Miene auf. Er führt sie einen nach dem anderen zu ihren Tischen und tut so, als ob alles normal wäre.
　Bald bin ich allein an der Bar, während er sich um die ungeduldigen Hungrigen kümmert. Er geht von Tisch zu Tisch, um die Bestellungen aufzunehmen. Ich lächle, als ich sehe, dass er sich so wohl fühlt und sein kleines Geheimnis perfekt unter dem schwarzen Stoff seiner Hose verbirgt. Mit einem diskreten Lächeln setze ich mich an die Bar und warte darauf, dass mein frommes Date eintrifft.
　Plötzlich ist ein neues Geräusch aus dem mysteriösen Raum neben der Treppe zu hören. Simon

kann mir noch so viele Lügengeschichten erzählen, so dumm bin ich nicht: Es kommt nicht aus dem oberen Stockwerk.

Meine Neugier ist geweckt und ich verlasse meinen Stuhl, um vorsichtig an die besagte Holztür zu gelangen, die wie ein Ruf zur Sünde klingt und mir zuflüstert, ich solle ihr folgen. Ich widersetze mich nicht.

Ich lege mein Ohr an die Tür. Mein Atem stockt, meine ganze Aufmerksamkeit konzentriert sich auf das, was diesen Raum so geheimnisvoll macht. Ich höre ein paar gedämpfte Geräusche, vertraute Geräusche, wie ein Glas, das auf den Tisch gestellt wird, aber dann ist nichts mehr zu hören. Ich bücke mich und; nachdem ich mich vergewissert habe, dass mich niemand erwischen kann, halte ich mein Auge an das Schlüsselloch (das ist nicht gut, ich weiß). Es ist hell, aber ich kann nicht genauer sehen.

Würde ich … Nein, das wäre zu dreist. Und unpassend.

Komm schon, mach einfach ein bisschen auf. Nur um zu sehen. Dann machst du schnell wieder zu, einfach so.

Na gut, aber nur für eine Sekunde!

Ich könnte fast mein Gewissen über meine Schwäche lachen hören, so schwer bin ich nicht zu überzeugen.

Meine Hand legt sich auf den Türgriff und drückt ihn ganz vorsichtig und ohne ein Geräusch herunter. Zum Glück quietscht sie nicht. Ich drücke die Tür vorsichtig auf. Immer noch keine Einwände. Dann gleite ich langsam hinein.

Ich bin völlig verdattert und habe keine Ahnung, was ich mir vorgestellt habe. Ja, ich habe mir offenbar etwas eingebildet: einen Arbeitsraum, in dem ein Angestellter das Gemüse zubereitet, den Spülraum, der von hinten in die Küche führt, oder etwas anderes, das in einem Restaurant durchaus üblich ist.

Hätte ich erwartet, dass ich meinem Barkeeper in Boxershorts begegnen würde, der sich mit einem Handtuch die Haare trocknet?

Nein.

Und stell dir vor. Er auch nicht.

Überhaupt nicht.

Scheiße.

Macht er Sport?

Eine ungläubige Stille breitet sich zwischen uns aus. Ich richte meine Augen wieder auf das Rentier mit der großen roten Nase, das seine Weihnachtsunterwäsche ziert, und stottere. Ich stammele eine erbärmliche Entschuldigung, obwohl ich überhaupt keine habe. Mein Herz rast und mir wird plötzlich heiß, aber das ist nichts im Vergleich zu der Wut, die in seinen Augen aufleuchtet und seine Wangen erwärmt.

In meinem Kopf schrillt eine Alarmglocke. Ich habe hier nichts zu suchen. Ein Blick genügt, um mir zu bestätigen, dass ich mich in einem privaten Bereich des Restaurants befinde. Zwei braune Ledersessel stehen um einen Couchtisch aus lackierter Eiche herum. Darauf befindet sich ein Glas Alkohol. Whisky, wie es aussieht. Ein schlichtes Bücherregal mit dicken alten Bänden, eine gedimmte Lampe mit einem dunklen Glasschirm. Schuhe neben einem Hintereingang, Kleidung auf der Rückenlehne eines Sessels. Eine Tür auf der linken Seite, aus der eine Dampfwolke entweicht. Und er steht davor und ist von meinem Eindringen überrascht. Seine Augen sind voller Emotionen, die ich kaum definieren kann. Seine zusammengepressten Kiefer bewegen sich unter seiner dünnen, glatt rasierten Haut. Da steht er vor mir, frisch aus der Dusche. Seine Haare, klatschnass. Und Wassertropfen, die noch immer an seinem Nacken hängen und an seinem Oberkörper herunterperlen. Sein Tattoo wird endlich enthüllt. Es ist ein Stammesmotiv mit Tinte, das so dunkel wie die Nacht ist. Verschlungene Arabesken, die von seinem Bizeps über seine Schulter nach oben laufen, wahrscheinlich seinen Rücken hinunter und auf seiner Brust enden. Diese hebt sich in einem schnellen, ruckartigen Rhythmus. Ich bin wie hypnotisiert von diesen Zeichnungen. Sein Blick ist weich und hart zugleich, verletzt und von unfassbaren Funken bewegt.

Ich mache einen Schritt zurück zur Tür, ein bisschen beschämt und ziemlich durcheinander. Mein Blut brodelt in meinen Adern und meine Haut glüht unter seinem Blick. Er kommt auf mich zu.

„Es ... tut mir leid, ich ... ähm ... ich wusste nicht ... ich ... ich gehe jetzt lieber."

Ich öffne die Tür einen Spalt breit, aber nicht schnell genug. Gleich ist er bei mir. Seine Hand schlägt die Tür hinter meinem Rücken zu und bleibt darauf gedrückt. Ich bin ihm zu nah. Zu nah an seinem Atem und seinem zornigen Blick. Seine Lippen bleiben versiegelt, meine öffnen sich leicht und reagieren bereitwilliger, als ich zugeben möchte. Die Spannung ist spürbar. Mein Herz schlägt zu schnell. Mein Magen verkrampft sich vor Angst vor diesem Mann, den ich nicht gut genug kenne, und der sich darüber aufregt, dass ich die Tür zu seinem Privatleben aufstoße. Er zieht sich schmerzhaft zusammen, mit einem Hauch von angenehmer Ungeduld. Mein stoßweiser Atem verrät Wünsche, die ich am liebsten verbergen würde. Das Blut strömt in jeden noch so kleinen Teil meines Körpers. Meine Wangen röten sich. Meine Augen bitten ihn, mein unangebrachtes Eindringen zu entschuldigen.

Ich wünschte, sie würden das ausdrücken. Aber hier, so nah bei ihm, bin ich mir nicht mehr so sicher.

Ich spüre seinen Atem auf meinem Gesicht, auf meinen Lippen. Sein frischer, nasser Duft betört meine Sinne. Seine vor Wasser glänzende Haut scheint zu beben, als würde sie meine Hände rufen. Und sein Blick, ach Gott, sein Blick ... Ich habe mich noch nie so herrlich verletzlich gefühlt. Wo ist der nette junge Mann mit der Wollmütze von heute Nachmittag geblieben, der so aufmerksam und sanft war? Wer ist dieser sinnlich anziehende Barkeeper? Jeder Atemzug von ihm hat eine lustvolle Aura.

Das ist der Moment, in dem mein Gewissen mich an die Warnungen meiner Freundin erinnert. Ich ersticke den Gedanken im Keim.

Verlangen.

Das ist es, was mein ganzer Körper schreit und verlangt. Ich begehre ihn. Ich glaube, ich habe noch nie jemanden so sehr begehrt. Mein Verstand nimmt vorweg, was mein Körper verlangt, und hinter meinen Augenlidern rasen sinnliche Bilder. Sehnsüchtige Küsse, köstliche Berührungen, ein verführerischer Körperkontakt, ein Versprechen der Wonne, eine Mischung aus exquisiten Empfindungen, ein voll akzeptierter Kontrollverlust...

Ich betrachte seine Lippen, die in einem lächerlich geringen Abstand zu meinen bleiben. Es ist eine Tortur. Ich zögere. Soll ich es tun? Worauf wartet er?

Seine Nase streift meine. Ich kenne seinen Vornamen immer noch nicht, doch ich will ihn. Es mag nicht vernünftig erscheinen, aber ich bin erwachsen und mein Verhalten soll nicht verurteilt werden. Ich lasse los. Ich bin eine moderne Frau, die zu ihren Urbedürfnissen steht. Es ist also nichts Ungewöhnliches. Was hält *mich* dann zurück? Was hält *ihn* zurück? Ist er immer noch wütend? Er hat kein einziges Wort gesagt. Er starrt mich weiterhin an und hält einen gewissen Abstand zwischen seinem und meinem Körper. Ein winziger Abstand. Eine einzige kleine Bewegung würde genügen, um mich in seinen Armen, auf seinen Lippen wiederzufinden.

Ich schließe meine Augen.

Ich warte darauf, dass er den ersten Schritt macht. Warum sollte er das tun? Ich weiß es nicht. Habe ich Angst, dass ich seine Absichten falsch einschätze? Vielleicht.

Ich warte einfach. Sein Atem auf meinen Lippen ist so warm. So nah.

Und plötzlich höre ich einen tiefen, vor Verlangen vibrierenden Ton: meinen Vornamen, geflüstert zwischen seinen Zähnen. Ein Aufruf zur Verführung. Niemand hat mich je so genannt. Ich habe mich noch nie so gefühlt, wenn ich meinen Vornamen höre. Ich fühle mich wie in einem Tsunami von brennenden Gefühlen verschlungen. Seine tiefe Stimme lässt mich vor Verlangen vibrieren und bringt mich an die Grenze der Lust. Es ist völlig sinnlos. Ich möchte ihn wieder und wieder hören. Ich bin bereit, ihn anzuflehen, meinen Vornamen zu wiederholen. Er hat mich nicht ein einziges Mal berührt, aber seine Stimme, Gott, seine tiefe Stimme ist wie ein Streicheln auf meinem fiebrigen Körper.

Ich schlucke schwer, bereit, das zu empfangen, was mein Körper begehrt. Mit einem Finger, der so leicht wie ein Atemzug ist, schiebt er eine Strähne meines Haares hinter mein Ohr. Ich stöhne als Antwort auf seine Geste und lehne meinen Kopf leicht zurück. Die Botschaft könnte nicht klarer sein: Ich biete ihm meine nackte Kehle, meine Lippen und meinen ganzen Körper an. Ich spüre, wie mein Herz in Panik an meinen Schläfen schlägt. Meine Finger zittern an meinen Hüften, sie zögern und überqueren schließlich die Schwelle. Eine winzige Bewegung und meine Hand liegt flach auf seinem warmen, muskulösen Bauch: Jede Spur von

Feuchtigkeit ist von seiner Haut verschwunden. Meine ungeschickte Geste stößt ihn nicht ab, ganz im Gegenteil. Er zittert.

Ich erschaudere unter der Welle meines Verlangens.

Er weicht langsam zurück.

Ich zucke zusammen, überrascht von seiner Zurückhaltung, und öffne meine Augen wieder. Mein feuriger und flehender Blick sucht den seinigen. Warum hört er jetzt auf? Ich frage ihn schweigend, noch glühend vor Leidenschaft und doch schon besorgt über die Demütigung, die ich ahne.

Seine Lippen breiten sich langsam zu einem Lächeln aus.

„Hast du meinen Vornamen erraten?", flüstert er mit kratziger Stimme.

Ich täusche mich doch nicht, oder? Ist das nicht das Verlangen, das ich in seinen Zügen sehe? Was für ein Spiel spielt er?

Ich lege den Kopf schief und runzle die Stirn, weil ich es nicht verstehe.

„Mein Vorname", wiederholt er.

Die Spannung nimmt allmählich ab, er weicht weiter zurück. Ich sammle meine Gedanken, ohne den Kopf zu senken. Er wird meine Würde nicht verletzen, ich muss mich nicht schämen. Aber …

„Ist das dein Ernst?"

„Es könnte nicht ernster sein."

Ich schüttele ungläubig den Kopf. Hat er gerade wirklich einfach so meine Annäherungsversuche abgelehnt? Weil ich seinen Vornamen nicht kenne? Das kann nicht sein.

Ich brumme frustriert und schnaufe entnervt. Er weicht noch ein Stück zurück und lächelt wieder, bevor er mich neckt:

„Wie kann ich dich dazu bringen, meinen Namen zu rufen, wenn du nicht weißt, was du rufen sollst?"

„Aber... aber... aber..."

Scheiße, nein, bettel nicht darum, dass er ihn dir endlich sagt!

Er greift hinter sich nach seiner Hose und zieht sie so verführerisch an, dass ich beinahe vor Neid stöhne. Mein Gott, ich bin lächerlich. Seit wann beneide ich den Stoff einer Hose?

Er hält meinem Blick schamlos stand und greift dann nach seinem T-Shirt.

„Kann ich mich wieder anziehen? Oder hast du vielleicht einen anderen Vorschlag?"

Ich grunze und kämpfe mit aller Kraft, um nicht absolut jeden Namen, der mir in den Sinn kommt, herauszuposaunen. Will er spielen? Na, dann lass uns spielen! Er hat keine Ahnung, mit wem er sich anlegt.

Ich ziehe die lange schwarze Strickjacke aus, die mein heutiges Outfit verdeckt hat, und enthülle das enge Korsett, das meine Brüste in Szene setzt. Mit einer lässigen Geste fordere ich ihn auf, sich anzuziehen, während ich den umgekehrten Weg gehe. Nachdem ich mir sicher bin, dass ich die erwünschte Wirkung erzielt habe, werfe ich mir die Strickjacke über die Schulter und drehe mich zur Tür.

„Ich habe noch nicht darüber nachgedacht", sage ich. „Wir werden das nach meinem Date besprechen. Ich werde erwartet."

Ich gehe raus und will gerade die Tür hinter mir schließen, als ich es mir noch einmal überlege und ihm noch etwas zurufe, bevor ich die Tür schließe:

„Oh, deine Boxershorts sind übrigens wirklich... niedlich."

Ich kichere, als ich hinausgehe, und bin stolz darauf, dass ich nicht auf seine Tricks hereingefallen bin.

Simon überrascht mich, als ich aus diesem seltsamen Raum komme, und ich könnte schwören, er wusste, dass Barry da ist. Sein Kiefer klappt herunter, aber er enthält sich eines Kommentars.

„Ist mein Pfarrer schon da?"

„Äh ... ich dachte, du wärst weg. Aber ja, er ist hier. Er hat schon bestellt."

„Bin ich schon so lange weg gewesen?",frage ich lachend.

Es ist nicht sehr fair, aber es gibt keinen Grund, warum Barry so ungeschoren davonkommen sollte. Simon soll ihn ein bisschen ausquetschen, das wird ihm gut tun. Und das Timing könnte nicht besser sein: Der Barkeeper kommt aus dem Privatraum und zieht seinen Gürtel enger, während sein Kollege ihn ungläubig ansieht. Ich kann nicht sagen, ob er verwirrt, empört oder belustigt ist. Vielleicht ein bisschen von allen dreien.

Barry räuspert sich und weicht den stillen Fragen mit einem drohenden Blick aus. Simon reißt sich zusammen und bietet mir an, mich zum Tisch des Kirchenmannes zu führen. Barry tritt hinter mich und flüstert mir verrucht mit seiner sehnsüchtigen Stimme ins Ohr, ich solle dem heiligen Mann beichten gehen, denn er selbst sei *überhaupt nicht* heilig.

Ich erschaudere.

Ich kann es kaum erwarten, das Date abzukürzen und zurück zur Bar zu gehen.

Vielleicht hatte Josepha nicht ganz Unrecht.

Aber was soll's! Es liegen Welten zwischen dem Verliebtsein und dem Wunsch, mit einem so heißen Typen Sex zu haben!, entgegne ich meinem Gewissen, während ich mich auf den langweiligen Abend zubewege.

Ich schlendere durch die Tische hinter Simon bis zu einem etwas abseits stehenden Tisch, der, wie ich vermute, der Stammtisch für alle meine zukünftigen Dates sein wird.

Dort sitzt ein charmanter junger Mann, der ungefähr in meinem Alter sein dürfte und ganz normale Kleidung trägt. Wenn ich es nicht besser wüsste, würde ich niemals seinen Beruf erraten, das ist sicher.

Na, dann mal los, Schätzchen!

Kapitel 14

Ich versuche, so unfreundlich wie möglich zu erscheinen und eine dunkle Aura auszustrahlen. Dann setze ich mich vor den Pfarrer, der in aller Ruhe an einem Glas Glühwein nippt und in die Karte schaut. Er guckt auf und lächelt freundlich. Ich kann nicht feststellen, ob meine Unterbrechung ihn überrascht hat.

„Guten Abend, kann ich Ihnen helfen?", fragt er mich, nicht im Geringsten von meinem Aussehen beunruhigt.

„Guten Abend, ich bin Caroline. Wir haben ein Date, wie es aussieht."

„Natürlich, nimm Platz."

Ich setze mich diesem Mann gegenüber, der nicht einmal etwas gegen meine Kleidung oder meine Verspätung einzuwenden hat. Ohne sein Lächeln zu verlieren, fragt er mich, ob alles in Ordnung ist, ob ich ohne Probleme durchgekommen bin, und fragt mich dann, was ich trinken möchte, bevor er mir einen Glühwein bestellt. Ich muss zugeben, dass ich überrascht bin: In seinem Blick ist nicht die geringste Spur von Verurteilung, nicht die geringste Verachtung oder Angst. Er scheint absolut offen für alles zu sein, was ich verkörpern könnte, und das ist bewundernswert und unglaublich.

Ich nehme das Getränk mit Freude an und ertappe mich dabei, wie ich zurücklächle. Er fragt mich über meine Arbeit, meine Interessen und mein Leben im

Allgemeinen aus, und das Blöde ist, dass er sich wirklich für meine Antworten interessiert.

Nach einer Weile kommt unser Essen. Jetzt schon? Erstaunlicherweise habe ich die Zeit einfach vergessen, so vertieft sind wir in unser Gespräch. Mein Aussehen ist ihm völlig gleichgültig und es fällt mir sehr schwer, vor so viel Wohlwollen weiterhin düster und gequält zu wirken.

„Warum hast du diesen Lebensweg gewählt, Clément?"

„Ich glaube, ich könnte diese Frage an dich zurückgeben. Was hat dich zu der Person gemacht, die du heute bist? Warum ist das Schreiben für dich so notwendig?"

„Ich kann nicht anders. Und es ist nicht wirklich vergleichbar. Sein Leben Gott zu widmen, ist eine viel verbindlichere Berufung."

„Es ist eine Selbstverständlichkeit für mich. Ich kann nicht anders, schätze ich. Außerdem bin ich auch nicht in den strengsten Orden eingetreten."

Er lächelt mich ohne jede Verstellung an, ohne die geringste versteckte Absicht, nichts Hinterlistiges oder gar Andeutendes. Ist es möglich, dass er so nett ist, wie er aussieht? Ich kann es kaum glauben. Ich bleibe trotz allem auf der Hut und rechne jeden Moment damit, dass die Katze aus dem Sack gelassen wird.

„Gott", seufze ich.

„Bist du nicht gläubig?"

Das hätte eher eine Feststellung als eine Frage sein können. Aber das war nicht der Fall. Trotz meiner Kleidung, meiner Haltung und meiner Halskette, die ein umgekehrtes Kruzifix zeigt, stellt er mir ernsthaft diese Frage. Ist er so naiv? Es wäre fast gefährlich für ihn. Ich stelle mir vor, wie er einen Mörder fragt, ob seine Waffe aus Plastik sei, dann schüttle ich ungläubig den Kopf.

„Nicht wirklich, in der Tat."

„Sehr gut. Das Risotto ist wirklich köstlich."

Ich ziehe die Augenbrauen hoch, meine Gabel schwebt über meinem Teller. Ich starre ihn lange an. Er merkt es und unterbricht sich:

„Was ist los? Ist dein Essen kalt? Soll ich den Kellner rufen?"

„Ich sage dir, dass ich nicht religiös bin, und alles, was du mir antwortest, ist *sehr gut*? Das ist ziemlich seltsam. Es ist sogar verwirrend."

Er lacht ehrlich und wischt sich elegant den Mundwinkel ab. Er legt seine Serviette auf seinen Schoß und schaut mich mit seinen unglaublich weichen Augen an, bevor er mich anlächelt und fortfährt:

„Wieso sollte dich das stören?"

„Nein, es ist nicht so, dass es mich irgendwie stört, aber… es ist schon komisch."

„Wer bin ich, dass ich über dich urteilen könnte? Ich weiß nichts über dein Leben oder die Herausforderungen, die dich geformt haben. Ich wäre nicht in der Lage, dir meinen Glauben aufzuzwingen und deinen in Frage zu stellen. Wir sind alle unterschiedlich, und das ist es, was diese Welt zu einem Schatz macht. Jede Begegnung ist eine Bereicherung. Und ich glaube nicht, dass unsere Unterschiede ein ausreichender Grund sind, um uns voneinander zu trennen."

„Liebst du wirklich alle Menschen?"

„Warum sollte ich das nicht tun? Ich bin nichts, ich kann alles vom anderen lernen. Wir werden alle rein und unschuldig geboren, und ich glaube aufrichtig, dass in jedem von uns immer etwas von diesem Kind übrig bleibt. Ich habe mich entschieden, die Liebe zu meiner Religion zu machen, also sehe ich nicht ein, warum das schlecht sein sollte."

„Oh je! Aber dir ist doch klar, dass nicht alle Menschen nett sind, oder?"

Er lacht leise und seine Augen sind von einer rührenden Schlichtheit beleuchtet.

„Manchmal verirren sich die Menschen, ja, das ist mir bewusst."

„Und das macht dir keine Angst?"

„Ob ich Angst habe, mich selbst zu verirren?"

„Nein, ich habe mich nur gefragt, ob es dir keine Angst macht, alle auf die gleiche Stufe zu stellen und dabei zu riskieren, verletzt zu werden? Enttäuscht zu werden? Zu… ich weiß nicht."

„Oh, ich verstehe. Machst du dir Sorgen um mich? Das ist sehr nett von dir. Aber das ist nicht nötig. Ich nehme die Geschenke, die mir das Leben macht, so an, wie sie erscheinen."

„Nein, aber es muss nicht immer ein Geschenk sein!"

„Alles ist eine Frage des Betrachtungspunktes."

„Ah, da bin ich aber anderer Meinung. Wenn du einem Mörder die Hand reichst und er dir ein Messer in den Rücken rammt, dann tut es mir leid, das ist kein Geschenk!"

Er lacht wieder und macht sich nicht die Mühe, mich aus Respekt vor meiner Meinung eines Besseren zu belehren, auch wenn ich sehen kann, dass er sie nicht teilt. Das ärgert mich plötzlich sehr.

„Clément, das ist kein Geschenk."

„Na gut."

„Nein! Überhaupt nicht *na gut*! Wie kannst du so etwas sagen? Ich muss das verstehen."

„Wenn Gott beschließt, dass er mich wieder an seine Seite holen will, wie könnte ich dann enttäuscht sein?"

„Ah, du bist eigentlich lebensmüde."

Er lacht und ich bin völlig verwirrt. Wir sind definitiv nicht auf der gleichen Wellenlänge und seltsamerweise ist das nicht weiter schlimm. Er ist keine unangenehme Gesellschaft, und wenn er nicht das Bedürfnis hat, mir seinen Glauben aufzuzwingen, dann kann ich vielleicht auch seine Naivität akzeptieren. Schließlich muss er meine Meinung nicht teilen und ich muss nicht versuchen, ihn zu ändern. Schließlich hat er es nicht bei mir versucht.

Also lächle ich auch.

Für eine Sekunde möchte ich ihm sagen, dass ich kein Gothic bin, aber dann überlege ich es mir anders, denn das ist ihm egal. Alles, was ihn interessiert, ist die Person, die ich im Inneren bin. Ich glaube, ich habe noch nie einen so einfachen Mann getroffen.

„Tante Gertrud hat doch nicht danebengetippt", sage ich laut. „Nein, so habe ich das nicht gemeint!"

„Ach ja? Weil ich lebensmüde bin?"

„Nein", lache ich entspannter, als ich sehe, dass ich ich selbst sein kann. „Weil du nicht so spießig bist, wie ich es mir vorgestellt habe."

„Ich glaube, so ein Kompliment habe ich noch nie gehört."

„Na, dann ist es ja gut. Es könnte sogar sehr gut laufen."

Kaum hatte ich diese Behauptung ausgesprochen, wurde mein Blick woanders hingezogen. Zurück zur Bar. In meine Erinnerungen an diesen intensiven Augenblick, der mich umgehauen hat. Zurück zu diesem Mann, von dem ich nichts weiß.

Könnte es sein, dass ich diese Anziehung jemals für Clément empfinden würde? Ich fühle mich unwohl, wenn ich mir das vorstelle. Würde er seinen Gott verraten?

Er ertappt meinen Blick und meine Gedanken. Er lächelt mich an.

„Ich bleibe trotz allem ein Mann."

„Du meinst also, dass es Frauen in … deinem Leben gegeben hat?"

„Und in meinem Bett."

Er zwinkert mir verschwörerisch zu und fährt fort:

„Es waren allerdings nicht viele, das muss ich zugeben."

Ich nicke langsam, während ich mich wieder auf meinen Teller fokussiere, weil mir die Art und Weise, wie sich unser Gespräch entwickelt, peinlich ist. Was soll ich darauf antworten?

Zum Teufel mit der Scheu!

„Weil deine Religion es dir verbietet?"

„Nein, weil ich nicht das Bedürfnis danach habe."

„Also… willst du es nicht?"

„Fragst du mich wirklich, wie es um meine Libido bestellt ist?"

„Oh, nein, ich meine, anscheinend doch. Es tut mir leid, das wollte ich nicht sagen. Aber … eigentlich schon. Entschuldige, das war unangemessen."

Er lacht wieder herzhaft und lächelt mich wohlwollend an. Er lässt sich durch nichts aus der Ruhe bringen. Trotzdem antwortet er nicht direkt auf meine Frage. Was habe ich auch erwartet? Dass er mir antwortet, dass sein Sexleben wie eine Wüstendurchquerung ist? Oder noch schlimmer, dass er mir all seine Geheimnisse verrät. Mein Gott, was bin ich für ein Trottel! Ich will es nicht einmal wissen!

Ich schüttle den Kopf und kann einen Blick zur Bar nicht unterdrücken. Ich begegne Barrys fragenden Blick und seine angespannten Gesichtszüge. Er verpasst nichts von der Szene und fragt sich wahrscheinlich, ob es an der Zeit ist, einzugreifen, um mich wie üblich vor einem Fiasko zu bewahren. Ich bleibe wie angewurzelt und schaue ihm tief in die Augen. Die Distanz zwischen uns scheint kürzer zu werden, alles andere ist ausgeblendet. Eine Sekunde, dann zwei und drei. Dann komme ich wieder zu mir, reiße mich aus seinen brennenden Augen und drehe meinen Kopf zu dem Pfarrer. Ihm ist nichts entgangen und er lächelt immer noch. Ich lächle verwirrt zurück und esse schweigend mein Essen. Simon kommt kurz darauf mit unseren Desserts zurück, aber die lockere Stimmung ist verschwunden und meine Laune ist auf den Nullpunkt gesunken. Ich weiß nicht, woran das liegt. Der Abend lief eigentlich sehr gut, Clément ist charmant, nett und wirklich angenehm.

„Ist alles in Ordnung?", fragt er mich schließlich, als ich nur noch mit ausweichenden *Mhms* antworte.

„Ja, ja!"

„Wirklich?"

„Es tut mir leid, ich habe es schon wieder vermasselt, nicht wahr?"

„Aber nein, komm schon, Caroline. Sieh mich an."

Ich hebe meinen Kopf hoch und gehorche seiner Aufforderung mit vor Verlegenheit leicht feuchten Augen. Alles, was ich in diesem Moment will, ist, nach Hause zu gehen und mich in meiner Bettdecke zusammenzurollen.

„Du hast nichts Falsches getan. Ich hatte wirklich einen schönen Abend mit dir."

„Aber…"

„Das ist mir klar. Es war ein Blind Date. Wie groß war die Chance, dass wir uns auf den ersten Blick verlieben?", meint er. „Das ändert nichts an der Tatsache, dass du eine interessante junge Frau bist."

„Aber du findest doch jeden interessant!"

„Das stimmt", lacht er wieder. „Aber ich glaube, behaupten zu können, dass dieser Abend auch für dich kein totaler Reinfall war. Und ich würde dich gerne wiedersehen."

Meine Augen wandern von seinen Augen zu denen des Barkeepers, ohne dass ich die geringste Kontrolle darüber habe. Nur für den Bruchteil einer Sekunde, dann bin ich wieder bei Clément. Ein leichtes Lächeln umspielt seine Lippen und eine tiefe Freundlichkeit erhellt seine Züge. Er ist so rücksichtsvoll, dass er mir sogar die Schmach erspart, ablehnen zu müssen.

„Clément ..."

„Ich habe nicht gesagt, dass ich ein zweites Date möchte."

Wir beenden unser Date mit einer fröhlicheren Note, frei von jeglicher Peinlichkeit. Das Heiratsvermittlungsspiel von Tante Gertrud und meiner Familie bleibt durch diese schöne Begegnung überschattet. Wir verabschieden uns mit einem freundschaftlichen Austausch unserer jeweiligen Nummern, einem Selfie für Josepha und der Hoffnung auf eine weitere Begegnung, die reich an Gemeinsamkeiten sein würde.

„Clément?", rufe ich ihm zu, bevor er durch die Tür geht.

Dort, eingeklemmt in der kühlen Schleuse, zwischen dem Außenbereich und dem roten Vorhang des Eingangs, lege ich los, mit einem Knoten im Bauch:

„Ich bin in Wirklichkeit kein Gothic. Ich wollte nicht mit dir spielen. Ich wollte nur ehrlich sein."

Ein leichtes Augenbrauenheben und ein amüsiertes Zucken auf seinen Lippen verraten mir, dass ihm das nicht entgangen ist. Vielleicht wusste ich es sogar schon. Aber ich hatte seine Antwort nicht erwartet.

„Danke, Caroline, das war sehr mutig von dir. Ich verstehe sehr gut, was dich zu dieser Entscheidung veranlasst hat. Aber wenn du wirklich ehrlich sein willst, wäre es vielleicht angebracht, damit anzufangen, ehrlich zu dir selbst zu sein."

Er schenkt mir ein schönes, rätselhaftes Lächeln, nickt mir noch einmal in Richtung des Vorhangs hinter mir zu und verlässt dann *L'opportuniste*. Ich bin fassungslos und bleibe lange Zeit stumm in dieser Zwischenwelt stehen, ohne zu wissen, was ich tun soll. Das Restaurant verlassen und am Samstag wiederkommen, um das nächste Date auf der Liste abzuhaken, oder noch länger bleiben und Schach spielen?

Schach spielen?

Meine Teilnahme an der Wette mit einem neuen Vornamen fortsetzen.

Wie wäre es mit Luzifer?

Ohne einen Blick zurückzuwerfen, gehe ich durch die Tür und trete in die Kälte des Winters, um der Hitze in der Bar zu entfliehen. Um mich der Versuchung zu entziehen und mich vor der Wahrheit zu verbergen.

Ich muss von ihm wegkommen und wieder Fuß fassen. Ich muss einen klaren Kopf bekommen.

Kapitel 15

Klopf, klopf, klopf.
Ich öffne ein Auge, es ist noch dunkel. Habe ich geträumt? Ein weiteres Klopfen an meiner Schlafzimmertür lässt mich aus dem Bett springen. Ich greife nach meinem Handy. Es ist zwei Uhr morgens.

„Josepha? Verdammt, seit wann klopfst du an, bevor du eintrittst? Und weißt du, wie spät es ist? Komm einfach rein!", fauche ich und werfe mich auf mein Kissen. Meine Augenlider sind zu schwer, um sie offen zu halten.

Die Tür öffnet sich langsam, so langsam, dass sie unheimlich quietscht. Ich fluche unter meiner Bettdecke und bitte sie, sich zu beeilen, bevor ich ganz wach werde. Sie antwortet nicht.

„Josepha, ich warne dich, wenn du gekommen bist, damit ich dir noch einmal von meinem Abend erzähle, dann vergiss es! Nein, er hat mir nicht seinen Vornamen gesagt. Nein, ich habe mich nicht um seinen Hals geworfen, und nein, ich bin nicht in ihn verliebt. Ja, er ist ein Adonis, und ja, du kannst deine Wortspiele machen, ich hätte mich von ihm ganz einfach nehmen lassen."

Die seltsame Stille, die sich in die Länge zieht, lässt mich plötzlich aufhorchen. Ich hätte schon längst merken müssen, wie sie sich an meine Seite drückt, wie sie kichert oder weint, je nachdem, ob sie sich noch unterhalten will oder ob es eine dieser Nächte ist, in denen der Schmerz in ihrer Brust noch zu heftig ist. Aber nichts. Ich höre nichts.

Ich öffne ein Auge und richte mich abrupt auf, als ich den großen Schatten sehe, der sich in der Dunkelheit meines Zimmers abzeichnet. Ich schalte sofort meine Nachttischlampe an und ziehe die Decke über meinen halbnackten Körper.

Er ist da.

Er lächelt nicht.

Ich schnappe vor Angst nach Luft, als ich den brennenden Blick und die gefährliche Aura, die von seinem ganzen Wesen ausgeht, sehe. Wie ist er hier reingekommen?

„Caroline ..."

Seine tiefe Stimme lässt mich erschaudern, beschleunigt meinen Herzschlag und richtet sich verräterisch an den Teil von mir, über den ich keine Kontrolle habe.

„Du hast geschummelt. Du bist gegangen, ohne zu versuchen, meinen Vornamen zu erraten."

„Ich..."

„Hast du Angst?"

Ich schlucke.

„Hast du Angst vor mir?"

Ich antworte nicht. Meine Sinne spielen verrückt. Ich weiche in meinem Bett zurück, als er einen Schritt nach vorne macht. Die Tür schließt sich hinter ihm. Sollte ich nicht schreien? Josepha zu Hilfe rufen? Warum kann ich das nicht? Ich fühle mich starr vor Angst und ... vor Aufregung.

„Vielleicht hast du Angst, meinen Vornamen zu erfahren?"

„Wieso?", frage ich fieberhaft und weiß schon, was er mir antworten wird.

„Weil wenn ich mit dir fertig bin, wirst du ihn so oft geschrien haben, dass du mich anflehen wirst, das Ganze noch einmal zu wiederholen."

Er nähert sich meinem Bett noch immer mit seinem erobernden Gang. Die Heftigkeit seines Verlangens trifft mich. Mir ist heiß. Unendlich heiß! Mein Herz rast. Mein Atem geht schwer. Ich schlage meine Bettdecke auf, mir ist zu heiß.

Er zieht sein T-Shirt aus. Ich kenne seinen Vornamen noch nicht. Was macht er da?

Er öffnet seinen Gürtel und lässt seine Hose auf den Boden fallen. Er kommt näher. Er wiederholt meinen Vornamen, ich vibriere. Ich flehe ihn an, mir seinen zu verraten. Er lächelt und weigert sich. Aber warum ist er dann gekommen?

Ich richte mich auf den Knien auf, um auf seiner Höhe zu sein, um ihm meinen vor Verlangen brennenden Körper anzubieten. Meine Hände bewegen sich auf ihn zu und ziehen ihn zu mir auf das Bett. Er drückt mich brutal zurück und greift keuchend nach meinem Kinn. Ich flehe ihn an, diese Qual zu beenden. Mein ganzer Körper bewegt sich sehnsüchtig unter seinem. Ich spüre die Kraft seiner Anspannung, ich weiß, dass er es genauso sehr will wie ich. Ich merke es an meinem Oberschenkel. Ich spüre seinen Herzschlag unter meiner Handfläche. Seinen Atem auf meinen Lippen. Seine Augen auf meinem Körper.

Er hält mein Kinn immer noch fest, so nah an seinen Lippen. Ich presse gegen seinen Griff, um die Distanz zu verringern, um diese verlockende, verbotene Frucht zu kosten. Ich stöhne erbärmlich und eine Träne kullert an meinen Wimpern herunter. Ich will ihn so heftig. Er widersteht mir so hart.

„Sag es einfach. Ich will, dass du es sagst. Ich will, dass du mich anflehst", brummt er nur einen Atemzug von meinen Lippen entfernt.

Seine Nase streichelt meine. Er beißt auf meine Lippe, ohne mir den Kuss zu geben, den ich mir so sehr wünsche. Es ist so herrlich schmerzhaft.

Mit einem Flüstern gebe ich nach und flüstere ihm einen Namen ins Ohr. Er weicht zurück, lächelt wild und antwortet:

„Na bitte! Das war doch gar nicht so schwer!"

Mein Herz schlägt so stark, dass es mir fast durch die Brust geht. Keuchend warte ich darauf, dass er mich loslässt. Nein. Ich warte darauf, dass er mich endlich nimmt. Ich habe mir dieses Recht verdient.

Dann erobern seine Lippen endlich die meinen, in einem Ausbruch von verzehrender Leidenschaft küsst er mich stürmisch. Die Dämme meiner Zurückhaltung brechen. Der Schmerz ist intensiv. Die Macht meines Verlangens überwältigt mich. Ich packe ihn an den Haaren, damit er mich nie wieder loslässt. Er gleitet über meinen Bauch zum Gummiband meines Höschens. Langsam und schmerzhaft hält er die Lust aufrecht. Ich stöhne, ich will ihn jetzt. Ich flehe ihn an, wiederhole seinen Vornamen noch einmal, und noch einmal, und noch einmal, und…

Ich wache auf.

Atemlos, nass und alleine in meinem kalten Bett.

Verwirrt suche ich ihn überall, aber da ist niemand. Ich bin allein. Es war nur ein Traum.

Ein verdammter *Traum*.

Ein Traum, der so glühend heiß ist, dass mein Herz immer noch viel zu stark schlägt. Ein Traum, der viel zu viel verrät.

Ich vergrabe mein Gesicht in meinem Kissen und schreie meine Frustration heraus.

Sein Vorname! Scheiße! Ich hatte seinen Vornamen erraten! Wie hieß er? Verdammt, wie hieß er nur?!

Am frühen Morgen habe ich mich immer noch nicht von diesem *seltsamen* Traum erholt.

Mein Bewusstsein anscheinend auch nicht.

Wie auch immer, mein Körper fiebert noch immer und mein Herz ist hin- und hergerissen zwischen dem Offensichtlichen, das sich langsam in meinen Kopf schleicht, und meiner deutlichen Verleugnung.

Josepha starrt mich schon eine ganze Weile an, ohne etwas zu sagen. Aber ihre hochgezogenen Augenbrauen sind nicht zu übersehen.

„Hör doch auf."

„Was denn?"

„Du weißt es schon, tu nicht so unschuldig."

„*Ich*? Du hast sie nicht alle! *Ich* bin nicht diejenige, die immer noch von ihrem Traum von Barry gequält wird!"

„Das ist wegen dieser blöden Wette!"

„Ich hätte ja eher gesagt, dass es an eurem ununterbrochenen Flirtspiel liegt, aber wer bin ich, dass ich das so richtig…"

„Unser …", keuche ich. „Aber er hat mich nicht einmal angefasst!"

„Wenn du mich fragst, ist das nicht relevant! Und dein Unterbewusstsein wird mir nicht widersprechen."

Ich seufze und sage mit Überzeugung:

„Ich bin *nicht* in diesen Typen verliebt!"

„Es kann sein, aber er hat es zumindest geschafft, Enzo aus deinem Herzen zu vertreiben. Ich finde das cool. Du solltest das zu Ende bringen, was ihr angefangen habt. Wenn du die Spannung los bist, kannst du dein Gehirn wieder einschalten."

„Josepha!"

„Was denn? Es stimmt doch! Es würde dir gut tun."

„Du bist nicht in der Lage, mir sowas zu sagen. Warst du mit jemandem zusammen, seit …?"

„Das ist nicht dasselbe."

„Ach ja, weil deine Bedürfnisse zur gleichen Zeit verschwunden sind, was?"

Sie lacht laut auf, während sie sich eine weitere Tasse Zimttee einschenkt. Als sie sich ihrer Wirkung sicher ist, beginnt sie unschuldig mit den Wimpern zu klimpern und sagt mir, dass ich mir um ihre Vagina keine Sorgen machen muss, weil es ihr sehr gut gehe.

„Willst du mir sagen, dass du jemanden kennengelernt hast?"

„Absolut nicht. Beides kann unabhängig voneinander sein."

„Du treibst es mit jemandem! Nee, nee, nee. Du redest mir was vor. Ich würde es doch wissen, wenn du *deine zarte Blume gießen würdest*. Komm schon, klatsche doch für meine treffende Metapher."

Josepha stupst mich neckisch mit dem Ellbogen an, lacht aber weiter, ohne zu antworten. Auch wenn sie das so in den Raum wirft, glaube ich es nicht eine Sekunde lang. Na ja…

„Und, wer sollte das sein? Nein, das kann nicht sein."

„Warum nicht? Weil ich praktisch eine Witwe bin?"

„Nein, weil Cyril sich im Grab umdrehen würde, wenn er wüsste, dass du einen One-Night-Stand hast."

„Er hätte mich nur nicht verlassen müssen."

„Warte, du meinst es doch ernst! Du hast wirklich… Aber wer? Auf der Arbeit? Es muss auf der Arbeit sein. Der Typ aus der Buchhaltung?"

„Äh, erinnerst du dich nicht an den Teil, wo ich dir erzählt habe, dass er schwul ist?"

„Nun, das eine schließt das andere nicht unbedingt aus, vielleicht ist er offen."

„Haha! Nein, er ist nicht offen."

„Dein Kollege? Wie heißt er noch mal? Victor? Ist er das?"

Sie kichert und schüttelt den Kopf, amüsiert über meine Neugier.

„Oh, das ist Victor, der dich anmacht! Da muss man einfach applaudieren, denn ich gebe mein Bestes, um dir gerecht zu werden."

Sie kichert und stellt ihre Tasse ab, um meine Bemühungen zu beklatschen. Ich mache eine Verbeugung, die einer Prinzessin würdig ist, was sie nur noch mehr zum Lachen bringt. Die Nervensäge lässt trotz allem nicht locker.

„Vergiss es, ich werde nichts sagen."

„Okay, keine Namen. Die Sache mit den geheimen Namen muss mir irgendwie immer passieren. Gut, dann sag mir wenigstens, wie lange das schon so geht. Bitte, bitte, bitte?"

Ich setze eine niedliche Mimik auf und warte darauf, dass sie ihre Wirkung entfaltet. Drei, zwei...

„Schon lange."

Bingo!

„Lange wie... von Anfang an?"

„Nein, spinnst du? Aber fast."

„Aber warum erfahre ich das erst jetzt? Wirst du ihn mir vorstellen?"

„Bestimmt nicht!"

„Wenn du es mir sagst, wird es dann langsam ernst?"

„Auf gar keinen Fall."

„Ooooh!", rufe ich in einem Anflug von Verständnis. „Das liegt daran, dass ich ihn bereits kenne!"

Sie lacht und wirkt etwas unbehaglich. Und das Erste, was in mir hochkommt, ist ein lächerlicher Anflug von Eifersucht, der sich in meinem Mund materialisiert, bevor ich ihn stoppen kann:

„Bitte sag mir, dass es nicht der Barkeeper ist."

Sie verschluckt sich an ihrem Tee und lacht so laut, dass sie die ganze Nachbarschaft aufweckt.

„Und du sollst nicht verknallt sein? Dass ich nicht lache!"

„Ist er das?"

„Aber nein, ich kenne ihn doch gar nicht!"

Ein Angstknoten, der sich um meine Brust geschnürt hat, löst sich plötzlich. Ich seufze lange und bin immer noch entschlossen, die Dinge zu leugnen.

„Dann gebe ich auf. Ich habe alle deine Kollegen durch. Es gibt nur noch deinen schrecklichen Chef, aber du kannst ihn so was von nicht leiden, dass ich nicht einmal wage, ihn zu erwähnen. Und dann ist er auch noch verheiratet. Das wäre der Höhepunkt."

„Tja, das ist der Höhepunkt."

Etwas in ihrem Tonfall erweckt plötzlich meine Aufmerksamkeit. Als ich sie genauer betrachte, sehe ich eine leichte Röte auf ihren Wangen. Sie schaut weg und versenkt den Blick in ihrem Einhornbecher.

„Neeeeeiiiiiinnnn", schimpfe ich mit tiefer Stimme. „Josepha, du hast doch nicht etwa …?"

„Mhm?" fragt sie ein bisschen zu unschuldig.

„Scheiße! Du treibst es mit deinem Arschloch von Boss? Der berüchtigte Mistkerl, der dir die Hölle heiß macht?!"

„Er ist gut darin, andere Dinge als die Hölle heiß zu machen, wenn du es genau wissen willst", kichert sie diesmal ohne Scham.

„Er ist doch verheiratet!"

„Nicht mein Problem."

„So ein Arschloch! Er ist schrecklich!"

„Nicht in allen Bereichen …"

Ich seufze, als mir die Argumente ausgehen, und setze mich wieder hin. Ich hatte nicht einmal bemerkt, dass ich vor Überraschung aufgestanden bin.

„Josepha, in was für einen Schlamassel bist du geraten?"

„Gar keinen. Die Dinge zwischen uns sind sehr klar. Ich kann ihn nicht ausstehen, das gilt auch umgekehrt. Aber manchmal müssen Spannungen abgebaut werden. Das ist alles."

„Hast du an seine Frau gedacht?"

„Ich hatte anfangs ein bisschen Schuldgefühle, bis mir klar wurde, dass sie eines dieser freien Paare sind, die heutzutage so angesagt sind. Warum also darauf verzichten?"

„Hast du keine Gefühle für ihn? Bist du dir sicher? So etwas geht schnell in die Hose."

„Nichts als Verärgerung."

„Wie schaffst du das? Wie schaffst du es, beides unter einen Hut zu bringen?"

„Nun, ich werde dir kein Bild davon malen. Was deine zweite Frage betrifft, so stimmt es, dass es nicht einfach war, meine Karriere, mein Leben und diese Beziehung parallel zu führen. Aber jetzt haben wir einen Verhaltenskodex. Keine Gefühle kommen dazwischen. Nur ein kleiner Quickie hier und da."

Egal, wie sehr ich diese Enthüllung auch drehe und wende, ich kann nicht verstehen, wie sie an diesen Punkt gekommen ist. Und wie sie so gelassen wirken kann.

„Wie willst du es an dem Tag machen, an dem du jemanden kennenlernst und bereit bist, ein neues Leben zu beginnen?"

„Wenn ein solcher Tag kommen sollte, werde ich diese kleinen Geschäfte beenden und er wird sich eine andere Freundin suchen. So kompliziert ist es nicht."
„Ich finde es nur ein bisschen unmoralisch."
„Warum eigentlich? Wir sind alle willige Erwachsene."
„Cyril ..."
„Er ist tot! Caroline, Cyril ist *tot*. Er war der Mann meines Lebens, aber er hat mich verlassen. Ich habe nichts Falsches getan. Mein Herz wird für immer ihm gehören. Was meinen Körper angeht ... Das ist wie essen. Ich muss seine Bedürfnisse erfüllen, um ihn gesund zu halten."
„Ach ja, und ich nehme an, dass der Zimmersport mit deinem Chef dazu beiträgt", lache ich, um die Stimmung etwas aufzulockern.
„Genau!"
„Wie ist das passiert?", will ich unbedingt wissen.
„Eine sehr große Meinungsverschiedenheit, Stimmengewirr, ein heftiger Streit, der in seinem Büro endete. Oder auf dem Schreibtisch, um genau zu sein."
„Oh, igitt, vergiss es, erspare mir die Details."
„Ein sehr großer Schreibtisch aus Kirschholz; mit seinem sehr großen..."
„Igitt igitt igitt!"
Ich unterbreche sie mit einem Schrei und werfe ihr einen Lebkuchen ins Gesicht. Sie lacht fröhlich auf. Ich mache es ihr nach. Aber in einem Winkel meines Verstandes wird mir klar, was sie die ganze Zeit vor mir verborgen hat. Ich frage mich, warum sie nicht schon früher darüber reden wollte. Warum war es ihr so wichtig, es zu verbergen? Ist das ein neuer Schritt in ihrer Trauer, den sie macht? Blättert sie eine neue Seite auf? Ist sie dabei, zu akzeptieren, dass er nicht mehr zurückkommt, während sie am Leben ist und Bedürfnisse hat? In meinem Herzen lächle ich und verzichte darauf, es zu betonen.

In meinem Kopf entwickelt sich ein ganz anderer Plan.

Kapitel 16

Da ich wegen meiner Schnittwunde ein paar Tage krankgeschrieben wurde, versuche ich, die Dinge positiv zu sehen, und klappe meinen Laptop auf. Seien wir ehrlich: Das Beste an der Sache ist, dass ich nicht zur Arbeit gehen muss. Jetzt kann ich auch noch den ganzen Tag schreiben! Das ist der Hammer!
Was also mache ich logischerweise? Genau. Ich reinige das Klo.
Wäre es nicht verdammt so viel einfacher, wenn die Kreativität sofort da wäre, sobald man sie braucht? Aber nein, Madame wartet lieber, bis wir so beschäftigt sind wie noch nie. Oder nein, der beste Zeitpunkt? Im Auto. Oder unter der Dusche!
Ich putze also fleißig und überlege sogar, ob ich den Baum ohne Josepha schmücken soll, aber sie würde mich umbringen, also verzichte ich darauf.
Nachdem ich alle Aufgaben erledigt habe und mir die Ideen ausgehen, wie ich mich beschäftigen kann, sehe ich mich gezwungen, mich mit meinem Schreibstillstand zu befassen. Ich starre die leere Seite an. Und das für eine lange Weile. Hypnotisiert von dem kleinen, blinkenden Mauszeiger. Ich denke so lange nach, bis ich Kopfschmerzen bekomme. Dann gebe ich auf und lasse meine Gedanken schweifen.
Ich denke an Enzo. Erstaunlicherweise gelingt es mir, ohne mich zusammenzukauern und meinen Schmerz auszuheulen. Es ist fast einfach. Fast. Man darf es aber auch nicht übertreiben. Ich frage mich, was er macht. Ob er eine neue, leichtgläubige Geliebte gefunden hat, der er

das Herz brechen kann. Ob seine Frau von dem ganzen geheimen Leben weiß, das er nebenbei führt. Ich ertappe mich dabei, wie ich mich frage, ob sie auch zu den freien Paaren gehören, von denen mir Josepha erzählt hat. Nein, das glaube ich nicht. Er schien nicht sehr glücklich darüber zu sein, dass ich unsere Beziehung offenlegte, aber das hielt ihn nicht davon ab, mit der nächsten Frau im Café aufzutauchen. Was für ein Arsch. Wie konnte ich mir auch nur einen Moment lang vorstellen, dass er die Liebe meines Lebens war? Im Nachhinein sind mir all die Details bewusst geworden, auf die ich vorher nicht geachtet habe. All die Male, an denen er mich nicht zu sich nach Hause kommen ließ. Diese seltsamen Orte, an denen wir uns trafen. Diese Angewohnheit, sein Handy auszuschalten. Er wollte nicht, dass ich ihn anrief oder ihm schrieb. Es gab so viele Warnsignale für die arme blinde Frau, die ich war.

 Ich schalte mein Handy ein und sein Gesicht erscheint auf meinem Bildschirm. Ich habe einen Stich im Herzen, nur einen kleinen. Nicht zu schmerzhaft. Es ist erträglich. Ich lese seine letzte Nachricht und in meiner Brust bildet sich ein Klumpen. Nur ein kleiner. Nicht unüberwindbar. Also tue ich das, was ich schon lange hätte tun sollen. Ich bin bereit. Ich lösche seine Nachricht. Schnell. Wie ein Pflaster, das man abzieht. Und ich nehme mir meinen Bildschirmhintergrund vor, ersetze ihn durch ein Foto mit dem inspirierenden Zitat "You got this!". So wird mich mein Bildschirm jedes Mal, wenn ich mein Handy entsperre, daran erinnern, dass ich es schaffen kann.

 Ich bin stolz auf mich und wende mich wieder meinem leeren Blatt zu. Eine plötzliche Erleuchtung flüstert mir ins Ohr, dass ich unbedingt etwas über meinen Alltag erzählen muss: die Geschichte eines Mädchens, das ein wenig verloren ist, keinen aufregenden Job hat, eine chaotische Familie, ein zerrüttetes Liebesleben und sich selbst in all dem sucht.

Eine weitere flüstert mir zu, ich solle eine scharfe Liebesgeschichte mit einem Barkeeper schreiben, eine Geschichte, in der ich all meinen Fantasien freien Lauf lassen könnte ... aber ich knebele sie schnell, weil ich Angst vor der Besessenheit habe, die dadurch in mir erweckt wird.

Ich wende mich wieder der anderen Geschichte zu, die darauf brennt, geschrieben zu werden. Es wird sicher nicht der Roman des Jahrhunderts. Es wird wahrscheinlich überhaupt nicht veröffentlicht werden, aber es wird mir helfen, mit dem Schreiben anzufangen. Mich wieder auf Trab bringen, und wenn die Maschine erst einmal in Gang gekommen ist, werde ich vielleicht endlich ein Juwel zur Welt bringen, um das sich alle reißen werden.

Ich lege los.

Es war einmal eine ganz normale junge Frau. Sie lebte ein gewöhnliches Leben, in einer gewöhnlichen Wohnung, mit einem gewöhnlichen Job und einer Familie, die ich als gewöhnlich bezeichnen würde, auch wenn sie dysfunktional ist. Ist das nicht de facto eine gewöhnliche Familie? Sie war also eine ganz gewöhnliche Person. Sie hatte eine gewöhnliche Katze, gewöhnliche Träume, gewöhnliche Essgewohnheiten und eine gewöhnliche Schwäche für Glühwein (na gut, vielleicht nicht ganz so gewöhnlich). Das Außergewöhnliche an dieser Frau waren die Dinge, die sie dazu brachten, ihre Tage damit zu verbringen, Websites für Jungennamen zu durchforsten, auf der Suche nach dem richtigen Namen... Nein, Sie irren sich, liebe Leser, sie war nicht schwanger. Sie hatte eine lächerliche Besessenheit im Kopf, die durch eine ebenso lächerliche

Wette und eine fast gewöhnliche Begegnung ausgelöst wurde...

Scheiße.

Ich lösche alles, klappe meinen Laptop zu und verstecke ihn unter dem Sofakissen. Weit weg von mir und von dem, was mein Verstand mir zu sagen versucht.

„Schon gut, schon gut! Ich hab's kapiert!", schreie ich vor mich hin.

Ich will es auf keinen Fall zugeben.

Ich stehe auf, schnappe mir meinen Mantel, meine Handschuhe und meine Mütze, ziehe alles an und will gerade aus dem Haus gehen, als mein Gewissen mir zuflüstert, dass er vielleicht zurückkommt, jetzt, wo er weiß, wo ich wohne. Die Erinnerungen an meine wilden Träume mischen sich ein und mein Herz beginnt schneller zu schlagen, als ich die Tür öffne. Ein viel zu großer Teil von mir hofft, ihn dahinter zu finden. Aber da ist niemand, wir sind nicht in einem dieser blöden Weihnachtsfilme!

Ich brumme und schimpfe mit mir selbst, als ich mich auf den Weg zu Josephas neuem Reisebüro mache. Hoffentlich hat sie nicht zu viel Arbeit.

•

Mit einem ekstatischen Blick stoße ich die Glastür auf. Die Frontseite kündigt ein Reisebüro an, das die verrücktesten Reisen organisieren kann: *Von der Reise zum Mond bis zur Reise zum Mittelpunkt der Erde, hier ist alles möglich. Öffnen Sie die Tür Ihrer Träume.*

Exzentrisch, mit einer Prise Verrücktheit und einer guten Portion Entschlossenheit. Ich finde meine Josepha perfekt wieder! Ich bin so stolz, dass mein Herz fast schmerzhaft anschwillt.

Drinnen ist alles gemütlich und einladend. Wie hat sie es geschafft, in so kurzer Zeit ein so gutes Ergebnis zu erzielen? Ich kann es nicht fassen. Sie sitzt hinter einem weißen, eleganten, aber einfachen Schreibtisch und unterhält sich mit einem Kunden, der einen Stapel Reisekataloge durchblättert. Sie sieht mich in dem Moment, als ich einen Fuß in ihre Höhle setze, und begrüßt mich mit einem breiten Lächeln und einer Schachtel Taschentücher. Ich schniefe wie ein außer Kontrolle geratenes Kind. Sie entschuldigt sich bei ihrem Kunden und kommt mir mit einem breiten Lächeln, aber einem tadelnden Finger in der Luft entgegen.

„Was machst du denn hier? Das ist ja eine Überraschung!"

„Die Odyssee? Reise zum Mittelpunkt der Erde?"

„Das musste doch mal was werden... All die Male, die du mich damit genervt hast. Außerdem passt es doch gut in das Konzept, oder?"

„Josepha..."

Ich umarme sie, tief in meinem Inneren berührt von diesem Geschenk. Mein Leben und ihres sind so miteinander verwoben, dass ihr Reisebüro, ihr größter Traum von meinem Wesen geprägt ist. Ich meine, das von Homer und Jules Verne und im weiteren Sinne auch von mir.

„Na, na, na, ich habe einen Kunden. Mach keine große Sache daraus."

Ich nicke, zu aufgeregt, um zu antworten.

„Wartest du kurz auf mich? Wollen wir zu Mittag essen?"

Ich nicke wieder und bin sprachlos vor Bewunderung für sie und ihre Fürsorge. Alles wird noch schlimmer, als ich mich in den Sessel in ihrem Wartezimmer setze und feststelle, dass sie meine Romane ins Schaufenster gestellt und sogar einen passenden Aufkleber angebracht hat, der ihre Kunden dazu auffordert, mehr zu lesen, denn „Bücher sind eine offene Tür zu anderen Welten. Das Abenteuer wartet auf dich."

Und da passiert es schon: Ich fange zu heulen an und leere die ganze Schachtel Taschentücher. Möglicherweise habe ich den besorgten Kunden vertrieben. Ich höre, wie meine Freundin ihm mit freundlicher Stimme erklärt, dass ich gerade einen schlimmen Trauerfall durchmache. Ich muss zwischen zwei Schluchzern lachen. Josepha ist wirklich einfallsreich.

„Caroline!"

„Es tut mir leid! Ich hoffe, dass er zurückkommt. Aber ich kann nicht anders! Du bist die beste Freundin, die ich jemals hatte. Der beste Mensch, den diese Welt je hervorgebracht hat!"

„Komm schon, Süße, das ist doch nichts Besonderes. Du hättest das Gleiche für mich getan."

„Niemand hat mir je so eine Liebeserklärung gemacht!"

„Ich hoffe, dass du trotzdem bessere bekommst. Von der Sorte, die mit einem Ring am Finger und einem Braten in der Röhre endet."

Ich wechsle von Tränen zu Lachen über ihre unerwartete Bemerkung, alles in einem Konzert aus Schluchzen und anmutigem Schnauben.

Ich entschuldige mich dafür, dass ich überall Taschentücher verstreut habe, sammle den besagten, besudelten Müll ein und werfe alles in einen Mülleimer.

„Komm schon, lass uns essen, bevor das hungrige Monster mit den Reißzähnen den Platz der Heulsuse einnimmt. Ernsthaft, du wärst perfekt für diesen Job gewesen, schade, dass es ihn nicht mehr gibt."

„Warte! Kann ich ein Foto machen?"

„Von meinem Schaufenster? Na klar, schließlich habe ich es genauso für dich gestaltet."

Sie zwinkert mir zu und bietet mir an, vor dem Foto zu posieren. Als ich ihr mein Handy hinhalte, werden ihre Augen ganz groß und ihr Mund formt ein perfektes O.

„Du hast mir von deinem Chef erzählt, also musste ich auch einen Schritt nach vorne machen."

„Es wurde aber auch langsam mal Zeit. Können wir jetzt zu ihm gehen und ihn fertig machen?"

„Immer noch nicht. Machst du das Foto, *bitte*?"

„Ich kann es gerne machen, allerdings bist du gerade nicht besonders gepflegt... Du könntest deine Leser vergraulen, wenn du das Foto in die Netzwerke postest. Du kannst mir später danken."

Mein Blick wird plötzlich von der Weihnachtsdekoration im Schaufenster angezogen. Ich erkenne die Weihnachtskugeln, die sie mit Cyril gekauft hatte. Sie bemerkt meinen Blick, lächelt traurig und zuckt schließlich mit den Schultern.

„Heute ist offenbar der Tag der Schritte nach vorn."

„So sieht's aus."

„Was hältst du davon, wenn wir auf unsere Fortschritte anstoßen?"

„Abgemacht!"

*

Ich sitze im Schneidersitz auf dem Teppich, einen Anis-Tee in Reichweite, und wühle in der riesigen Kiste, die aus dem Keller heraufgeholt wurde. Unser Lagerraum ist randvoll und wir mussten mehrere Anläufe nehmen, bevor wir das Ding herausziehen konnten, aber jetzt haben wir es geschafft. Er ist gut im Wohnzimmer angekommen.

Während ich nur daran denke, zu Barry zu gehen, sucht Josepha verzweifelt nach ihrer Lieblingskugel: eine alte Kugel, die wir vor ein paar Jahren von Omas Baum geklaut haben. Damals war es eine Herausforderung, weil uns die Kugel scheißegal war, aber dann hatten weder sie noch ich den Mut, es ihr zu verraten, als sie wütend wurde. Also versteckten wir sie lange Zeit bei Josepha. Mal in ihrem Nachttisch, mal in ihrem Schrank. Bis wir hier eingezogen sind und wir die Früchte unseres Diebstahls mit genommen haben. Seitdem spielen wir jedes Jahr mit dem Feuer: Es geht darum, wer es schafft, die Kugel für alle sichtbar aufzuhängen, ohne erwischt zu werden. Ein so kleiner Gegenstand mit einer so aufregenden Geschichte, ich kann nicht anders, als für mich selbst zu lachen.

„Ich habe sie!"

Sie hebt die perlmuttfarbene, mit Altersflecken gesprenkelte Kugel, die mit einem alten Haus aus goldenem Glitzer verziert ist, in die Höhe und hält sie wie den heiligen Gral hoch.

„Bist du jetzt dran oder ich?"

„Du."

Sie grinst, während sie sich vor den noch kahlen Baum aufstellt. Sie weiß, dass sie die nächsten drei Wochen mit der Angst leben muss, durchschaut zu werden, und sie wird die Konsequenzen alleine tragen müssen, das war der Deal.

Ich greife nach meinem Kräutertee und führe ihn an meine Lippen, dann stelle ich die Tasse wieder auf den Couchtisch. Auf dem Sofa liegen ein vierfarbiger, mit Büchern bestückter Stift und ihr spezielles Heiratsvermittlungsbuch. Sie hat wahrscheinlich versucht, es unter dem Kissen zu verstecken. Ich zögere ein paar Sekunden, mich darauf zu setzen und so zu tun, als wäre ich zufällig darauf gestoßen, aber dann entscheide ich mich anders. Sie kennt mich sowieso zu gut.

„Ein vierfarbiger Stift mit Büchern darauf? Bedeutet das vielleicht etwas Gutes?"

„Das gibt's doch nicht!", schimpft sie und dreht sich schnell zu mir um. „Du bist ja unmöglich!"

„Vielleicht ein Verleger, der davon träumt, mich zu veröffentlichen?"

„Nee, netter Versuch, aber das wäre zu einfach. Außerdem hast du heute schon genug Aufregung erlebt."

„Danke noch einmal für all die tolle Werbung."

„Ich meinte deinen feuchten Traum!"

Ich werfe ihr ein Kissen an den Kopf und lache. Sie hat ihr schönstes Lächeln aufgesetzt und ist so entschlossen, dass selbst ihr rosa mit kleinen Flocken bedruckter Flanellschlafanzug sie nicht unglaubwürdig macht.

„Ein Buchhändler also?"

„Ein Bibliothekar."

„Huhu, gute Wahl! Ein Typ, der Bücher liebt. Wer war der Visionär, der sein Auge auf jemanden geworfen hat, mit dem ich endlich zusammenpassen könnte? Du? Hast du dich entschieden, Cyrils Freund für dich zu behalten?"

„Nein! Du hast immer noch ein Date mit ihm am nächsten Samstag."

Ich schüttele den Kopf und hauche meine Ablehnung aus.

„War es Papa? Die Nachbarin?"

„Nein, deine Mutter."

„Willst du mich verarschen?"

Ich kann es einfach nicht glauben.

„Im Grunde muss sie dich doch ein bisschen lieben, sie hat verstanden, wer du bist."

„Keine Chance", seufze ich verächtlich. „Es muss eine Falle sein."

„Sei nicht so hart. Sie ist kein schlechter Mensch. Du siehst doch, dass sie sich bemüht. Und ausnahmsweise stimme ich dir zu, dass er zu dir passen könnte."

„Im Ernst, was für ein Kostüm hast du dir ausgesucht?"

„Keines. Du gehst als du selbst. Es könnte ausreichen, um ihn zu verscheuchen, wenn du so aussiehst wie jetzt."

„Frechheit!"

Ich greife nach dem Stroh aus der Krippe, dem ersten, was mir in die Hände fällt, und beginne erneut mit dem Werfen von Gegenständen.

Der Rest des Abends verläuft ruhiger, und bald ist unsere ganze Wohnung in einen festlichen Mantel gehüllt. Josepha summt leise mit ihrer engelsgleichen Stimme, heiße Schokolade fließt in Strömen, der Raum duftet nach Pinienwald und Zimt, überall funkeln Lichter und ein paar Stoffwichtel teilen sich den Platz mit Porzellanengeln, Rentieren aus Holz und roten Socken. In drei Wochen ist es soweit. Meine Familie erwartet immer noch, dass ich mit einem ihrer Bewerber auftauche. Sie werden enttäuscht sein. Ich beschließe, dass dies das letzte Weihnachten ist, an dem ich sie enttäuschen werde. Nächstes Jahr werde ich einfach nicht hingehen. Ich mache nicht mehr mit, solange die Scheinheiligkeit den Tanz anführt.

Mein ganzer Körper entspannt sich. Ein langer Seufzer entweicht meiner Brust und ich kann spüren, wie sich jeder einzelne meiner Muskeln entspannt, nachdem diese Entscheidung gefällt wurde.

Ich entscheide mich dafür, mich selbst über die Wünsche der Anderen zu stellen.

Ich will mich selbst finden, aufblühen und mich selbst verwirklichen. Ich will mich nicht mehr verstellen. Ich will ich sein, ich will frei sein, ich will Magie und Freude! Und ich werde alles tun, um sie zuerst in mir selbst zu finden, bevor ich versuche, sie anderen zu schenken.

Ich lächle, als ich meine Freundin beobachte, wie sie zu jedem Lied auf und ab tanzt. Ihre schweren blonden Locken hüpfen über ihren Rücken, der immer noch voller Stroh ist. Sie hat sich selbst gewählt. Sie hat ihre eigenen Baustellen aber sie hat sich selbst nicht aus den Augen verloren. Sie weiß, was sie will. Sie weiß, wer sie ist.

Ich sollte mir ein Beispiel an ihr nehmen und mehr Verantwortung für mich selbst übernehmen.

Das werde ich auch tun.

Kapitel 17

Freitag. 14.30 Uhr.

Meine Hand hat aufgehört zu schmerzen, aber ich werde erst am Montag wieder zur Arbeit gehen. Ich hoffe, dass Gérard es bis dahin schafft. Ich fühle mich ein bisschen schuldig, ihn mitten in der Weihnachtszeit im Stich gelassen zu haben. Der Dezember ist ein harter Monat für sein Café. Der arme Kerl hat sicher viel zu tun. Kann Martha ihm helfen, ohne ihr Studium und ihr Privatleben zu opfern? Vielleicht sollte ich meine Krankschreibung etwas abkürzen und sie unterstützen. Was mache ich eigentlich, außer allein auf dem Sofa zu hocken und den herabfallenden Schnee zu beobachten?

Ich ziehe die Wolldecke bis zu meinem Kinn. Der dicke, fusselige grüne Stoff piekst auf meiner Haut. Es ist zu spät, um bei der Öffnungszeit zu helfen, der Tag ist schon in vollem Gange, aber ich könnte trotzdem noch nützlich sein.

Ich schlage die Decke zurück, ziehe meine Füße aus der wohltuenden Wärme des Stoffes und stecke sie in meine Hausschuhe. Ich sitze ein paar Minuten unschlüssig da. Was, wenn er mich nach Hause schickt? Wenn er immer noch sauer ist, weil ich so einen Aufruhr verursacht habe? Was, wenn er mich stattdessen mit offenen Armen empfängt und ich es bereue, dass ich die Zeit nicht genutzt habe, um mein neues Projekt voranzutreiben?

Ein weiterer Gedanke geht mir durch den Kopf. Ein unpassender Gedanke, der sich in meinem Kopf ein gemütliches Nistplätzchen geschaffen hat, seit Josepha sich mir anvertraut hat. Es wäre ... Nein.

Ich stehe auf. Gérard braucht mich. Ich kann nicht schreiben, wenn ich weiß, wie ich ihn in Stich lasse und sein Geschäft gefährde. Der Laden ist sein ganzes Leben.

Ich ziehe meinen Schlafanzug aus (verurteilt mich nicht, verdammt noch mal!), ziehe eine dunkle Jeans und einen großen, hässlichen Weihnachtspullover an. Ich binde meine Haare schnell zusammen, überspringe das Schönheitsritual und hole meine Après-Ski-Boots aus dem Schrank. Fünf Minuten später bin ich auf dem Weg zur Arbeit und versuche mir einzureden, ich müsse nicht elegant sein, um dorthin zu gehen.

Mit einem Stück Lebkuchen im Mund schließe ich meine Wohnungstür ab. Mein Schal hängt bis zum Boden vor meinem noch offenen Mantel und meine Mütze sitzt schief auf dem Kopf.

Plötzlich räuspert sich jemand hinter meinem Rücken. Ich brumme ärgerlich, weil ich wieder von meiner alten Nachbarin aufgehalten werden soll, und bete, dass sie mir nicht stundenlang auf die Nerven geht. Ich drehe mich um, ohne meine Verärgerung zu verbergen, und finde mich Auge in Auge mit meinem Barkeeper wieder, der mich von oben bis unten mit einer hochgezogenen Augenbraue mustert. Eine Hitzewelle trifft mich. Ihr wisst schon, nicht diese Art von sanften Wellen, die einem die Füße umspült und sich poetisch zurückziehen. Nein, diese großen, unerwarteten Wellen, die dich umwerfen. Die dich unter die Fluten ziehen, in eine Flutwelle einrollen und orientierungslos zurücklassen. Die dich mit einer voller Ladung Sand im Mund auf den Strand zurückwerfen. Mit verrutschen Bikini, mit Haaren im Gesicht, atemlos und ein wenig verloren. Ja, so sieht es in diesem Moment bei mir aus.

Mein Lebkuchen fällt mir aus dem Mund, weil ich ihn so lange aufgeweicht habe. Ich kann ihn gerade noch auffangen, als er auf meinen Arm und meiner Hand rumtanzt und sich schließlich in meinem Ellbogen einklemmt. Ich trete auf meinen Schal, meine Mütze fällt mir auf die Augen. Ich stolpere und richte mich auf. Lächerlicher geht es kaum. Ich stehe sprachlos und völlig eingeschüchtert vor dem Darsteller, der in meinem letzten, so realistischen Traum die Hauptrolle gespielt hat. Ich spüre immer noch seine Finger auf meinem Körper.

Meine Wangen brennen, mein Herz ist mir in die Hose gerutscht und ich finde keine Worte mehr. Er tut nichts, um seine Belustigung zu verbergen.

„Nun, wenn ich gewusst hätte, dass ich diese Wirkung auf dich haben würde, hätte ich es mir nicht nehmen lassen, früher zurückzukommen."

Früher? Meint er heute Nacht? So wie in meinem Traum?

„Psst!", brumme ich in Richtung meines Gewissens.

Sein Lachen, so leicht wie eine Brise, hallt durch den Flur. Mein Herz kehrt an seinen Platz zurück, aber nicht ohne einen Schwarm Schmetterlinge in meinen Bauch zu schicken. Was für ein verdammter Traum!

Ich reiße mich schnell zusammen, um die Schmetterlinge sofort loszuwerden.

„Was machst du hier?"

„Ich bin gekommen, um unser letztes Gespräch fortzusetzen."

Oh. Mein. Gott. *Dieses* Gespräch.

„Er ... du ... ich ..."

„Ich wusste schon, dass du alle Personalpronomen kennst. Also kannst du damit aufhören…"

„Haha, das ist ja lustig. Ich dachte, dieses Gespräch wäre zu Ende."

„Warum? Ich dachte, wir wären erst bei der Einleitung."

Er legt den Kopf schief und ein süßes, warmes Lächeln huscht über seine Lippen. Seine graue Mütze fällt ihm bis zu den Augenbrauen und betont seine amüsierten Augen.

Er spielt mit mir, da gibt es keinen Zweifel mehr. Was habe ich erwartet? Er spielt und denkt, ich sei genauso. Sind wir uns nicht so begegnet? Ich als Prinzessin und er wettete, wie lange der arme Kerl durchhält?

Ich seufze, als sich mein Magen bei der Erwähnung dieser berüchtigten Einleitung zusammenzieht, dieser misslungenen Anspielung, die meinen ganzen Körper in Aufruhr versetzt. Ich schaue auf meine Kleidung, auf das ungepflegte Aussehen, das ich ausstrahle, weit entfernt von dem Verführungsspiel, in das er mich anscheinend verwickeln will.

Er spürt, wie sich Unbehagen in mir breit macht, und so wechselt er wie ein guter Gentleman das Thema und lenkt ein wenig von meiner Verlegenheit ab.

„Wo wolltest du denn hin?"

„Ins Café."

Er zieht überrascht die Augenbrauen hoch, dann blitzt es schmerzhaft in seinen Augen auf.

„Du solltest doch erst am Montag wieder anfangen", belehrt er mich.

Ich bin ihm dankbar, dass er keine Anspielung auf meine Kleidung macht. Ein kleiner euphorischer Ruck geht durch meinen Magen, als er sich an die Dauer meiner Krankmeldung erinnert.

„Ja, ich hatte ein schlechtes Gewissen, er braucht meine Hilfe."

„Nein, ich bin da anderer Meinung. Du solltest lieber zu Hause bleiben und die Zeit nutzen, um dich auszuruhen oder zu tun, was du willst."

„Vielleicht kannst du mir eine interessantere Tätigkeit vorschlagen?"

Meine Dreistigkeit wird mir zum Verhängnis. Ich versuche, selbstbewusster zu bleiben, als ich bin, und hoffe, nicht krebsrot zu werden und eine humorvolle Herausforderung auszustrahlen, die in Wirklichkeit nichts anderes als eine tatsächliche Einladung ist. Ich kann nicht glauben, dass ich so mutig war. Vielleicht sollte ich einen Rückzieher machen.

Nein! Stell dich ihm entgegen! Will er dich einschüchtern? Zeig ihm, dass es nicht funktioniert.

Für wen wird er mich halten?

In diesem Outfit? Komm schon, sei du selbst und stehe zu dir!

Ich warte im Stillen darauf, dass er meinen Witz versteht. Er soll begreifen, dass es eigentlich gar kein Spaß ist.

Er lächelt warm und nickt mit dem Kopf, um meiner Retourkutsche zu applaudieren. Ich könnte schwören, etwas anderes als Belustigung in seinen schelmischen Augen gesehen zu haben.

Plötzlich kommt er auf mich zu, wie neulich im Restaurant, wie neulich in der Nacht in meinem Traum. Ich werde schnell gegen die Tür gedrückt, nur wenige Zentimeter von seinem Körper entfernt. Seine Augen suchen die meinen, sein Lächeln ist ein wenig gieriger, zu nah an meinen Lippen. Mein Herz schlägt bis zum Hals.

„Ich habe tatsächlich eine Idee."

„Ja?", bringe ich zu schrill hervor.

„Hast du meinen Vornamen herausgefunden?"

„Es liegt mir auf der Zunge."

Er lächelt sehnsüchtig und ich bin bereit, ihn anzuflehen, seinen Namen mit einem Kuss zu entlocken. Er weicht ein wenig zurück.

„Perfekt. Dann lass uns gehen."

Gehen? Wohin? Oh Gott! Zu mir? Sollen wir diese Spannung in vollen Zügen auskosten?

Ich schlucke und frage mich, ob ich noch Lebkuchen zwischen den Zähnen habe. Ich ziehe den Kragen meines Pullovers ein wenig auseinander. Es ist auf einmal so warm. Ich krame in meiner Tasche nach meinem Schlüsselbund und mache mich bereit, die Tür aufzuschließen und ihn reinzubitten. Josepha würde sich an Wortspielen erfreuen.

Er hält mich auf und flüstert mit seiner tiefen, erobernden Stimme:

„Nicht hier."

Ich sammle meine Gedanken und zügle mein Selbstbewusstsein, das vor Aufregung jubelt.

„Ach nein?"

Er antwortet mit einer langsamen, sinnlichen Bewegung seines Kopfes. Dann hebt er meinen Schal auf, der immer noch auf dem Boden schleift, und wickelt ihn um meinen Hals. Er zieht mir die Mütze über den Kopf und bittet mich dann, meinen Mantel zu schließen. Ich verstehe das nicht. Was macht er da?

„Hast du Handschuhe dabei?"

„Äh ... ja. In meiner Tasche."

„Perfekt. Bist du noch dabei?"

Ich nicke, obwohl ich zugeben muss, nicht ganz sicher zu sein, ob wir über das Gleiche reden.

Er lächelt mich warm an und lässt seine Finger in meine Hand gleiten. Diese natürliche Geste, diese verlängerte Berührung, die gleichzeitig zärtlich und leicht ist, elektrisiert mich. Die Spannung, die ihren Höhepunkt erreicht hatte, fällt ein wenig ab und verwandelt sich in etwas Sanfteres. Es fühlt sich gut an. Meine Lippen lächeln instinktiv und meine Wangen färben sich rosa. Ich kann meine Augen nicht von ihm abwenden. Seine graue Mütze aus feiner Wolle hängt ein wenig an seinem Hinterkopf. Sein Grübchen wird von einem Dreitagebart überdeckt und seine Augen funkeln neckisch. Er trägt einen braunen Duffelcoat und einen dünnen, beigen Schal um den Hals. Aus seiner Hosentasche ragen dicke Lederhandschuhe. Seine dunklen Jeans bedecken kaum seine gefütterten Schuhe. Ich glaube, ich habe ihn noch nie so warm gekleidet gesehen. Denn ich erinnere mich nur an seine engen T-Shirts, also dürfte ich nicht in der besten Position sein, um seine Kleidung zu beurteilen und mir Sorgen über den schelmischen Glanz zu machen, der seine Züge erhellt.

Er führt mich nach draußen, durch den Schnee, der in großen Flocken auf die Welt fällt. Sein Pickup ist in der Nähe geparkt. Kinder spielen auf dem Bürgersteig und rollen große Kugeln, aus denen sie bestimmt einen Schneemann bauen wollen. Sie lachen und schubsen sich gegenseitig in die dicke Schneedecke, bewerfen sich mit Schneebällen, hüpfen und schreien. Das Glück ist auf allen Gesichtern zu sehen. Ich muss schelmisch lachen. Der Barkeeper lässt mich los, um die Beifahrertür zu öffnen, und ich schnappe mir den frischen Schnee und werfe ihn ihm lachend ins Gesicht. Wenn die Temperatur zwischen uns sowieso sinken muss, kann ich auch meinen Teil dazu beitragen — denn ja, ich kann mir gut vorstellen, dass er doch nicht vorhatte, mich mit nach Hause zu nehmen oder mich in seinem gefrorenen Auto zu küssen.

Er weicht reflexartig zurück und kriegt meine Kugel mit einem empörten Grinsen ab. Ich lache, renne in den Innenraum und knalle die Tür zu, bevor seine Rache an der Scheibe zerplatzt. Er schnaubt und schüttelt sich angestrengt, um die eiskalte Masse herauszubekommen, die von seinem Nacken aus seinen Rücken entlang hinuntertropfen muss. Ich halte die Tür geschlossen und lache kindisch. Er gibt auf und nimmt schließlich auf der Fahrerseite Platz.

„Das wirst du bereuen!", brummt er in einem Ton, der gefährlich klingen soll.

„Und was könntest du mir schon antun? Ich kenne deinen Vornamen immer noch nicht."

Meine Retourkutsche trifft ins Schwarze. Ich lächle, ohne mir Sorgen zu machen. Ich muss seinen Vornamen nicht kennen, damit er mich entführt, festhält und in kleine Stücke schneidet. Meine Eltern haben mich gelehrt, nicht so schnell zu vertrauen, aber das hier ist anders. *Er* ist anders. Ein bisschen geheimnisvoll, sicher, aber anders.

Als guter Verlierer hebt er die Hände und akzeptiert seine Niederlage.

„Also, mysteriöser Herr, wo bringst du mich hin?"

„In meine Höhle, um dich so lange zu quälen, bis du meinen Vornamen herausgefunden hast, natürlich!"

„So so, weil die Frustration unerträglich wird, richtig? Aber ich bin nicht so wortgewandt, Mister. Schweigen kann ich auch gut!"

„Ich bin mir ziemlich sicher, dass eine ausreichende Menge Glühwein deine Zunge lockern würde."

„Aber n ... ja okay, vielleicht. Trotzdem wird es mir schwerfallen, deinen Vornamen zu erraten, denn es gibt mindestens eine Milliarde davon! Am einfachsten ist es, wenn du ihn mir verrätst. Ansonsten werde ich am Ende Barry mögen und dich so umbenennen."

„Eine Wette ist eine Wette. Wenn du verlierst, wirst du es nie erfahren, wenn du gewinnst, bist du vom Weihnachten von der Familie befreit."

„Mir scheint, dass jetzt ein anderer Faktor ins Spiel kommt, einer, der den Ausschlag zu meinen Gunsten geben sollte, und ein Grund, warum du es mir sagen willst."

„Was für ein Selbstbewusstsein!", lacht er fast schon bewundernd und neugierig. „Was ist dieser geheimnisvolle Grund?"

Ich lächle, schaue in seine Augen und flüstere ihm mit einer Zuversicht, die von meinen primitivsten Instinkten angetrieben wird, in einer verführerischen Stimme zu:

„Wenn ich verliere, wirst du mich nie deinen Vornamen rufen hören..."

Seine Augen zucken, sein Kiefer verkrampft sich und bewegt sich unter der dünnen Haut seiner Wangen, seine Lippen öffnen sich. Ich betrachte die Wirkung meiner Worte auf diesen Mann: Er verstellt sich nicht. Es ist nicht nur ein Spiel mit mir.

Die Aussicht auf eine engere Annäherung wirkt wie ein zwingender Ruf und lässt ihn genauso verhungern wie mich.

Warum tut er sich so Gewalt an? Warum wehrt er sich so sehr?

Kapitel 18

Ich weiß nicht genau, was ich erwartet habe, aber die Euphorie lässt nach, je weiter ich mich von der Stadt entferne. War ich am Anfang noch recht unbeschwert, so kann ich jetzt nicht mehr lächeln. Ich sinke in meinen Sitz zurück und betrachte die Landschaft, ohne ihre Schönheit zu genießen. Wir verlassen die belebten Straßen und fahren über kleine, chaotische Landstraßen. Immer weiter, immer einsamer. Als er wieder langsamer wird und in den Wald abbiegt, werde ich unruhig. Ich versuche mir einzureden, dass er kein Serienmörder ist und mir meine blühende Fantasie einen Strich durch die Rechnung macht. Wahrscheinlich gibt es einen guten Grund für diesen Ausflug, aber es gelingt mir nicht, ihn zu finden. Ich kenne ihn nicht so richtig … Ein Teil von mir flüstert mir eine zuversichtliche Beruhigung zu, aber mein Verstand kämpft um die Oberhand. Ich überlege, wie ich ihn fragen könnte, wohin er uns führt. Vielleicht mit etwas Humor?

Aber mein Gehirn ist wie betäubt von der unheimlichen Situation. Die kahlen, dunklen Baumstämme stehen dicht beieinander und lassen nur wenig Licht durch. Der Schnee bedeckt den Boden nur spärlich. Alles erscheint mir düster. Die aus dem Radio bimmelnden Weihnachtsglocken können die Stimmung nicht aufhellen.

Er wirft mir ein paar seltsame Blicke zu und lächelt mich an, immer noch mit einem Hauch von Belustigung, die ich jetzt als Hinterhältigkeit empfinde. Mein Herz schlägt schneller, aber diesmal nicht vor

Aufregung. Egal, wie oft ich mir einrede, dass ich in Sicherheit bin... Ich brauche trotzdem einen Plan, wie ich ihn loswerden kann. Ich bin ja auch nicht leichtsinnig!

Plötzlich wird der Wald lichter, der Weg geht leicht bergab, das Licht durchbricht ein paar Mal den Wald. Ich suche nach einer verlorenen Hütte im Wald, doch mein Blick fällt auf einen kleinen Teich unterhalb vom Weg, der in einer Eis- und Schneedecke glitzert. Die Ufer sind von krummen Bäumen gesäumt, die sich auf der Eisfläche zu ihren Füßen spiegeln. Ihre Zweige sehen vom makellosen Schnee geschmückt aus. Ein Steg zieht lautlos über die gefrorene Oberfläche. Daneben befindet sich ein still stehendes Boot, das von den Naturgewalten festgehalten wird. Das Bild hat etwas Märchenhaftes, Beruhigendes. Mir stockt der Atem.

Er ertappt mich dabei, wie ich mich über das Armaturenbrett beuge, damit mir nichts von diesem Naturschauspiel entgeht. Es ist sein zufriedenes, vor Freude sprühendes Lachen, das mich zu ihm zurücktreibt. Ich komme mir so dumm vor, dass ich so in Panik geraten bin, aber ich kann keine Spur von Verlogenheit in ihm entdecken, nur kindlichen Stolz, dass er mich überrascht hat.

„Es ist so schön hier! Ich lebe schon ewig in dieser Gegend und hatte gar keine Ahnung, dass es so einen Ort gibt!"

Er nimmt eine Hand vom Lenkrad und zeigt mir die kleine Hütte, zu der er uns vorsichtig heranfährt.

„Das liegt daran, dass es sich um ein Privatgrundstück handelt. Es gehörte meiner Großmutter."

„Heißt das, die Hütte gehört dir?"

„Die Hütte, der Teich und ein ganzes Stück des Waldes."

„Echt jetzt?", rufe ich voller Überraschung und Begeisterung.

Er lacht und seine Augen funkeln zufrieden. Dieser Klang ist wie ein lyrischer Höhenflug in meinen Ohren und erstickt mein Misstrauen.

Er parkt auf dem dicken, unberührten Schneeteppich vor seiner Hütte und stellt den Motor ab. Der Ort hat nichts von der schäbigen alten Hütte, die ich mir in meiner Fantasie vorgestellt habe. Das Holz ist gepflegt, hell und einladend. Große Fenster lassen natürliches Licht herein, und oben auf der überdachten Veranda wartet ein gemütlicher Schaukelstuhl.

Er steigt aus dem Pickup. Mein Magen vollführt einen doppelten Salto rückwärts, als ich mich an den Grund erinnere, warum wir hier sind. Er hatte meine Einladung abgelehnt. „Nicht hier", hatte er gesagt. Ich bin fast so aufgeregt wie mein Herz bei dem Gedanken, dass er es so romantisch machen will! Es ist fast unwirklich! Gibt es hier einen Kamin?

Fieberhaft steige auch ich aus, von seinem sanften Lächeln angelockt. Meine Beine zittern und ich habe Mühe, das Gleichgewicht zu halten. Wärme durchströmt meinen Körper. In meinem Bauch flattern Schmetterlinge. Ich denke über die Vereinbarung zwischen Josepha und ihrem Chef nach. Es gibt nichts, was mich davon abhalten könnte, sie mir auf meine Weise anzueignen. Es wäre scheinheilig zu sagen, dass ich das nicht geplant habe, seit ich davon weiß, aber in diesem Moment regt sich etwas in mir. Etwas, das ich am liebsten knebeln würde. Ich lasse diesem Gefühl in mir freien Lauf, diesem urtümlichen Bedürfnis, das jede meiner Bewegungen antreibt und das Blut in meine Wangen, meine pochenden Lippen und andere intime Stellen schießen lässt. Mein Blick verschmilzt mit seinem. Er streckt mir seine Hand entgegen. Ich presse meine zwischen seine Finger, die Spannung steigt … und fällt wie ein Blasebalg, als er mich nach hinten in Richtung seines Pick-ups zieht, weit weg von der Tür der Hütte und den Hoffnungen, die in mir geweckt wurden.

Ich bin sprachlos und folge ihm schweigend. Meine Enttäuschung kann ich nicht verbergen. Als er Schlittschuhe aus dem Kofferraum holt, runzle ich die Stirn. Ich hatte erwartet, dass er lachen würde, stolz auf seinen Witz und zufrieden, mich reingelegt zu haben. Aber das tut er nicht. Vielmehr scheint er durch meine Reaktion verunsichert zu sein. Ich verstehe sofort, dass er mir wirklich eine Freude machen wollte, indem er mir eine private Eisbahn in einer so idyllischen Umgebung anbot. Also mache ich mir Vorwürfe, dass ich so dumm war. Ich zaubere ein fast glaubhaftes Lächeln auf mein Gesicht und nehme dankbar die Schlittschuhe entgegen, die er mir reicht.

„Wir müssen nicht. Ich dachte … Ach, was soll's? Ich dachte, es wäre eine nette Idee, aber offensichtlich bist du enttäuscht."

Mein Herz bricht, als ich ihn so verlegen sehe, und ich finde mich plötzlich viel zu besessen. Er hat mir den Kopf verdreht und mir den Boden unter den Füßen weggezogen. Ich erkenne mich selbst nicht mehr. Josepha würde sagen, dass es einfach meine Hormone sind, die nach Befriedigung verlangen. Das würde ich ihr gerne glauben. Aber wie soll ich ihm meine Enttäuschung erklären, weil es nicht der Sport ist, den ich mir wünsche? Wie peinlich!

„Nein, nein! Ganz und gar nicht!"

„Es ist nett von dir, dass du mein Ego schützen willst, aber es ist unnötig."

Sein Tonfall wird etwas schroff. Er legt die Schlittschuhe unwirsch in den Kofferraum. Ich verstehe die Anstrengung, die er auf sich genommen hat, um sich auf diese Weise zu offenbaren. Ich glaube nicht, dass er diesen Ort vielen Menschen gezeigt hat. Meine Reaktion auf seine Geste ist verletzend und demütigend.

Ich greife nach seiner Hand, bevor er den Kofferraum wieder schließt, und halte ihn mit aller Behutsamkeit auf, die ich aufbringen kann. Ich spitze die Lippen, um mich für mein Verhalten zu entschuldigen, und beschließe, mit offenen Karten zu spielen. Schließlich hat er mich als Prinzessin gesehen. Und wie ich auf der Toilette weine. Wie ich Essen verschlinge und mehr trinke, als ich sollte. Er war Zeuge meiner Undankbarkeit und Rücksichtslosigkeit, als ich einen Raum im Restaurant betrat, der für die Öffentlichkeit nicht zugänglich war. Er erfuhr auch das ganze Ausmaß meiner Neugier und meiner Arglist, wenn ich beim Spielen verlor. Er sah mich ungepflegt, mit Lebkuchen zwischen den Zähnen und vor Verlangen brennend. Muss ich unbedingt versuchen, meine Würde zu bewahren? Ich glaube nicht. Es ist ja auch nicht so, dass ich mein Leben mit ihm beenden und mich von meiner besten Seite zeigen will ...

„Entschuldigung. Ich habe deine Einladung missverstanden und nicht damit gerechnet. Aber ich habe trotzdem große Lust, Schlittschuh zu laufen, wenn du noch Lust hast."

„Darf ich überhaupt fragen, was du dir vorgestellt hattest?", sagt er mit einem etwas frechen Lächeln.

„Nur wenn du mir deinen Vornamen sagst."

Er schüttelt sanft den Kopf mit seinem entzückenden Grübchen und bietet mir an, mich auf den Steg zu setzen und meine Schlittschuhe anzuziehen. Diesmal nicke ich zufrieden.

Er geht voraus, um das Holz vom Schnee zu befreien, der sich darauf angesammelt hat, und legt eine Decke aus seinem Kofferraum darüber, damit ich nicht nass werde, wenn ich mich hinsetze. Ich erkläre ihm, dass es mein erstes Mal ist. Er unterlässt alle Wortspiele, denen Josepha nicht widerstehen würde, und beruhigt mich, indem er mir sagt, es sei nicht anders als Inline-Skaten. Dass ich nicht lache! Wie es sich herausstellen wird, beweist mein schmerzhafter Hintern genau das Gegenteil.

Also stürze ich mich auf die gefrorene Fläche und falle fast sofort hin. Entschlossen versuche ich es wieder und wieder, unter dem unbändigen Gelächter des Barkeepers, der natürlich auf dem Eis herumtollt, als hätte er das schon sein ganzes Leben lang getan. Vielleicht ist er das auch, soweit ich weiß. Er besitzt einen geheimen Garten, warum sollte er also nicht Olympiasieger im Schlittschuhlaufen gewesen sein?

Er kommt nach siebzehn jämmerlichen Stürzen zu mir. Ich muss ihm leid getan haben. Behutsam richtet er mich auf und übernimmt mit Leichtigkeit die Rolle des Trainers. Position, Kurven, Bewegungsabläufe, er geht alles durch.

„Warst du ein Profi-Eiskunstläufer oder was?"

Er lächelt mich geheimnisvoll an und sagt dann in verführerischem Ton, dass er vieles gewesen sei — was darauf hindeutet, dass er mir noch viele weitere Talente zeigen könnte. Mir jagt es einen heißen Schauer durch den Körper — ich sage aber dazu lieber nichts und versuche, die Atmosphäre freundschaftlich zu halten.

„So viele Geheimnisse…"

„Geheimnis ist eben mein zweiter Name."

„Und dein erster Name ist…?"

„Netter Versuch!"

Seine haselnussbraunen, goldbraunen Augen leuchten lebhaft, als er seinen Blick auf mich richtet. Ich erröte und kann nicht verhindern, dass sich meine Augen an diesem Blick, an diesem fröhlichen Grübchen, an diesem sanften Lächeln ergötzen. Seine Hände legen sich respektvoll um meine Taille und stützen mich lange. Bald fühle ich mich sicherer in meinen Schlittschuhen. Wir gleiten über das Eis, lösen den Schnee in einer glitzernden Reifwolke auf und wiegen uns zwischen den Ästen der kahlen Bäume. Dicke Flocken bedecken unsere Mützen und bleiben an seinen Wimpern hängen wie an meinen. Die Stille, die in diesem kleinen, geheimen Kokon herrscht, ist wie vom Schnee gedämpft. Ein weißer Kokon, unberührt von der Außenwelt und von der Hektik der Vorweihnachtszeit geschont. Weit weg von Stadt und Lärm hat er uns einen unberührten Raum geschenkt, in dem sich die Unendlichkeit der Möglichkeiten in heiterer Stille abzeichnet. Ich fühle mich so ruhig und beruhigt. Als ob alles einfach wäre. Als wäre ich an meinem Platz, dort, inmitten der friedlichen und mystischen Natur, meine Finger in seinen verschlungen, meine Seele in seinen Pupillen verloren. Unser unschuldiges Lachen hallt von den Bäumen wider, hallt über die eisige Weite und erheitert mein Herz.

So gleiten wir dahin, was mir wie eine Ewigkeit vorkommt. Wir reden über alles und nichts, aber vor allem über nichts Wichtiges. Über nichts, was unser Leben wirklich berührt. Er spricht keine unangenehmen Themen an, wie meine Familie oder warum sie mir diese regelmäßigen Dates aufgezwungen hat. Er fragt auch nicht nach meiner Arbeit oder meinem Privatleben. Als ob wir uns darauf geeinigt hätten, nur über angenehme Themen zu sprechen, frage ich ihn nicht weiter nach seinem Leben und lasse ihn nur über das reden, was er möchte.

So kommt es, dass wir auf dem Steg sitzen und über Schachstrategien diskutieren. Der Tag neigt sich dem Ende zu und hüllt das makellose Bild in warme, rosa-orangefarbene Töne. Ich reibe mir die Hände und blase in meine Handschuhe, um sie zu wärmen, während er sagt, meine ganzen Strategien, die ich im Internet gelernt habe, würden nicht ausreichen, um ihn schachmatt zu setzen.

„Nichts geht über die Erfahrung!"

„Ich stimme nicht ganz zu. Man muss auch etwas lernen, um etwas zu erreichen."

„Manchmal ist Talent eben angeboren."

„Angeboren?", schnaube ich. „Das glaube ich nicht."

„Der Instinkt spielt auch eine große Rolle, du solltest ihn nicht unterschätzen!"

„Mein Instinkt ist nicht sehr zuverlässig", erwidere ich ironisch.

Er schaut mich lange an und schaut dann auf die Uhr.

„Ich habe noch etwas Zeit, bevor ich die Schicht antreten muss, und mein Instinkt sagt mir, du könntest ein heißes Getränk gebrauchen, und ich kann dir beweisen, dass ich Recht habe!"

Er springt auf die Beine, als hätte die Kälte seine Glieder nicht betäubt, und streckt mir dann eine helfende Hand entgegen. Dann nimmt er sich die Schlittschuhe und die Decke und, nachdem er alles in seinem Kofferraum verstaut hat, lädt er mich ein, ihm zur Hütte zu folgen. Das verlockende Versprechen von etwas Wärme lässt mich erschaudern. Ich folge ihm bereitwillig.

Plötzlich vibriert mein Handy in meiner Hosentasche. Ich ziehe es mühsam heraus. Meine Finger sind so steif und eiskalt, dass der Touchscreen nicht einmal meinen Fingerabdruck erkennt. Die Vibrationen hören auf, als er die Tür zu seiner Hütte öffnet, und ich vergesse, meinen Gesprächspartner zurückzurufen. Es ist keine riesige Hütte, aber nach der Größe des Hauptraums und der Anzahl der Türen rechts und links und dem, was ich von oben sehe, zu urteilen, würde ich sagen, dass eine Gruppe von zehn Personen hier trotzdem Urlaub machen könnte. Der Raum ist sehr geräumig und durch große Fensterfronten bis zum Dach weit nach außen geöffnet. Alles ist sauber und ordentlich, aber nur schwach beheizt. Niemand scheint hier zu wohnen.

Ich betrachte den großen, alten Kamin, der dem, was meine Fantasie gebaut hat, in nichts nachsteht. Zwei breite Sofas umgeben einen niedrigen Tisch aus demselben hellen Holz wie die Hütte und stehen diesem leeren Herd gegenüber. Auf der anderen Seite trennt eine breite Bar den Raum von der offenen Küche. Draußen breitet die Dunkelheit ihren blauen Schleier über den See aus. Nur die großen weißen Schneeflocken beleben die Landschaft.

Ich bewege mich langsam durch den Raum, um jedes Detail in Ruhe zu betrachten, und verweile auf der wunderschönen Szenerie, die jedes Fenster bietet. Mal ist es Wald, mal der See, mal eine weiße Wiese. In der Küche rumort ein Wasserkocher. Ich kann es kaum erwarten. Endlich bringt er zwei dampfende rote Tassen, die ein köstliches Aroma von Wintergewürzen verbreiten.

„Danke", sage ich und greife nach der Tasse, die er mir hinhält.

„Ich habe nichts anderes, was ich dir anbieten könnte, tut mir leid."

„Es ist perfekt. Alles ist perfekt."

Er deutet mit den Lippen ein leichtes Lächeln an.

„Ich bin froh, dass es dir gefällt. Meine Großmutter hat diesen Ort geliebt."

„Und du nicht? Wem würde es nicht gefallen, es ist ein Traum!"

Für den Bruchteil einer Sekunde ziehen sich seine Augenbrauen zusammen. Ein Schatten huscht über seine Augen. Erst zu spät wird mir klar, dass ich unseren stillschweigenden Pakt gebrochen habe, keine zu persönlichen Themen anzusprechen. Ich suche in

Windeseile nach einer Möglichkeit, die Zeit zurückzudrehen oder die Aufmerksamkeit von meinem Fehler abzulenken. Auch wenn ich aus Neugierde warte, bis er antwortet, weiß ich, dass er das nicht tun wird.

„Ich bin froh, dass du mich hierher gebracht hast, danke. Was ist es dann? Eine Art Junggesellenbude, um Frauen zu verführen?"

„Nur diejenigen, die …"

„… deinen Vornamen kennen", beende ich für ihn.

Sein rührendes Grübchen taucht wieder auf seiner Wange auf. Ich würde ihn am liebsten anflehen, mir all seine dunklen Geheimnisse zu verraten, angefangen mit diesem verdammten Vornamen, aber ich unterlasse es. In der Art von Beziehung, die ich zwischen uns aufbauen will, ist für solche Dinge kein Platz.

Plötzlich beugt er sich zu mir herunter und flüstert in mein Ohr:

„Vielleicht könnte ich eine Ausnahme machen…"

Mein Handy vibriert wieder in meiner Tasche. Er schaut mich an und fragt mich:

„Warum klingelt es nicht?"

„Warum sollte es das tun? Das Vibrieren funktioniert sehr gut."

„Willst du nicht rangehen?"

„Ist es dir unangenehm? Was wolltest du mir gerade sagen?"

Er lacht.

„Mach einfach, was du willst, aber vielleicht ist es wichtig."

Ich schimpfe ein wenig, gebe aber letztendlich zu, der Mann könnte Recht haben. Ich werfe einen Blick auf den Bildschirm: Josepha.

Wenn sie mich anruft, dann muss es wirklich dringend sein.

„Ja?"

„Wo zum Teufel bist du?!"

„Äh ... ich bin mit dem Barkeeper unterwegs."

„Caroline! Ich versuche seit Stunden, dich zu erreichen! Hast du die Nachrichten nicht bekommen?!"

„Nein, ich ..."

„Scheiße, störe ich gerade? Du weißt schon ..."

„Um Gottes Willen, nein! Wir waren Schlittschuhlaufen, da gibt es bestimmt nicht viel Empfang, tut mir leid. Was ist los?"

„Du warst *Eislaufen*? Vergiss es, das kannst du mir später erklären. Süße, du musst zurückkommen, deine Oma ist im Krankenhaus."

„Was ist denn los? Was hat sie denn? Ist sie ..."

„Wir wissen es nicht genau. Alle sind hier. Ganz ehrlich, ich glaube, du musst sofort kommen."

Kapitel 19

Ich lege mit bleichem Gesicht auf.

Die Tassen stehen schon in der Spüle und er hält mir die Tür auf, während er das Licht ausschaltet.

„Könntest du mich bitte ins Krankenhaus fahren?"

„Ich habe das Gefühl, dass das zur Gewohnheit wird", kommentiert er mit einem bedauernden Blick und versucht, die Situation zu entspannen.

„Es tut mir leid."

„Das macht nichts. Wir werden nächstes Mal Schach spielen."

Trotz meiner Angst lösen diese Worte einen Hauch von Hoffnung aus, der ein paar der Schmetterlinge in mir zum Flattern bringt.

Er hat vor, mich wieder einzuladen. Hat er aber wirklich nur über Schach gesprochen?

Die Fahrt verlief schweigend. Nur ein paar Blicke auf mich verrieten seine Besorgnis.

Er hält auf dem Parkplatz an und ich sehe Josepha in der verglasten Eingangsschleuse auf mich warten. Sie geht auf und ab, die Arme fest um ihren roten Mantel gewickelt. Ihre blonden Locken tanzen im Rhythmus ihres Ganges. Ich danke dem Barkeeper und springe aus seinem Pickup. Er steigt aus und zögert, mir zu folgen.

„Schon gut, du musst nicht ..."

Soll ich ihn bitten, wegzugehen, damit er nicht in der Nähe meiner atemberaubenden besten Freundin bleibt? Nein, das wäre wirklich lächerlich. Warum sollte ich so etwas tun?

Er nickt und bleibt stehen. Eine kleine Stimme tadelt mich, weil ich einen Hauch von Erleichterung verspüre. Ich bedanke mich mit einem Blick für seine diskrete Anwesenheit und wende mich von ihm ab.

Ich gehe zu Josepha, die mich mit einer viel zu zittrigen Umarmung empfängt.

„Erzähl", flehe ich sie an.

„Sie hatte anscheinend einen Herzinfarkt. Dein Vater hat sie aufgefunden."

Ich unterdrücke einen Ausruf vor Entsetzen. Tränen überfluten meine Wangen und ein starker Schmerz schießt in meine Brust.

„Oh nein", flüstere ich.

Mein Vater taucht auf.

„Sie wird gerade operiert. Es gibt noch Hoffnung."

Seine kraftlose Stimme spiegelt diese allerdings nicht wirklich wider, die er versucht, ihr zu verleihen. Er umarmt mich, um mich zu beruhigen. Dabei ist es seine eigene Mutter, um die es geht.

„Papa ..."

„Es wird alles gut, du wirst schon sehen", sagt er plötzlich etwas bestimmter.

Versucht er, seine eigenen Ängste herunter zu spielen?

Er zieht eine Schachtel Zigaretten aus seiner Tasche und ein Feuerzeug aus der anderen, dann geht er in den Schnee hinaus. Josepha und ich tauschen einen Blick aus. Wir haben ihn nicht mehr rauchen sehen, seit ... Ich weiß nicht genau, wie lange das her ist, aber wir waren noch in der Grundschule, das ist sicher.

„Ich glaube, er braucht seinen Freiraum", sagt sie. Willst du mit deiner Mutter nach oben gehen und auf die Nachrichten warten?

Ich nicke und schniefe. Sie legt einen beruhigenden Arm um meine Schultern und wir verlassen die Eingangsschleuse. In der Lobby führt sie mich nach links an den Glasfenstern vorbei. Dort stelle ich fest, dass der Barkeeper immer noch neben seinem Pickup wartet. Und noch seltsamer ist, dass sich mein Vater zu ihm gesellt, der ihn zu kennen scheint.

„Josepha, warte mal kurz."

„Was ist denn?"

„Schau mal."

Die beiden Männer schütteln sich mit festem Griff die Hand, lassen aber keine Emotionen aus ihren Gesichtern erkennen. Sie wechseln ein paar Worte, bevor sie sich trennen. Mein Vater wirft seine Zigarettenkippe in den Schnee und der Barkeeper setzt sich wieder hinter sein Lenkrad. Seine Scheinwerfer leuchten auf und er fährt los.

„Was war das?"

„Keine Ahnung… Vielleicht wollte er ihm nur dafür danken, dass er dich hierher gefahren hat."

„Hmm, das glaube ich nicht. Er hat nicht gesehen, wie er mich hier abgesetzt hat."

„Vielleicht kennen sie sich aus dem Lokal. Weißt du noch? Es war dein Vater, der das Restaurant ausgesucht hat, weil ihm das Essen dort so gut geschmeckt hat."

„Bestimmt."

Mein Vater schlendert durch den frischen Pulverschnee auf dem Bürgersteig, unsicher, ob er wiederkommen will. Schließlich gehen wir nach oben und nehmen in einem leeren Wartezimmer Platz. Nur meine

Leute nehmen die Sitze ein und niemand scheint seine Zunge lösen zu wollen. Nicht einmal Mama.

Mein Geist beschäftigt sich also damit, all unsere glücklichen Erinnerungen wieder aufleben zu lassen und zu beten, dass es noch mehr davon gibt. Schnell wird diese seltsame Begegnung in den Hintergrund gedrängt und ich denke nicht mehr darüber nach.

༓

Die Nacht vergeht, ohne dass wir Neuigkeiten haben. Als endlich die schwache Sonne am Horizont auftaucht, die Stadt mit ihren zögerlichen Strahlen überzieht und die Schatten der Gebäude im Schnee tanzen lässt, betritt ein erschöpfter Arzt mit tiefen Augenringen das Wartezimmer. Die Zeit hat sein Gesicht gezeichnet, an seinem Gesichtsausdruck. Jede noch so zaghafte Hoffnung nährt sich aus dem kleinsten Zeichen, das er von sich gibt. Josepha greift fest nach meiner Hand. Er nimmt seine Schutzmaske ab und zeigt ein müdes Lächeln. Unsere Herzen werden in einem Konzert von Seufzern leichter. Er sagt uns, dass es knapp war, aber sie wird wieder gesund werden. Alle anderen Details der Operation verflüchtigen sich, sobald sie ausgesprochen sind. Für mich ist nur wichtig, dass es ihr gut geht.

„Sie wird unter Beobachtung bleiben, bis sie sich erholt hat, aber wenn alles gut geht, kann sie die Feiertage mit ihrer Familie verbringen."

Weinen und Jubeln erfüllen den Raum. Meine Mutter umarmt sogar den Arzt, während mein Vater sie verlegen anschaut. Sie lässt keine Gelegenheit aus, um sich zur Schau zu stellen. Ich schüttle den Kopf und beiße die Zähne zusammen. Josepha beschwichtigt mich sofort mit dem üblichen „Lass es einfach sein" und treibt mich zu meinem Vater, der nicht weiß, wie er reagieren soll.

Der Arzt verlässt uns und bittet uns, sie vorerst ruhen zu lassen. Er meint, wir sollten uns auch zu Hause etwas Ruhe gönnen, bevor wir zurückkommen, denn sie sei in guten Händen.

Und das tun wir auch. Papa und Mama gehen nach Hause und ich fahre mit Josepha zurück. Wir sind alle zu aufgewühlt und erschöpft, um zu diskutieren.

Fünfzehn Minuten später sind wir zu Hause. Josepha lässt sich auf die Couch fallen, aber leider klingelt ihr Wecker mit einem Höllenlärm, bevor sie ihre Augen schließen kann.

„Ach nööööööö!"

„Es tut mir leid, du hättest nicht wachbleiben sollen."

„Weil du denkst, ich hätte vielleicht schlafen können? Diese alte Schachtel ist fast genauso meine Großmutter wie deine."

„Ich weiß."

Ich seufze, als ich mich neben ihr ins Sofa sinken lasse.

Ich vergrabe meinen Kopf in ihrem Haar, das nach Vanille, Geborgenheit und Freundschaft riecht, und reibe meine Nase darin, bis ich ihren Pullover erreiche. Sie lacht leise und nimmt mich in den Arm. Es braucht keine Worte zwischen uns. Die Nacht war anstrengend, und manchmal ist eine Umarmung alles, was man braucht. Einige wissenschaftliche Studien haben bereits bewiesen, dass Umarmungen eine Wohltat sind. Eine Umarmung ist Gold wert.

„Ich muss los."

„Ja ja, schon gut", murre ich.

„Kommst du klar?"

„Und du?"

„Ja, mach dir keine Sorgen. Lass mich wissen, wie es ihr geht, sobald du wieder dort bist, ja?"

Ich nicke in ihrem Nacken und rücke von ihr weg, damit sie sich lösen kann. Ich kuschle mich in das noch warme Sofa und schließe die Augenlider. Der Schlaf packt mich, bevor sie die Wohnung verlassen hat.

※

Josepha kommt total fertig von ihrem Tag nach Hause. Sie ist blass und ihre Augenhöhlen sind grau vor Erschöpfung. Sie zieht im Flur ihre Schuhe aus, ihre Jacke fällt ins Wohnzimmer, sie wirft sich auf die Couch wie eine große Robbe auf die Eisscholle. Ja, auch noch mit dem dazu gehörenden Grunzen.

Die Arme.

„Möchtest du etwas trinken?"

„Grunzgrunz."

„Eine heiße Schokolade?"

„Grunzgrunz."

„Okay. Äh … wie ich in der Nachricht erwähnt habe, geht es Oma gut, sie ist wach und schimpft schon: Das Essen ist miserabel, die Bedienung lässt zu wünschen übrig und die Krankenschwestern sind undankbar. Ich wette, die schmeißen sie schneller raus, als sie gucken kann", lache ich.

„Grunzgrunzgrunz."

Ich glaube, diese seltsamen, gedämpften Laute sind Gelächter.

„Ich habe dir eine Kastaniencremesuppe in den Kühlschrank gestellt, falls du Hunger hast."

„Grunz."

Ich übersetze das mit „Vielen Dank, hab einen schönen Abend!"

Ich ziehe die dicke Decke aus der Truhe neben dem Sofa und lege sie über sie. Sie tut mir leid, die Arme.

Ich weiß, dass ich sie in der gleichen Körperhaltung vorfinden werde, wenn ich nach Hause komme.

Meine Augen sind von der schlaflosen Nacht gereizt, und ich bedauere, dass ich nicht mit ihr zu Hause im Warmen bleiben kann. Ich habe versucht, das Date zu verschieben — immerhin wäre meine Oma beinahe gestorben — aber leider hat mir niemand diese Gnade gewährt. Ich muss also zu meinem Date am Samstagabend gehen und meine Vorfreude ist so groß wie die eines Kindes vor einem Teller Brokkoli. Ich habe mir bei meiner Kleidung keine Mühe gegeben: Jeans und ein dünner Pullover. Josepha hatte mich zwar gebeten, ich selbst zu sein, weil er vielleicht mein Traumprinz sein könnte, aber ich ziehe es vor, heute mit wachen Augen zu bleiben, und habe keine Lust auf Träumerei. Ich gehe also ohne große Begeisterung hin.

Sollte ich etwas zu früh kommen, in der Hoffnung, eine Partie Schach mit meinem Barkeeper spielen zu können? Diese Frage würde ich nicht einmal unter Folter bejahen wollen.

Meine geliebte Rostlaube findet den Weg wie von selbst und parkt an ihrem üblichen Platz auf dem Parkplatz, der nicht so verlassen ist wie die letzten Male. Ich schlüpfe zwischen den Flocken hindurch. Meine klobigen Stiefel geben ein dumpfes Geräusch auf dem Neuschnee von sich und waten dann durch die Art von Schneematsch. Ich stoße die Tür von *L'opportuniste* auf und begrüße die ewig gleiche Playlist mit einem Lächeln, begierig darauf, meinen Platz wiederzufinden. Die kleinen frechen Gnome, die auf den Regalen im Eingangsbereich aufgereiht sind, scheinen mich im

Vorbeigehen zu begrüßen. Ich schiebe den roten Vorhang beiseite und fühle ein flaues Gefühl im Magen. Ich schreibe es der Angst zu, denn ich muss dem, was ich angekündigt habe, gerecht werden und darf nicht verlieren. Zumindest nicht zu schnell.

Die Bar ist leer. Einige Gäste haben sich bereits im Speisesaal niedergelassen, und Simon grüßt mich aus der Ferne. Die Tür zum geheimnisvollen Salon im Hintergrund ist einen Spalt breit geöffnet. Ich zögere. Ist er dort drinnen? Ich kann ihm nicht noch einmal die gleiche Masche vorführen.

„Dein heutiges Date ist noch nicht da. Du kannst zu… Verdammt! Beinahe hätte ich es verraten!"

„Mach ruhig, das macht mir nichts aus."

„Netter Versuch. Er wartet hinten auf dich."

Er wartet auf mich.

Mein Bauch krampft sich erneut zusammen. Ich nicke, bedanke mich bei ihm und gehe auf die erwähnte Tür zu. Diesmal klopfe ich vorher.

„Du kannst reinkommen, ich habe Kleidung an. Auch wenn es dich letztes Mal nicht gestört zu haben scheint."

„Verdammt, was für eine Enttäuschung! Ich weiß nicht, ob ich dann überhaupt bleiben werde."

Er lacht und dreht seinen Kopf zu mir. Er reißt seine großen, runden Augen auf, als er mich im Türspalt erblickt.

„Kneif mich, ich träume! Madame ist nicht verkleidet! Hast du es satt, die armen Herren zu quälen? Gibst du auf?"

„Oder vielleicht habe ich endlich akzeptiert, dass einer von ihnen vielleicht der Märchenprinz ist, auf den ich gewartet habe?", erwidere ich mit Humor.

Er hingegen findet das nicht so lustig und runzelt die Stirn.

„Vielleicht."

Ich breche so plötzlich in Gelächter aus, dass er fast von seinem Sessel fällt. Er sitzt auf der Armlehne vor seinem Schachbrett, das er für den Abend vorbereitet hat, und schaut mich fragend an.

„Man könnte fast meinen, du wärst eifersüchtig. Wenn du mich besser kennen würdest, wüsstest du, dass ich scherze. Ich habe nicht die Absicht, einen dieser Klötze zu heiraten! Als ob meine als Heiratsvermittler fungierende Familie eine gute Partie finden könnte! Was glauben die, in welcher Zeit wir leben?"

„Armer Märchenprinz", seufzt er etwas entspannter.

„Der Märchenprinz ist heutzutage wahrscheinlich auf Tinder."

Er lacht laut auf und täuscht Empörung und Enttäuschung vor. Er deutet auf den Sessel gegenüber.

„Wie geht es deiner Großmutter?"

„Er sieht schlimmer aus als es ist, denke ich."

„Was für eine Erleichterung!"

Er steht auf, um uns zwei dampfende Tassen Glühwein zu besorgen.

„Du fragst mich nicht mal, was ich trinken möchte?"

„Hättest du vielleicht lieber Wasser gehabt?"

„Nun, ja!"

„Das glaube ich dir nicht. Komm schon, entscheide dich: die Weißen oder die Schwarzen?"

„Die Schwarzen."

Er schiebt meinen Becher zu mir, während er sich wieder hinsetzt. Sein Geist ist bereits von seinem ersten Zug in Anspruch genommen. Eine kleine Falte zieht sich über seine Stirn, seine Augen funkeln vor lauter Aufregung. Er eröffnet das Spiel und spielt einen Bauern. Seine Gesichtszüge entspannen sich, er trifft meinen

Blick und lächelt mich an, während er seinen Becher zu mir hochhält. Ich stoße an und denke nach.

„Und dieser Traumprinz ist deiner Meinung nach auf Tinder? Ist es ein wesentliches Kriterium für dich?"

„Nein", kichere ich. „Aber er sollte die Wahl der Frauen ein bisschen mehr respektieren, wenn du mich fragst."

„Nicht alle deine Verehrer wissen von deiner Abneigung gegen diese…"

„Komödie?", schlage ich vor. „Dass ich nicht lache! Wer lässt sich heutzutage noch von seinen Eltern oder seiner Großmutter vermitteln?"

„Das ist ein guter Punkt. Aber vielleicht sind sie naiv?"

„Oder total dumm."

„Der Pfarrer war doch nett."

„Das stimmt."

„Was war dann nicht in Ordnung mit ihm?"

„Ach, ich weiß es nicht genau. Vielleicht einfach die Vorstellung, ihn mit dem Allmächtigen teilen zu müssen?"

„Den Biker kann ich verstehen, aber der Informatiker war ziemlich heiß, du schienst ihn zu mögen…"

Er riskiert einen Blick auf mich und schaut dann in seinen Becher. Ist er wirklich dabei, sich zu vergewissern, dass ich meine Entscheidung nicht bereue? Oder will er sich selbst beruhigen? Dieser Gedanke lässt mein Herz ein wenig schneller schlagen. In neckischer Stimmung fahre ich fort:

„Er war wirklich … Puh, er hat mich richtig angemacht."

Sein angespannter Kiefer bewegt sich unter seiner Haut, und die flackernden Schatten der Kerzenflammen, die den Kaminsims bedecken, tanzen auf seinem Gesicht.

Ein köstlicher Zimtgeruch erfüllt den Raum. Die Dämpfe des Alkohols wärmen meine Wangen und lösen meine Hemmungen. Ich lache, weil ich ihn so mürrisch sehe. Merkt er, dass ich mit ihm spiele?

Ich schiebe eine Figur vor.

„Was hat er in diesem Fall getan, um deine Wut zu wecken?"

„Er hat mich genervt."

„Das habe ich schon kapiert."

Er holt seinen Springer heraus. Jetzt bin ich am Zug. Er wartet auf eine Antwort und ich zögere, ob ich ausweichen oder ehrlich sein soll, denn das würde unseren stillschweigenden Pakt brechen. Ich wäre gezwungen, einen Teil meines Lebens preiszugeben, der mir zu intim erscheint.

Schließlich muss ich mich nicht entscheiden, denn Simon betritt den Raum und unterbricht unser Tête-à-Tête.

„Der Verehrer ist da."

„Jetzt schon!"

Ich stehe plötzlich auf, aber er stoppt mich.

„Nein, nein, nicht deiner."

Kapitel 20

Der Barkeeper steht seufzend auf. Simon ist schon weg. Ich mach es ihm nach, bereit, ihm zu folgen. Er dreht sich zu mir um, mit hochgezogenen Augenbrauen und einem neckischen Grinsen auf den Lippen.

„Was machst du da?"

„Äh … Ich folge dir?"

„Das sehe ich ja, aber warum?"

„Ich bleibe doch nicht allein hier. Der Bibliothekar müsste sowieso bald da sein."

„Netter Versuch, aber nein. Du verlässt diesen Raum nicht, ohne deinen nächsten Zug voranzutreiben. Ich bin bald zurück, ich muss nur noch den Neuen empfangen."

„So so … Du hältst mich also gefangen?"

„Willst du dich lieber geschlagen geben?"

„Sicherlich nicht!"

„Dann weißt du, was du zu tun hast."

Ich lächle mit all meiner Souveränität und drehe mich um, denn er wird das Spiel auf keinen Fall so gewinnen!

Ich höre ihn leise lachen, als er den Raum verlässt, und das Klickgeräusch hinter ihm lässt mich nun mit meinem Entschluss völlig allein. Ich beeile mich, den Sessel zu erreichen, als sich die Tür wieder öffnet und sein strenges Gesicht erscheint. Er deutet mit dem Zeigefinger direkt auf mich:

„Und nicht schummeln!"

„Ach, das hatte ich auch gar nicht vor."

Aber vielleicht doch ein bisschen.

Ich lache selbst, während ich meinen Glühwein trinke. Ich ziehe eine Figur und warte. Der Alkohol wärmt meine Wangen. Die Playlist läuft in der Bar, in gedämpften Wellen von Tönen, aber die Stille wird langsam bedrückend. Es dauert länger, als ich erwartet hatte. Ich fühle mich plötzlich sehr unwohl, so allein vor dem Schachbrett in diesem privaten Raum zu sitzen. Ich sinke in den Sessel und ein süßer Duft dringt in meine Nase. Ich drehe mich um und mein Gesicht streift die raue Wolle eines Pullovers. Seinem Pullover. Ich schließe die Augen und atme tief ein, um seinen Duft in Gänze aufzunehmen. Es riecht ... nach der Wärme eines Kaminfeuers im Winter, nach Gewürzen und noch eine Spur tiefer kann ich einen Hauch von Zitrusfrüchten erkennen. Ich mag diesen beruhigenden Geruch sehr.

Ich reiße mich zusammen und halte ein wenig Abstand, denn es wäre schrecklich, wenn er hereinkäme und mich an seinem Pullover riechen sähe. Ich würde mich garantiert zu Tode schämen.

Ich stehe auf und gehe zögernd durch den Raum, aber meine Geduld lässt mich schließlich im Stich, also gebe ich mich dem Wagnis hin. Ich lese die Buchrücken der Bücher im Bücherregal, streiche mit der Fingerspitze über den Kaminsims, die Whiskyflasche auf dem niedrigen Tisch und gehe dann in den hinteren Teil des Raumes, zum Notausgang. Seine Jacke hängt am Eingang, ein Paar Schuhe sind auch da, sowie eine Tasche und andere Sachen. Ich gehe zurück und gehe zu der anderen Tür, aus der er das letzte Mal fast nackt herausgekommen ist. Ich lege meine Hand auf die Türklinke. Sie ist kalt und verlangt, diese Grenze nicht zu überschreiten. Ich drücke sie ein wenig herunter und halte dann inne: Was, wenn er mich erwischt? Das ist wahrscheinlich nur eine Garderobe und ich habe nicht das Recht, hier herumzustöbern. Ich überlege es mir anders und gehe ein paar Schritte zurück, ohne die Tür aus den Augen zu lassen. Ich habe noch nie von einem Restaurant mit Duschen für die Angestellten gehört.

Da meine Neugier die Führung übernimmt, beobachte ich hilflos diesen neuen Einbruchsversuch, als Zuschauerin meines eigenen Körpers.

Gerade als ich die Tür aufdrücken wollte, kommt er lächelnd durch die andere Tür zurück. Das Lächeln verschwindet sofort, als er mich auf frischer Tat ertappt. Mein liebster Verteidigungsmodus? Das „Na-gut-ich-bin-schuld-aber-es-tut-mir-Leid"-Grinsen, das eigentlich nie funktioniert, aber ich kann eben trotzdem nicht damit aufhören. Allerdings hat es keinen Sinn, die Sache zu leugnen.

„Was machst du da?"

„Ich warte auf dich. Du wolltest ja schnell wieder da sein."

Er runzelt die Stirn und seine Augen leuchten gefährlich. Er ist nicht von meiner Rede angetan. Ich nehme meine Hand von der Türklinke, um glaubwürdiger zu wirken, falls er mich auffordert, weiterzumachen. (Falsch, er fordert mich überhaupt nicht auf, weiterzumachen. Ich würde sogar sagen, er möchte, dass ich sofort verschwinde, aber ich bin hartnäckig und will mich rechtfertigen).

„Ich war etwas gelangweilt. Du warst lange fort. Ich wollte nur kurz mich umsehen."

„Caroline!"

„Ich weiß!", schreie ich fast und hebe die Hände. „Ich weiß! Es ist nicht in Ordnung, einfach herumzustöbern! Das wollte ich auch nicht, aber plötzlich musste ich unbedingt wissen, was da hinten ist, weil... na ja, weil man normalerweise nicht in Unterhosen in einem Restaurant herumläuft!"

„Das ist ein privater Raum."

„Na und?", sage ich frech und verschränke die Arme.

Ich bin beleidigt. Weil er mich so von oben herab behandelt. Weil ich meine Neugier nicht befriedigen konnte. Und weil ich keine plausiblen Ausreden hatte, um meine Handlung zu rechtfertigen. Ich fühle mich auf den Schlips getreten.

„Was hast du an *privat* nicht verstanden?"

Bilde ich mir das nur ein, oder will er mich auch noch verarschen? Wo ist die dumpfe Wut geblieben, die aus jeder Pore seiner Haut sickerte, als er mich sah?

„Wisch dir das blöde Grinsen von den Lippen!", ärgere ich mich.

Er lacht noch lauter, als er die Tür hinter sich schließt, ohne sich die Mühe zu machen, das Gespräch fortzusetzen. Er setzt sich auf seinen Sessel und betrachtet mein Schachspiel. Jetzt reicht es aber!

„Was zum Teufel ist hinter dieser Tür?"

„All meine aufgereihten Unterhosen, die nur darauf warten, von dir gelobt, nach Farben sortiert und mit Liedern bedacht zu werden."

Er blickt herausfordernd und humorvoll zu mir auf, aber er lacht nicht. Er beobachtet mich intensiv. Er wartet darauf, ob ich mich noch mehr aufregen werde.

„Sehr witzig. Ich habe den Verdacht, du versuchst gerade, mich in die Enge zu treiben."

„Ich mag es, wenn du dich aufregst."

„Du … hä! Du meinst es auch noch ernst!"

„Es könnte nicht ernster sein."

Er schaut nicht weg. Ihm ist dieses Geständnis überhaupt nicht peinlich. Er ist so voller Selbstvertrauen und Zuversicht, dass es mich erschüttert.

„Du … magst es, wenn ich ausraste. Das ist … komisch."

Ich meine es nicht ernst, ich bin tief berührt. Ich bin diejenige, die komisch ist.

„Deine Augen leuchten, deine Wangen röten sich vor Wut und deine Lippen zittern. Das ist wirklich goldig."

„*Goldig*, hä? Willst du mich auf den Arm nehmen?"

Eigentlich verstehe ich genau, was er meint. Ich selbst liebe es, seine Gesichtszüge auf diese eine Mikrosekunde hin zu sehen, bevor sein Lächeln seine Augen erreicht, wo das Grübchen entsteht.

Er lacht und wirft seinen Kopf zurück, was einen Augenblick der puren Offenheit entstehen lässt. Ich nehme an, ich sehe schon wieder wütend und goldig aus.

„Ja, das ist echt niedlich! Es erinnert mich an … jemanden."

„Und wen soll bitte dieser Jemand sein, wenn ich fragen darf?"

„Klar darfst du's erfahren! Und zwar an meine Tochter", antwortet er mir so ernst, dass die Erde unter meinen Füßen auseinander zu brechen scheint.

Jede Spur von Leichtigkeit ist verschwunden. Ich halte mich an der Rückenlehne des Sessels fest, um nicht zu fallen. Meint er es ernst?

Ich suche in seinen Augen nach der kleinsten Spur von Humor, doch ich finde nichts. Aber plötzlich verzieht sich ein Lächeln auf seine Lippen und die Last fällt von mir ab.

„Beinahe hätte ich dir geglaubt!"

„Wieso glaubst du mir nicht?", fragt er mich düster.

„Na ja, du bist schon ziemlich gut, gebe ich zu. Aber so gut auch wieder nicht. Eine Tochter? Echt jetzt?Und was kommt als Nächstes?"

Simon kommt wieder, entschuldigt sich für die Unterbrechung und sagt mir, dass es diesmal soweit ist und ich die Show übernehmen soll. Ich winke Barry zu und geselle mich zu dem überforderten Kellner.

„Jetzt, wo der Neue da ist, wird alles etwas leichter für dich", sage ich.

„Ich kam gut allein zurecht."

„Warum hast du dann..."

„Der Chef wollte es so", seufzt er rätselhaft.

Ich verstehe seine Anspielung erst, als er seinen Kopf zu dessen Knöchel hinunterbeugt. Meine Augen weiten sich vor Entsetzen, als er mich am Ellbogen packt und mich aufhält, bevor ich den Raum betrete.

„Er ist nur ein weiterer Kleinkrimineller, kein Welpenmörder, also reg dich ab."

„Aber dein Chef, ist das nicht der Besitzer von *L'opportuniste*?"

„Ein Ex-Häftling, der der Wiedereingliederung eine Chance gibt."

„Oh."

„Ein netter Kerl", grinst er und schenkt mir ein weiteres seltsames Augenzwinkern, das ich nicht verstehe.

Ich bin wirklich schlecht in allen Andeutungen. Können sich die Leute nicht klar ausdrücken? Das ist doch ätzend!

Er führt mich zu meinem Tisch. Dort wartet ein Mann auf mich, der etwas älter ist als ich. Er hat dicke braune Locken, sanfte Augen, umringt von einer dunklen Brille, und trägt einen Weihnachtspullover mit der Aufschrift *All I want for Christmas is (a lot of) books*. Diesmal muss ich mir keine Mühe geben, um ein Lächeln auf mein Gesicht zu zaubern. Ich mag ihn bereits. Ein gebildeter Mann, der zu sich selbst steht und keine Angst davor hat, er selbst zu sein? Es schmerzt mich, das zugeben zu müssen, aber die Sache fängt gut an. Mama ist eben schlau!

„Hi, ich bin …"

„Selenes Tochter, oder? Hallo, ich bin Amir, der …"

„Bibliothekar."

Ein kleines Lachen — noch ein bisschen zu früh, um natürlich zu sein, aber trotzdem von Herzen kommend — prallt zwischen uns ab.

„Ich freue mich sehr …"

„… dich kennenzulernen", beendet er, indem er aufsteht, um mir die Hand zu schütteln.

Aus diesem kurzen Austausch entsteht eine spontane Komplizenschaft. Es ist selten, dass man jemanden trifft, der die Sätze des Anderen so natürlich beenden kann. Ich fühle mich sofort wohl, als würde Josepha mir gegenüber sitzen. Allerdings eine etwas männlichere Josepha.

Ich setze mich auf meinen üblichen Stuhl, während Simon zwei Glühweine auf unseren Tisch stellt und fast genauso schnell wieder verschwindet. Er ist gestresst, der Arme. Ich würde wetten, dass der neue Kellner nicht ganz unbeteiligt daran ist.

Amir schaut mit einem amüsierten Blick und einer hochgezogenen Augenbraue auf sein Getränk und bedankt sich dann zögerlich. Er schwankt zwischen Ungläubigkeit und Belustigung.

„Oh, sorry! Vielleicht wolltest du keinen Glühwein? Hattest du ihn nicht bestellt?"

„Nein", lacht er. „Aber das ist nicht so schlimm."

„Ich werde ihn zurückrufen. Was wolltest du trinken?"

„Nur Wasser."

„*Wasser?*", kann ich mir nicht verkneifen, humorvoll zu fragen.

„Ich trinke keinen Alkohol."

Ich lache zuerst, aber als ich die Ernsthaftigkeit hinter seinem warmen Lächeln erkenne, besinne ich mich eines Besseren.

„Überhaupt nicht?"

„Nein", lacht er. „Aber mach dir keine Gedanken! Ich habe so etwas nicht nötig, um eine gute Zeit zu haben."

„Wie schaffst du es, dich nach einem langen Tag zu entspannen? Nicht, dass man sich unbedingt betrinken muss! Das ist nicht ... Ich bin keine Alkoholikerin! Ach, was musst du wohl von mir halten!"

Seine Augen sind voller Belustigung. Ich bin ein Alleinunterhalter und ich habe mir nicht einmal die Mühe gemacht, mich heute Abend zu verkleiden!

„Normalerweise reichen mir Bücher, um zu entspannen."

Er unterstreicht seine Worte mit einem unbeholfenen Lächeln und einer Geste in Richtung der Aufschrift auf seinem Pullover. Dann fallen seine Züge in sich zusammen und er stottert weiter:

„Aber verstehe mich nicht falsch, ich bin auch kein Asozialer, der nie seine Höhle verlässt! Ich gehe manchmal aus."

„Aus deiner Höhle?", lache ich und ziehe ihn auf.

„Nun, nicht so oft, um ehrlich zu sein. Wenn du ein soziales Tier bist, wie jeder andere Mensch auch, dann wirst du dich heute Abend mit mir langweilen."

Er scheint schon kurz davor zu sein, aufzustehen, um meinen Abend vor seiner tödlichen Langeweile zu retten. Ein Schleier des Bedauerns überzieht sein Gesicht, und Melancholie erfüllt seine Seele. Er ist so rührend, dass ich nicht anders kann, als ihm zu Hilfe zu eilen. Ich ertappe mich dabei, mir zu wünschen, er würde bleiben.

„Ich bin Schriftstellerin, Bücher sind meine Leidenschaft. Ich glaube, wir können diesen Abend überleben, was meinst du?"

Mit halb aufgerichtetem Oberkörper und panischen Augen sucht er nach einem Haken in meinen Worten. Ich kann an seinen Gesichtszügen ablesen, dass er mir nicht glaubt, was mich überrascht. Ich dachte, Mama hätte es ihm schon verraten.

„Das ist kein Witz", beruhige ich ihn. „Hat sie es dir nicht gesagt?"

„Nein. Sie hat nicht erwähnt, dass ihre Tochter Autorin ist!"

„Das wundert mich nicht. Sie mag es nicht, sich damit zu brüsten."

„Dabei könnte sie es doch!", sagt er und setzt sich wieder auf seinen Stuhl.

„Nicht sie, nein. Ich habe halt noch nichts veröffentlicht, also bin ich für sie nicht wirklich glaubwürdig, nehme ich an."

„Verlage verschaffen Autoren heutzutage nicht unbedingt Legitimität, das können nur Talent und harte Arbeit. Nichts hindert dich daran, deine eigene Chefin zu sein! Das Self-Publishing ist auf dem Vormarsch und es gibt einige sehr schöne Perlen zu entdecken, glaub mir."

Mir fällt die Kinnlade herunter. Hat er mir gerade vorgeschlagen, alle zum Teufel zu jagen und mir zu vertrauen?

„Du hast nicht einmal etwas von mir gelesen! Vielleicht habe ich ja gar kein Talent!"

„Ich glaube das keine Sekunde lang, aber jetzt muss ich doch mal etwas von dir lesen."

Er nimmt ein Stück von seiner Papierserviette, holt einen Stift aus seiner Tasche und schreibt seine E-Mail-Adresse und seine Handynummer auf. Ich sitze ihm erst seit zehn Minuten gegenüber, und er ist schon bereit, mir Flügel wachsen zu lassen! Die naive Caroline in mir möchte ihn am liebsten anschreien: „Heirate mich!" Euphorie macht sich in mir breit und ich kann nur mit Mühe ein ebenso fröhliches wie nervöses Lachen unterdrücken.

„Ich kann dir mein Manuskript doch nicht schicken!"

„Warum nicht? Ich werde ja nicht plagiieren."

„Aber ich kenne dich doch gar nicht!"

„Ach, du wirst nie alle deine Leser kennen, das ist irgendwie das Konzept. Und dann sind wir auch noch hier, um das zu ändern, oder?"

„Ein cleverer Trick, um an meine Nummer zu kommen", scherze ich.

„Das stimmt! Gib mir deine Nummer und ich überhäufe dich mit langweiligen Lesevorschlägen. Was wäre zum Beispiel mit einer langatmigen Geschichte über Außerirdische, die in einer Höhle stattfindet und die ich nicht einmal weglegen konnte? Du musst sie unbedingt lesen und mir sagen, was du davon hältst. Keiner meiner Freunde kann jemals mit mir über solche Dinge diskutieren."

„Weil sie einschlafen, bevor deine Rede zu Ende ist, oder?"

„Woher weißt du das?"

„Das kenne ich!"

Wir lachen gemeinsam, als ich nachgebe und ihm meine E-Mail-Adresse und meine Nummer auf einem anderen Stück Serviette hinschreibe, während wir unsere langweiligste Lektüre besprechen. Das Geräusch von Glasscherben lässt meine Hand wegrutschen und meinen Kopf anheben. Ich schaue zum Ursprung des Bruchs: Die Bar. In meinem Magen bilden sich Gewissensbisse — und Schmetterlinge —, als ich Barrys feurigen Blick erkennen kann. Simon eilt ihm zu Hilfe, um die Scherben aufzusammeln. Ich richte meine Aufmerksamkeit wieder auf Amir.

„Ich hoffe, er hat sich nicht verletzt", sagt er, ohne die subtile Veränderung in der Atmosphäre zu bemerken.

Ich notiere mit leicht zitternden Händen meine Kontaktdaten fertig. Mein Blick wandert immer wieder zur Bar und sucht den Blick des Barkeepers. Aber er nimmt mich nicht wahr. Habe ich es mir nur eingebildet?

Ich lächle Amir an und halte ihm das Stück Serviette hin.

„Was für einen Roman schreibst du?"

Die Unterhaltung geht weiter, enthusiastisch und lebhaft. Aber ein Teil von mir bleibt an dem Vorfall hängen, an dem Schachspiel, das gerade läuft ... und meine Neugier gewinnt die Oberhand. Ich rutsche ungeduldig auf meinem Sitz herum. Und plötzlich, als ich es nicht mehr aushalten kann, entschuldige ich mich bei ihm und ziehe mich kurz zurück, um angeblich die Toilette zu nutzen. Er steckt seine Nase in die Karte und ich verschwinde.

Ich verlasse den Raum, biege vor Barrys strengem Blick nach rechts ab und öffne die Tür der Lüge. Mit klopfendem Herzen betrete ich den privaten Aufenthaltsraum. Ich stürze mich auf das Schachbrett, bewerte sein Spiel und entwerfe meine Strategie. Ich muss schnell sein. Ich konzentriere mich, so gut ich kann, während mein Verstand ständig darüber nachdenkt, ob er sich mir anschließen wird. Ich bete, dass er es tun wird. Ich kann nicht geträumt haben, dass er das Glas genau in dem Moment fallen ließ, als er sah, dass ich ihm meine Nummer gab, oder? Hat er es absichtlich getan? Ist er etwa ... eifersüchtig?

Ich bewege meinen Turm, voller Stolz, und gehe wieder zur Tür. Aber da ist er schon. Groß, mit eckigen

Schultern und einem harten Gesichtsausdruck. Er blockiert den Ausgang.

Kapitel 21

Mein Herz schwillt an vor Aufregung und Hoffnung. Ich ärgere mich, dass ich so reagiere, aber ich kann nicht anders. Sein heißer Blick zieht mich in seinen Bann. Plötzlich löst sich die Spannung in seinem Körper im Bruchteil eines Augenblicks wie von Zauberhand. Er lächelt, schüttelt den Kopf und erklärt:

„Das hat aber lange gedauert. Ich kann ja wohl kaum alle Gläser in der Bar zerschlagen, damit du endlich vernünftig wirst!"

Ich verstehe nicht gleich, was er meint, denn noch immer kreisen die Vermutungen in meinen Gedanken. Er löscht die Hitze meiner Erwägungen mit einer Bewegung seines Kinns in Richtung des Spielbretts.

Die Schachpartie. Er spricht von der Schachpartie und nicht von meinem Nummernaustausch mit Amir.

Etwas in mir entleert sich und verwelkt, wie eine Schnittblume im Trocknen. Ich zaubere ein fröhliches Lächeln auf mein Gesicht und verdränge das seltsame Gefühl.

„Dann müssen wir uns einen Code ausdenken, denn ich werde nicht den ganzen Abend damit verbringen, dich anzuschauen, um zu erfahren, ob ich an der Reihe bin. Das wäre unhöflich und wirklich rücksichtslos gegenüber meinem Gast."

„Wirklich unhöflich", wiederholt er und nickt langsam mit dem Kopf. „Wirklich überhaupt nicht nett."

Meine Füße treiben mich auf ihn zu — na ja, eher auf die Türe —, während mein Herzschlag mit zunehmender Nähe schneller wird. Er muss meine Verwirrung bemerken, aber er bewegt sich keinen

Zentimeter, dieser ungnädige Kerl. Eines haben wir jedoch gemeinsam: eine Vorliebe für das Spiel und die Provokation.

„Du bist dran, Meister."

„Meine Dame", sagt er mit einem heiseren Atemzug und hört nicht auf zu lächeln.

Seine theatralische Verbeugung lässt mich vor Aufregung erschauern und ich lächle ihn an.

„Das Wortspiel ist nicht schlecht. Aber du kannst Josepha nicht annähernd das Wasser reichen."

Ich zwinkere ihm zu und lasse ihn meinen Zug bewerten, während ich Amir wieder Gesellschaft leiste.

Ein paar Schritte später sitze ich ihm wieder gegenüber, in einer ganz anderen Atmosphäre.

„Es tut mir leid, wo waren wir stehen geblieben?"

„Bei dem Teil, wo wir gesagt haben, wie toll unsere Freunde sind, mit denen es so einfach ist, unsere Leidenschaft für Literatur zu teilen."

„Ja, dann lass uns anstoßen."

Er hebt sein Wasserglas und ich meinen etwas weniger warmen Glühwein.

„Auf all die schmeichelhaften Schnarchgeräusche, die wir mit unserer Prosa verursachen."

Er lacht aufrichtig und ist empfänglich für meinen Humor. Meine Lippen dehnen sich von selbst, viel leichter, als ich zugeben möchte.

Ich breite die Speisekarte vor mir aus und vertiefe mich in sie, um nicht seinem interessierten Blick zu begegnen, obwohl ich jedes Gericht des Restaurants auswendig kenne.

„Und wie sieht es mit diesem Roman aus?"

„Ich habe schon einige, aber keinen, der von großem Interesse wäre. Ich denke, es liegt daran, dass meine Karriere nicht in Schwung kommt, was meine Moral untergräbt und meine Empfindlichkeit angreift."

„Ist dieses Thema tabu?"

„Nein, eigentlich nicht. Aber ... sagen wir einfach, ich fühle mich etwas unsicher."

„Noch ein Punkt, der beweist, dass du zu dir selbst stehen solltest: Du bist Schriftstellerin, darauf kannst du stolz sein!"

Ich glucke hinter der Menükarte und bin betrübt, ihn so selbstbewusst zu sehen, da meine Bücher ein totaler Flop sind. Zum Glück kommt Simon, um die Bestellungen aufzunehmen und mich vor dem Unbehagen zu retten. Amir wählt Hühnchen mit Kastanien, dazu Selleriepüree und gedünstetes Gemüse. Keinen Wein dazu.

„Sie sind an der Reihe, *meine Dame*", betont der Kellner mit einem wissenden Lächeln.

Mein Blick wandert unauffällig zur Bar, wo Barry gerade versucht, meine Aufmerksamkeit zu erhaschen: Sein Kopf ist zu mir geneigt, seine Mundwinkel sind nach oben gezogen, zwei Finger gehen von seiner hochgezogenen Augenbraue nach rechts und zeigen eine unbestimmte Richtung. Es fällt mir schwer, meine Belustigung zu verbergen. Er hat also einen Code gefunden und wird mir jedes Mal, wenn ich an der Reihe bin, seinen Läufer schicken? Na los!

„Ich entscheide mich für die Überraschung des Chefs, denn er hat mich noch nie enttäuscht."

Simon zieht sich zurück, nachdem er es aufgeschrieben hat, und Amir fängt meinen Blick ein.

„Bist du so oft hier?"

„In letzter Zeit? Oh ja, aber hallo!"

Ich sage das im Scherz und bin mir sicher, er meint es ironisch, als ich merke, dass er in Wirklichkeit keine Ahnung hat, was in meiner Familie vor sich geht. Hat meine Mutter es nicht gewagt, ihm zu sagen, er sei das vierte Date in diesem Monat? Seltsam.

„Wohnst du in der Nähe? Warum bist du nie mit deiner Mutter in die Bücherei gegangen?"

„Meine Mutter besucht die Stadtbücherei?!"

„Ja", lacht er. „Bei jedem Besuch plündert sie den Bestand an Dark Romance."

Ich verschlucke mich. Ich huste so stark, dass ich sehe, wie meine Spucke auf den armen Amir spritzt, der versucht, sich mit seiner Serviette zu schützen. Er verzieht das Gesicht, reißt sich dann aber zusammen und schafft es, würdevoll zu bleiben, und zwar viel besser als ich.

„Sorry", sagt er. „Ich nehme an, das wolltest du nicht wissen."

Er unterdrückt ein kleines, spöttisches Lachen, das nicht unangenehm ist. Ich bin eben kindisch.

„Auch wenn ich schon lange erwachsen bin, bleiben meine Eltern noch immer meine Eltern, und tatsächlich ziehe ich es vor, zu glauben, dass ich in einer Rose geboren wurde."

„Verstehe", lacht er wieder.

„Entschuldige mich, ich muss mal eben …"

Ich deute mit einer vagen Handbewegung auf mein Gesicht und meinen Pullover, der mit Glühweinflecken befleckt ist, und stehe auf.

„Soll ich dir ein Handtuch mitbringen wegen … Na ja, du weißt schon, die ungeschickten Spritzer, die meine Anmut zerstört haben?"

Er lacht noch einmal und schüttelt seinen Kopf von rechts nach links.

„Es geht schon, danke."

Ich spitze die Lippen und verlasse ihn mit einem schnellen Schritt. Jeder, der mich beobachtet, könnte schwören, dass ich auf dem Weg zur Toilette bin, aber niemand ahnt, wie perfekt mir dieser Patzer die Flucht in den privaten Bereich ermöglicht. Schmetterlinge der Aufregung fliegen in meinem Magen umher und kitzeln meine Brust. Ich war noch nie so begierig darauf, mich heimlich mit einem Mann zu treffen. Dieser geheime Teil hat etwas Aufregendes an sich. Er spielt auf spektakuläre Weise mit meinen Nerven und schürt meine Neugierde. In meinem Kopf schwirren die Fragen herum: Wird er nachkommen? Welche Figur hat er vorgerückt? Wird sich seine Strategie gegen meine durchsetzen? Ist das Spiel nicht entschieden? Geht es nicht um mehr als nur eine Schachpartie? Ist das Schachbrett nicht viel größer, als ich glauben möchte? Kann ich vielleicht sogar seinen Vornamen aushandeln, wenn ich das Spiel gewinne?

Sein heißes, schelmisches Lächeln begleitet meine Bewegungen, als ich die Bar hinter mir lasse und den Raum betrete. Ein kleiner Zettel, der unter meiner Seite des Spielbretts steckt, wartet auf mich:

Wie wäre es, wenn wir das Spiel aufpeppen? Mit jeder Figur, die du von mir schlägst, offenbare ich einen Buchstaben meines Vornamens. Mit jeder Figur, die ich von dir schlage, verrätst du mir eines deiner Geheimnisse. Du fängst an.

Meine Lippen bleiben weit geöffnet, und ich bin alles andere als abgeneigt, sondern fange sogar an zu lachen. Er weiß wirklich, wie man mich bei Laune hält und mich neckt. Ich beobachte das Brett und schiebe meinen Läufer vor, um seinen zu vernichten. Ich schnappe mir seine Figur und den Stift, der auf dem Tisch liegt, bevor mir eine weitere Idee kommt. Wenn er glaubt, dass er von mir alles bekommen kann, was er will, dann ist er noch nicht am Ende seiner Überraschungen, denn auch ich habe noch ein paar Asse im Ärmel und der arme Kerl hat keine Ahnung, was ich jetzt gerade wirklich will. Vielleicht vermutet er es, aber nun sollte es keine weiteren Zweifel mehr geben. Ich ziehe meinen fleckigen Pullover aus und lege ihn auf den breiten, abgewetzten, braunen

Ledersessel, lege seine Figur darauf und knie mich hin am kleinen Tisch, um ebenfalls zu schreiben:

Was für einen Amateur! Ich überbiete: eine Figur, ein Kleidungsstück. Hier ist mein erstes Geheimnis: Mir ist zu heiß.

Ich lese das Zettelchen noch einmal und finde es perfekt. Es ist provokativ und klar wie Quellwasser. Ich werde alle seine Figuren gewinnen, seinen Vornamen und einige Kleider bekommen und vielleicht sogar noch mehr. Heute Abend habe ich das Sagen!

Ich lache immer noch, als ich mit brennenden Wangen und in meinem kleinen schwarzen Spitzentop den Raum verlasse. Ich sehe seine verwirrten und leicht angeheiterten Augen, aber ich lasse mich nicht aus der Ruhe bringen und sende ihm sogar einen Kuss mit den Fingerspitzen, bevor ich mich abwende und zu meinem Tisch zurückkehre.

Amir lässt mich nicht aus den Augen. Offensichtlich hat mein Verhalten nicht nur bei Barry Wirkung gezeigt. Er scheint begeistert zu sein. In meinem Bauch bildet sich ein unangenehmer Knoten und jede Spur von Selbstvertrauen und Hochmut verschwindet aus meinen Zügen. Es ist nicht richtig von mir, mit ihm zu spielen, der so charmant ist. Ich sollte ihm sagen, was hinter den Kulissen vor sich geht, ihm von dieser verrückten Wette erzählen, die meine Abende nun schon seit einigen Wochen belebt. Ich sollte ihm nicht glauben lassen, dass etwas zwischen uns möglich ist, wenn all meine Gedanken ... ähm, Hormone auf den sexy Barkeeper gerichtet sind. Mein Herz hat das Schiff verlassen und sich weit weg von all diesen schmerzhaften und unnötigen Gefühlen zurückgezogen. Es ist auf einem Retreat, ich habe ihm freigegeben. Mein Körper steuert das Schiff, er hat die großen Segel gehisst, um sich von den warmen Winden treiben zu lassen. Der Sturm tobt, die Wellen sind heftig, er segelt auf stürmischen, ungezügelten, hungrigen Meeren, in Richtung eines gelobten Landes, das ihm noch verweigert wird. Aber er ist entschlossen, unbezwingbar, wild. Er wird siegen.

Ich sollte es ihm sagen. Ich lächle, knebele meine Gewissensbisse und Vorbehalte und genieße die Schärfe des Geheimnisses. Alle meine Sinne sind von der Angst, durchschaut zu werden, beflügelt, und ich fühle mich lebendiger als je zuvor.

Ich schaue zur Bar hinter den grölenden und prostenden Gästen: Kein Barkeeper.

Das Spiel hat also begonnen.

Amir erzählt mir etwas, ich lächle ihn an und antworte freundlich. Ich amüsiere mich und genieße seine Gesellschaft. Er schmeichelt mir, macht mir Komplimente und bringt mich zum Lachen. Er versteht mich auch noch und teilt meine Leidenschaft für Romane. Wir sprechen über Bücher, Autoren und Verlage. Er erzählt mir von seinen Vorlieben, von den Büchern, die sein Leben geprägt haben. Ich erzähle ihm von meinen. Ich öffne mich mit einer verblüffenden Leichtigkeit. Und tief in meinem Inneren brennt die Lust auf das Spiel.

Simon ruft mir gleich nach dem Hauptgang ein „meine Dame" zu. Ich finde die erstbeste Ausrede, die mir einfällt, um meinen Verehrer wieder zu verlassen, und schleiche mich unter dem flammenden Blick des Barkeepers in den Privatraum. Mein Herz schlägt zu schnell. Ich renne fast bis zum Brett.

Ein Scrabble-Buchstabe liegt unter meinem Läufer: ein H.

Eine Socke liegt daneben.

Und ein Zettel: *Deal!*

Mein Magen macht einen Salto und ein kleiner Siegesschrei entweicht meiner Kehle. Ich lache wie ein

Kind, während ich mit dem Plastikbuchstaben zwischen meinen Fingern herumtanze. Ein H!

H.

Wie ... Henri? Honoré? Hugues?

Ich nehme den Zettel und schreibe alle meine Vorschläge auf und bete, dass ich den Richtigen erwischt habe. Vornamen mit H kann es doch nicht so viele geben.

Dann erblicke ich meinen Läufer, ich muss also ein Kleidungsstück hier lassen. Er ist mit seiner Socke kein großes Risiko eingegangen, also mache ich das Gleiche. Ich beeile mich, einen Stiefel auszuziehen und hoffe, dass ... Ach nee! Ich lege eine mit winzigen Einhörnern bedeckte, neon pinke Socke neben seine. Als ob ich es nicht geschafft hätte, eine einfache, sexy schwarze Socke anzuziehen.

Eine Socke? *Sexy*?

Naja, ich sage einfach nichts mehr dazu.

Ich ziehe meinen Stiefel wieder an und bin froh, dass er gefüttert ist. Dann wende ich meine Aufmerksamkeit wieder dem Brett zu. Ohne großes Risiko schnappe ich mir eine seiner Figuren und schlage eine Bresche zu seinem König. Er kann zwar kontern, aber es ist immer noch ein großer Durchbruch.

Ich schnappe mir den Zettel und verrate ihm ein weiteres Geheimnis, wobei ich bedaure, dass er nicht dasselbe tut. Aber seinen Vornamen zu bekommen, wäre schon wunderbar!

Hier ist ein weiteres Geheimnis von mir: Ich würde gerne deine Geheimnisse kennenlernen.

Was denn? Er hat nie gesagt, was für ein Geheimnis ich ihm verraten soll!

An der Tür atme ich tief durch, meine Hand zittert, mein Herz rast. Ich öffne sie. Er stellt die Flasche, die er in der Hand hatte, zurück und macht sich bereit, zu mir zu kommen. Ich möchte es nicht, ich will lieber weiterspielen. Ich lächle frech und schleiche mich davon, bevor er einen seiner Kunden loswerden kann. Hinter ihm steht ein junger Mann mit kahlgeschorenem Kopf, der ungeschickt Gläser abwischt und uns nicht beachtet.

Ich schließe mich Amir an. Die Zeit vergeht und ich höre ihm nicht mehr zu. Die Glühweine folgen einander. Ich höre *meine Dame*. Ich flüchte.

Das Restaurant scheint vorbeizuziehen. Die Tür, der Raum, der Sessel und eine weitere Socke, eine Spielfigur, diesmal ein großes Blatt Papier mit einer Nachricht:

Ein Geheimnis oder ein Buchstabe meines Vornamens? Beides geht nicht. Diesmal ein Geheimnis: Ich liebe deine Socke. Und ich bin bereit, dir einen weiteren zu geben: Keiner deiner Vorschläge war richtig.

Ich lache. Ein kluger Kerl. Besonders mutig ist er aber nicht. Ich ziehe meinen Stiefel aus, dann meine zweite Socke und lege sie auf den Sessel. Ich ziehe eine Figur und nehme eine seiner eigenen Figuren. Sein König ist jetzt außer Reichweite. Ich stelle sie auf den Tisch und fahre mit dem zweiten Spiel fort, das auf dem Papier gespielt wird. Ich überlege, was ich als nächstes schreiben soll. Ich will ihm etwas über mich erzählen, das für meine Ziele förderlich wäre.

Mein Traum ist es, nach Norwegen zu reisen. Aber einfach wieder zum Eislaufen an die Hütte zu gehen, wäre ein guter Anfang.

Wird er verstehen, dass ich über einen ganz anderen Gleitsport spreche? Sollte ich nicht genauer sein? Nein, das wäre irgendwie vulgär. Direkt, aber nicht sehr poetisch.

Ich lasse mein Blatt und meinen Stift sowie seine Schachfigur und meine Socke liegen und gehe dann zur Bar. Als ich die Tür öffne, steht er wie angewurzelt am Ende der Theke, die Arme über der Brust verschränkt, die

Augen auf mich gerichtet und mit einem ungeduldigen Lächeln auf den Lippen. Ich erwidere sein Lächeln.

Mit einem vom Alkohol benebelten Geist gehe ich zurück an den Tisch. Wieder einmal lösen sich die Zungen, es wird gelacht und plötzlich macht Amir eine Geste, die harmlos erscheinen könnte, die es aber, wie ich weiß, nicht ist: Er berührt mit seiner Hand meine Hand und bittet um meine Zustimmung.

Simon spricht « meine Dame » aus, als er uns eine Dessertkarte reicht. Das ist nun das Zeichen. Ich ziehe meine Hand aus Amirs Reichweite zurück und gebe eine weitere Begründung für meinen erneuten Ausflug zu den Sanitäranlagen ab.

Die Tische, das Lachen, die Leute, die Weihnachtslieder, die Bar, sein Blick, seine Lippen, die Tür, der private Raum. Das Schachbrett. *Meine Dame.* Das Papier. Eine Strickjacke auf dem Sessel.

Ein Zettel.

Ein Buchstabe: O.

Ich verziehe ein wenig das Gesicht, als ich sehe, dass er meine Dame geschlagen hat, dafür schlage ich seinen Turm. Ich ziehe meinen BH aus und lege ihn auf den Sessel. Dabei fällt mir ein, wie wenig ich noch anhabe und dass ich nicht unbedingt den Abend in Unterwäsche mit Amir verbringen möchte.

Ich kritzle eine neue Liste von Vornamen auf das Blatt, Fragezeichen und ein neues Geheimnis:

Hugo? Hippolyte? Hector?

Geheimnis: Mir wird immer wärmer und ich habe keine Lust, wieder zurück in den Speisesaal zu gehen.

Eine neue Verführung, das ist klar, aber ich hoffe tief in meinem Inneren, dass er schließlich nachgibt und mich hier drin bei sich behalten wird.

Als ich diesmal die Tür öffne, steht er bereits dahinter und starrt auf den Sessel, auf dem sich unsere

Kleidung stapelt. Er wusste, bei mir gab es nicht mehr viele Optionen. War er sich nicht sicher, ob ich im Spiel bleiben würde? Erwartete er, dass ich aufgeben würde, nur um wenigstens meine Unterwäsche zu retten? Das heißt, er kennt mich wohl noch nicht richtig.

Sein sehnender Atem ist auf mir, seine Augen wandern zwischen dem Kleidungsstück, das ich gerade zurückgelassen habe, und mir hin und her. Er jubelt, weil ich ihm die Stirn biete, und brennt darauf, diese Schachpartie von Angesicht zu Angesicht zu beenden. Das spüre ich.

„Hast du etwa angenommen, ich sei schwächer?", necke ich ihn und gehe um ihn herum. „Du bist dran, *Meister*."

Ich rechne nach. Er hat nur noch drei Kleidungsstücke und zu viele Figuren auf dem Schachbrett. Okay, mehr habe ich auch nicht. Das ist einfach aufregend. Und spannend.

Amir wartet immer noch auf meine Rückkehr, diesmal mit angestrengten Gesichtszügen. Ich entschuldige mich dafür, dass unser Eis schon geschmolzen ist. Ich platziere meine Arme so, dass ich meine nackten Brüste unter dem dünnen Stoff meines Tops verberge, damit er nicht merkt, dass ich bei jedem meiner Ausflüge weniger bekleidet zurückkomme. Ich will ihn nicht verletzen.

„Ist alles in Ordnung?", fragt er mich besorgt.

„Ja, danke."

„Bist du dir sicher? Du gehst ja öfter auf die Toilette als alle Gäste des Restaurants zusammen…"

Scheiße!

„… Also dachte ich, dass es dir vielleicht peinlich ist, das zuzugeben."

Oh verdammt, denkt er, ich habe eine Magen-Darm-Grippe?! Ich weiß nicht, ob ich lachen oder weinen soll. Erröten oder erblassen. Ihn eines Besseren belehren oder seinen Verdacht bestätigen.

„Wenn du lieber nach Hause gehen willst…"

„Nein!", rufe ich zu laut. „Nein, das geht schon."

„Caroline, wir können uns durchaus an einem anderen Abend wiedersehen. Das ist … So etwas passiert. Und ich würde mich wirklich freuen, dich wiederzusehen. Trotz … all dem … ähm… hatte ich einen sehr schönen Abend!"

Mein Gott, hat er gerade wirklich mit dem Finger auf meinen Magen gedeutet? Und was soll ich bloß darauf antworten? Scheiße.

Simon kommt mir zu Hilfe. Das Restaurant ist jetzt fast leer, also bringt er die Rechnung und sagt, dass das Lokal bald schließen wird. Ich nicke und Amir tut es mir gleich.

„Ich glaube, die Frage stellt sich nicht mehr", flüstere ich und seufze.

Wo ich bloß Erleichterung ausdrückte, da sah er Hoffnung.

„Also ist es entschieden!"

„Ach ja? Aber …"

„Ich habe deine Nummer und du hast meine. Sag mir einfach, wann du dich besser fühlst, und wir können ein Treffen vereinbaren, wenn du Zeit hast."

Ich muss zugeben, dass ich mich ein wenig schäme. Ich hatte nicht erwartet, so einen guten Eindruck zu machen. Habe ich ihn in die Irre geführt? Nein, so laufen Dates normalerweise ab, und es stimmt, dass die Chemie gestimmt hat. Die Dinge hätten anders laufen können, wenn ich völlig bei der Sache gewesen wäre.

Ich werfe einen Blick auf meine Uhr und antworte mit einem leisen Lachen. Er bietet mir an, mich nach Hause zu fahren. Ich lehne freundlich ab.

„Ich brauche mein Auto, aber das ist sehr nett von dir."

„Hast du nicht zu viel getrunken, um Auto zu fahren?"

„Ich? Nein, nein, es ist alles in Ordnung, wirklich."

Falsch, ich habe definitiv zu viel getrunken, um mich ans Steuer zu setzen. Ich glaube, ein Teil von mir hatte nicht so sehr die Absicht, heute Abend zurück zu fahren. Und das ist immer noch so.

„Na gut, dann begleite ich dich zu deinem Auto."

„Ich habe meine durchnässten Sachen in einem Raum am Eingang gelassen. Ich muss noch einmal ins Bad, bevor ich gehe. Tut mir leid …"

„Alles gut! Dann melde dich einfach."

Mit diesen Worten beugt er sich über mich und drückt einen sanften, harmlosen Kuss auf meine Wange. Ich bewundere seine Kühnheit und seinen Mut. Er ist immer noch davon überzeugt, ich hätte eine Magen-Darm-Grippe. Es ist verrückt, dass er so ein unüberlegtes Risiko eingeht!

„Danke, Amir. Bis bald."

Ich beobachte, wie er *L'opportuniste* verlässt, und wende mich der leeren Bar zu. Es gibt keine Spur vom Barkeeper, seinem neuen Lehrling oder von Simon. Wartet er im privaten Raum auf mich?

Mit dem Herz in der Hose atme ich alle meine Befürchtungen aus. Dann atme ich einen langen Atemzug des warmen Geruchs von Essen, Alkohol und vielleicht etwas weniger deutlich von Zigaretten ein. Ich gehe mit meinen wackeligen Beinen in Richtung des Privatraums. Meine Hand liegt auf der Tür und ich zögere. Dann drücke ich sie langsam auf. Das Blut pocht in meinen Schläfen und gibt meinen Gedanken den Takt vor. Der Glühwein, der durch meine Adern fließt und meine Haut mit seinem

Duft umhüllt, verwirrt meine Gedanken. Mir ist heiß, ich zittere, voller Erwartungen.

Der Raum ist leer.

Mein König thront auf dem Blatt Papier.

Eine Weihnachtsunterhose liegt lässig auf dem Sessel.

Aber keine Spur von seinem Besitzer.

Ich gehe auf das Zettelchen zu und greife fieberhaft danach:

Schachmatt.

Geheimnis: Ich habe heute dauernd an dich gedacht.

Meine Brust schnürt sich zusammen, mein Herz macht einen Sprung und rast dann zu schnell, zu stark. Ich lese noch einmal seine Aussage, seine schmale, ungeschickte Handschrift, seine Worte. Ein heißer Sog durchdringt meinen Körper und bringt mich fast zum Umkippen. Ich falle in den Sessel und weiß nicht, was ich tun soll. Auf welche Weise hat er an mich gedacht?

Seine Unterhose ... Wartet er irgendwo auf mich? Was soll ich tun? Ich bin völlig durcheinander. Verunsichert.

Ich lese diesen Satz voller Anspielungen noch einmal, aber ich weiß nicht, was genau er enthält. Oder vielleicht will ich es auch gar nicht.

Plötzlich höre ich, wie Josepha in der Bar meinen Namen ruft. Simon antwortet ihr und schickt sie hierher.

NEIN!

Ich packe meine Sachen zusammen und stopfe sie in meine Handtasche, ziehe meine Jacke an und gehe raus, als sie gerade reinkommen will.

„Da bist du ja! Verdammt, du antwortest nie! Ich hätte fast die Polizei alarmiert!"

„Ich habe es nicht gesehen, entschuldige. Was machst *du* denn *hier*?"

„Oh Mann, du stinkst ja meilenweit. Wolltest du einfach so nach Hause fahren?"

„Ähm…"

„Egal. Wo ist er?"

„Wer denn?"

„Der Bücherwurm mit Brille! Wolltest du nicht gerade zu ihm?"

„Nein, ich wollte dich anrufen, damit du mich jetzt abholst!"

„Dann ist es ja gut, dass ich mir Sorgen gemacht habe und immer, wenn du nicht ans Telefon gehst, den Weg auf mich nehme!"

„Bist du extra wegen mir hergekommen?"

„Ach nö, ich war auf dem Weg zum Wettbewerb um den schönsten Schnurrbart. Komm, wir fahren heim."

„Warte kurz hier, ich habe etwas vergessen."

Ich lasse ihr keine Zeit, mir zu antworten, sonst würde sie mir folgen und im privaten Raum herumstöbern, und das will ich ganz und gar nicht.

Ich greife nach dem Zettel, reiße ihn ab und schreibe mein letztes Geheimnis auf: meine Telefonnummer.

Für ein Rematch.

Ich eile aus dem Raum und schon sitze ich wieder auf der Beifahrerseite und höre mir die Lektionen meiner besten Freundin an, die sich zu Tode um mich Sorgen gemacht hat. Aber meine Finger, die in meiner Tasche stecken, streichen über die feinen Linien eines kleinen Stück Papiers. Meine Gedanken schweifen zu einer Vorstellung ab, die ebenso beängstigend wie verlockend ist.

Er musste an mich denken.

Kapitel 22

„Es ist 1 Uhr morgens. Willst du nicht lieber morgen darüber reden?"
„Nein. Ich will, dass du mir alles erzählst."
„Aber das habe ich doch schon!"
„Ich glaube dir nicht. Und wenn du nicht alles verrätst, dann bedeutet das, du schämst dich furchtbar wegen irgendwas. Also los, raus mit der Sprache!"
„Josepha, lass mich in Ruhe!"
„Bestimmt nicht, bevor du mir alles erzählt hast."
„Jetzt gerade habe ich keine Lust zu reden!"
„Gefällt dir dieser Amir?"
„Hä, nein! Ich meine, ja, er ist nett, aber nein."
„Verdammt, jetzt checke ich's! Du magst den Barkeeper!"
„Was?! Nein!"
„Oh doch, das tust du! Du begreifst gerade, wie du dich verliebst und wie recht ich eigentlich hatte!"
„Nicht in 1 Million Jahren."
„Doch, doch, doch, ich spüre es!"
„Nein. Und jetzt lass mich schlafen!"
„Na gut, dann schlaf."
„Ich kann nicht! Du schreist mir ständig in die Ohren! Wir sind hier in *meinem* Bett!"

Grummelnd presse ich meinen Kopf unter mein Kissen und ziehe die ganze Decke zu mir heran, um mich ohne jegliche Bedenken darin zu wälzen. Jetzt höre ich ihre Kommentare nur noch gedämpft. Meine Gewissensbisse versuchen, mich wachzuhalten. Es stimmt, sie ist immer für mich da und hält mir den Rücken frei. Sie ist gekommen, um mich abzuholen. Und sie kennt mich besser als jeder andere, aber... jetzt gerade nicht. Ich habe keine Lust, darüber zu reden. Ich will einfach nur einschlafen, ohne mir den Kopf darüber zu zerbrechen. Einfach nur einschlafen und mich von den Träumen in eine Welt entführen lassen, in der alles möglich ist. Ich habe doch das Recht, einen Moment der Ruhe zu genießen, oder? Ich habe das Recht, mir mein Leben so vorzustellen, wie ich es will, und sei es nur für eine Nacht. Ich will einfach nur mit dem Bild seiner sanften, mit goldenen Tropfen durchzogenen Augen einschlafen und mit seiner warmen Stimme, die mir seine Nachricht vorliest. Die Worte, die er für mich geschrieben hat.

Er hat an mich gedacht.

Und ich will an ihn denken. Aber nur ein kleines bisschen.

So empfängt mich Morpheus in seinen Armen, aber heute Abend hat er die Gestalt eines liebevollen Barkeepers.

Josepha erwartet mich am Frühstückstisch mit strahlendem Grinsen im Gesicht. Neben meiner Tasse liegt das bekannte Blatt Papier mit der kompletten Chronik unserer Neckereien vom gestrigen Abend.

„Das gibt's doch nicht! Weißt du, ein Tee hätte gereicht."

„Ich wusste es doch!", wiederholt sie siegessicher, als ob dieses Gespräch nicht wegen der Nacht unterbrochen wurde.

Sie gestikuliert lebhaft mit ihrem Stück Lebkuchen und ihre Augen leuchten vor Freude.

„Hör auf damit."

„Vergiss es! Er hat an dich gedacht, Süße!"

„Das will nichts heißen. Wir sind nur zwei Erwachsene, die von menschlichen Bedürfnissen geplagt werden."

„Ich glaube nicht, dass das alles nur unter der Gürtellinie stattfindet. Nee, nee, nee."

Sie spielt weiterhin mit dem Lebkuchen, dann tunkt sie ihn in ihre heiße Schokolade, beißt hinein und fängt mit vollem Mund wieder an:

„Weist du, isch habe darüber nachgedacht. Der Typ steht auf disch. Anschonsten hätte er dir nicht scheine grosche Hütte gezeigt."

„Verdammt, Josepha, wie schaffst du es, eine unschuldige Erinnerung in etwas so Ekliges zu verwandeln?"

Sie isst ihren Lebkuchen auf, kippt einen Schuss heiße Kakao hinunter und stellt die Tasse wieder vor sich hin. Sie wischt sich mit dem Handrücken ihren Schokoladenschnurrbart ab und mustert mich von Kopf bis Fuß.

„Caroline, sei ehrlich: Da ist was los."

Ich grinse und rutsche auf meinem Stuhl hin und her, während ich an dem Stück Papier herumfummle.

„Ist es wirklich das, was ich will? Ich bin noch nicht bereit. Enzo ..."

„Vergiss diesen Volltrottel! Sie sind nicht alle wie er. Also ist etwas los?"

„Vielleicht", gebe ich halbherzig zu.

„Habe ich gerade wirklich ein verdammtes Vielleicht gehört? Juhu!", ruft sie und springt von ihrem Stuhl auf, mit der Faust in den Himmel gestreckt.

Ich kann nicht aufhören zu lachen. Ich schüttle den Kopf.

„Jo, das hat doch nichts zu bedeuten."

Und als würde diese Aussage widerlegt werden, klingelt mein Handy ganz unten in meiner Tasche. Josepha rennt los, um es vor mir zu schnappen, und zeigt mir triumphierend das Display:

„Es hat nichts zu bedeuten, hm?"

Ungläubig entdecke ich zwei Nachrichten von einer unbekannten Nummer. Die erste ist ein schlichtes *Gute Nacht, meine Dame*, was mir der Absender sofort verrät. Die zweite wünscht mir einen guten Morgen.

„Es gibt keine Zweideutigkeit in diesen Nachrichten."

„Zwei Nachrichten. *Zwei*. Sag mir noch einmal, dass er nicht an dich denkt, und vielleicht kannst du dich tatsächlich davon überzeugen."

Plötzlich wird mir bewusst, sie hat Recht. Ich habe es mir nicht eingebildet. Hier ist was los!

„Aber ich kenne ihn nicht. Ich weiß nichts über ihn. Nicht einmal seinen Vornamen."

Sie greift nach meinem Handy, wählt die Nummer und schaltet den Lautsprecher an.

„Was zum Teufel machst du, hör auf! Leg endlich auf! Scheiße, leg auf!"

„Warte mal ab, wenn wir auf die Mailbox kommen, erfährst du seinen Vornamen."

„Ach, was für eine tolle Idee! Aber was ist, wenn er abhebt?"

„Hallo?"

Scheiße, natürlich musste er abheben! Josepha gibt mir schnell das Handy und hält sich eine Hand vor den Mund, um ihr Lachen zu verbergen. Ich halte meine Hand über das Mikrofon und schimpfe:

„Na toll! Was soll ich jetzt machen, du Dummkopf?"

„Hallo?", wiederholt er am Ende der Leitung. „Caroline, du weißt doch, dass ich weiß, dass du es bist, oder?"

Ich schalte den Lautsprecher aus, schüttele den Kopf und nehme den Anruf schließlich entgegen.

"Ja, tut mir leid. Ich ..."

„Hast du mich schon vermisst?"

Schmetterlinge kitzeln meinen Bauch. Ich weiß nicht einmal, was ich ihm antworten soll. Ich hatte nicht genug Zeit, um alles zu verarbeiten, seine beiden Nachrichten noch einmal zu lesen. Mich über seine Absichten zu wundern. Mich wie ein Teenager zu fühlen und zu versuchen, zwischen den Zeilen zu lesen und mir die Bedeutung dieser beiden kleinen Nachrichten vorzustellen. Die Bedeutung seiner handschriftlichen Nachricht von gestern Abend.

Die Zeit steht still, er wartet. Vermisse ich ihn schon? Fragt er mich wirklich, oder ist das nur Humor? Was soll ich tun? Die Zeit tickt.

Die Wahrheit muss her. Es gibt nichts Besseres als die Wahrheit.

„Stell dir vor, du bist heute Morgen der Mittelpunkt unserer Gespräche. Josepha dachte, dass wir endlich deinen Vornamen erfahren würden, wenn wir deinen Anrufbeantworter erreichen. Ich war also ein bisschen enttäuscht, als du abgenommen hast."

„Ach, wirklich? Das ist interessant. Bedeutet das, du rufst mich jetzt den ganzen Tag immer wieder an? In der Hoffnung, dass ich nicht abhebe?"

„Was für eine Art der Übertreibung ... aber das ist eine Idee, die ich mir überlegen sollte."

„Ist das eine neue Herausforderung?"

„Wie meinst du das?"

„Du rufst mich zu jeder Tageszeit an und ich darf dich nicht auf meinem Anrufbeantworter landen lassen. Das gefällt mir sehr gut."

„Nein, das war nicht... Ach, was soll's!"

„Ich glaube, ich werde es lieben, dich so oft zu hören."

„Du klingst sehr siegessicher. Ich denke, du unterschätzt mich immer noch", lache ich.

„Du anscheinend auch", flüstert er mit seiner samtigen Stimme, die mir das Kopfkino anwirft.

„Schönen Tag noch."

„Bis bald, Caroline."

Er muss aufhören, meinen Vornamen so zu wiederholen, da ich sonst schwach werde. Meine Lippen bleiben zu einem so fröhlichen Lächeln erstarrt, dass meine Wangen schmerzen. Josepha zieht ständig ihre Augenbrauen hoch. Ich schaue auf das Telefon in meiner Hand, ein glückseliges Lächeln auf den Lippen, und reiße mich zusammen.

„Was denn?"

„Nichts."

„Ganz genau. Nichts. Und wenn du das nächste Mal so eine beschissene Idee hast, dann wäre ich dir dankbar, wenn du mich aus der Sache raushalten würdest!"

„Ich höre deine Worte, aber nichts in deinem Körper ist damit einverstanden, Süße. Gib's zu, du denkst jetzt schon daran!"

„Quatsch!", rufe ich zu heftig und lege unauffällig auf, bevor sie merkt, dass ich schon auf zurückrufen gedrückt habe.

Aber vor allem, bevor sie sieht, wie Recht sie hat.

„Wenn du meinst."

Sie glaubt mir nicht. Sie kennt mich zu gut. Ich wechsle das Thema. Aus irgendeinem schleierhaften

Grund habe ich keine Lust, das mit ihr zu teilen. Habe ich Angst, es wieder zu vermasseln und wieder alle zu enttäuschen? Vielleicht. Vielleicht will ich aber auch einfach nur einmal ein bisschen egoistisch sein. Was ist daran so schlimm? Es geht niemandem etwas an, wie ich mich fühle. Oder nicht fühlen will.

„Was ist mit dir und deinem Chef?"

„Glitschig."

Sie zwinkert mir zu, während sie sich eine weitere Tasse Kakao einschenkt, und fragt mich dann, was ich heute vorhabe.

„Mein letzter freier Tag, bevor es wieder losgeht. Also nichts. Außer den Glühwein in meinen Adern auszuschwitzen. Ich habe gestern Abend wirklich zu viel getrunken."

„Das passt nicht wirklich zu dir. Warum hast du eigentlich zu viel getrunken?"

„Das passt nicht zu mir? Zu trinken? Wer bist du und was hast du mit meiner besten Freundin gemacht? Die, mit der ich die größten Besäufnisse hatte?"

Sie wirft mir lachend das Küchentuch ins Gesicht, seufzt und setzt sich mir gegenüber wieder hin, und zwar mit einer zweiten Tasse Kakao für mich.

„Du weißt genau, wie ich das gemeint habe. Es sieht dir nicht ähnlich, bei Unbekannten die Kontrolle zu verlieren."

„Nun, wir sehen uns zweimal die Woche."

„Ich meinte den Bibliothekar! Du hast nur deinen Barkeeper im Kopf!"

„Ach so, Amir."

„Wie war er so?"

„Er war wirklich toll. Süß, nett, belesen, humorvoll… Warte, ich habe auch ein Selfie gemacht."

„Wirklich?"

„Ja, ich dachte mir, da hast du Recht und das würde toll in dem Fotoalbum aussehen, das wir auf unserer Veranda durchblättern werden, wenn wir zwei verbitterte, einsame alte Säcke sind."

Ich durchsuche mein Handy und zeige ihr das Foto. Sie zieht die Augenbrauen hoch und verzieht das Gesicht zu einer ziemlich positiven Fratze.

„Eigentlich süß, ja."

„Ich habe seine E-Mail und seine Nummer. Er möchte, dass ich ihm mein Manuskript schicke und wir uns wieder treffen."

„Aber das kannst du nicht, weil alles, was du willst, ist, den Barkeeper zu vernaschen, oder?"

„Wie poetisch!"

„Tu doch nicht so, als würde ich falsch liegen."

Ich grunze in meine Tasse, lege die Füße auf meinem Stuhl hoch und verstecke mich hinter meinen Knien.

„Ehrlich gesagt, ich weiß nicht, worauf du wartest."

„Vielleicht habe ich ja schon den einen oder anderen Versuch gewagt …"

„Ernsthaft? Und warum hat es nicht geklappt? Ich verstehe es nicht, er scheint ziemlich von dir angetan zu sein."

„Er will, dass ich zuerst seinen Vornamen herausfinde."

„Sein Vorname ist doch total irrelevant!"

„Genau!"

„Nun, dann müssen wir uns etwas anderes einfallen lassen. Ich habe da eine Idee."

„Ich mag nicht die Art, wie du guckst. Dieser Gesichtsausdruck sagt mir erfahrungsgemäß überhaupt nichts Gutes."

Sie schert sich nicht mal mehr um eine Antwort. Sie eilt zu ihrer Tasche und holt ihr bekanntes Date-Notizbuch heraus, dann geht sie zu ihrer Schublade, wo sie ihre Stiftesammlung aufbewahrt. Sie wühlt lange, bis sie den perfekten mit bunten Donuts verzierten Kugelschreiber findet.

„Du solltest ihn einfach eifersüchtig machen."

„Hä? Wie denn?"

„Das funktioniert doch immer. Wenn er nur eifersüchtig wird, gibt er dir seinen Vornamen einfach so."

„Ich halte das für keine gute Idee, er scheint ja nicht der Typ zu sein, der eine Abmachung rückgängig macht."

„Das ändert sich bestimmt, sobald er dich bei deinem nächsten Date auftauchen sieht."

„Josepha ..."

„Vertrau mir einfach."

Ich seufze. Ich habe das Gefühl, ich sollte ablehnen und ihren Eifer besänftigen, aber dennoch kann ich nur nicken, in der Hoffnung, dass sie Recht hat. Sie muss doch wissen, wovon sie spricht, wenn ihr alle Männer zu Füßen liegen.

„Ein Konditor?", frage ich verzweifelt.

„Wie bitte?"

Sie runzelt verwirrt die Stirn. Ich seufze noch einmal und zeige auf ihren Kuli, bevor ich es erneut sage.

„Nein, diesmal ist es ein Koch. Aber ich hatte keinen Stift mit anderen Lebensmitteln drauf. Sein Name ist Samuel."

„Und wessen Champion ist er diesmal? Gabi? Papa?"

Sie schmunzelt hinter dem Schleier ihrer Haare und wendet den Blick nicht von dem Notizbuch ab, auf das sie was weiß ich kritzelt. Ich verstehe sofort, um wen es sich handelt, noch bevor sie es zugibt: um ihren eigenen. Der beste Freund von Cyril. Der Typ, den sie mag.

„Ich gehe nicht hin. Punkt."

„Warum?"

„Einfach so!"

„Es ist nichts zwischen uns, du kannst ruhig gehen."

„Ja, ich weiß, er ist Cyril's bester Freund. Er würde sich im Grab umdrehen bla bla bla ... aber ich kann nur sagen, dass es schon zu spät ist, meiner Meinung nach! Wenn er wüsste, was mit deinem schrecklichen Chef los ist, würde er ein zweites Mal sterben!"

„Das ist nicht dasselbe."

„Ganz genau! Weil du ihn doch magst!"

„Du verstehst das nicht. Er war da, als Cyril ... er hat meinen Schmerz geteilt. Er hat genauso darunter gelitten wie ich. Er kannte ihn schon sein ganzes Leben lang, er war wie ein Bruder für ihn. Wie du für mich! Als er starb, brachte uns das näher zusammen und ..."

„Oh, mein Gott! Tatsächlich habt ihr schon ... ihr ... Josepha! Warum hast du mir nichts gesagt?"

„Es ist nur ein einziges Mal passiert, da waren wir beide so verletzlich und so einsam. So traurig. Es war nichts Romantisches, es ist einfach ... passiert. Ich glaube, wir haben so ein schlechtes Gewissen gehabt, dass ... Ich habe mich so geschämt. Wir haben nie wieder darüber gesprochen. Er ist ein Freund. Das ist alles."

„Josepha ..."

Ich wiederhole ihren Vornamen in einem schmerzvollen Atemzug, sanft, ohne zu wissen, was ich noch sagen soll. Sie wirkt plötzlich so hilflos. So zerbrechlich, so weit weg vom Hier und Jetzt. Sie ist in der Vergangenheit verloren.

Aber was ist, wenn er wirklich Gefühle für sie hat? Was, wenn sie wirklich Gefühle für ihn hegt? Wenn es möglich wäre?

„Josepha, warum besprichst du das nicht mit ihm?"

„Was genau soll ich ihm sagen? Hey, hallo Sam, erinnerst du dich noch, als mein Mann, du weißt schon, dein bester Freund, gestorben ist und wir Sex hatten? Ich würde gerne sehen, wie es wäre, wenn wir das noch einmal machen würden? Ernsthaft, Süße, das geht doch gar nicht."

„Du magst ihn wirklich."

Eine Selbstverständlichkeit, keine Frage. Sie seufzt, ihre Schultern sinken, als ob sie die Last der Welt tragen würden, und sie schüttelt den Kopf.

„Was soll's! Die Sache ist vom Tisch."

Sie stürzt sich in die großen geplanten Vorhaben, die sie in ihrem Notizbuch festgehalten hat, um so weit wie möglich von diesem Thema wegzukommen. Ich hingegen kann mir nichts vorstellen. Ich will kein Date mit dem einzigen noch lebenden Mann auf diesem Planeten, der den trauernden Panzer meiner geliebten Freundin aufbrechen könnte. Anstatt mich auf das zu konzentrieren, was sie sagt, denke ich über eine ganz andere Art und Weise nach, das Date zu organisieren, aber dafür bräuchte ich Hilfe.

Ich warte, bis sie sich kurz auf die Toilette verzieht, schnappe mir mein Handy und wähle die Nummer. Der Klingelton ertönt lange. Für einen Moment hoffe ich, dass er nicht abhebt, aber seine warme Stimme hallt in meinem Ohr wider. Mein Herz lächelt.

„Ich brauche dich für etwas. Können wir uns treffen?". Flüstere ich.

„Soll ich dich gleich abholen?"

„Ja, gerne."

Mit klopfendem Herzen lege ich auf. Wenn Josepha wüsste, was ich vorhabe, würde sie mich umbringen. Es ist besser, wenn sie es jetzt noch nicht erfährt.

Sie kommt mit entzückend verzogener Miene zurück. Ihr anklagender Blick ist auf mich gerichtet.

„Wer war das?"

„Ich habe es auf dem Anrufbeantworter des Barkeepers versucht. Das ging nicht."

„Du hast *ja gerne* gesagt."

„Er hat mir nur einen Ausflug vorgeschlagen, ich konnte nicht nein sagen ..."

„Huhuuu, das riecht nach Hormonschüben!", jubelt sie mit einem Freudentanz. „Soll ich dir die Wohnung überlassen?"

„Um Gottes willen! Reg dich ab, wir gehen nur was trinken, denke ich."

„Hast du dir die Beine rasiert? Was für ein Höschen hast du angezogen?"

„Bitte, es ist doch lächerlich!"

„Das ist superwichtig, im Gegenteil! Stell dir vor, er reißt dir die Hose runter und du stehst da mit deiner SpongeBob-Unterhose und er muss die Gartenschere rausholen, um den Weg zu finden?"

„Josephaaaaaaa! Bitte!"

Sie kichert und fängt dann an, anzüglich zu twerken, während sie ein Halleluja auf meine Libido singt. Ich stürze mich auf sie, um sie aufzuhalten. Sie weicht mir gerade noch aus und dreht sich um, auf der Couch stehend, und wirbelt ein Tuch über ihrem Kopf herum, als wäre es meine nuttige Unterwäsche. Ich breche in Gelächter aus. Ihre gute Laune besiegt meine Würde. Nichts von dem, was sie tut, kann mich verletzen, dafür ist sie viel zu frei von Gemeinheiten. Sie macht sich nicht einmal über mich lustig, sie ist wirklich euphorisch und freut sich für mich.

„Verdammt, du wirst wieder Sex haben!", schreit sie und lacht. „Ich zähle auf dich, enttäusch mich nicht!"

Vielleicht ändert sich ihre Meinung, sobald ich das, was ich mir vorstelle, auf die Beine gestellt habe. Aber jetzt macht sie erst einmal das Radio an und lädt mich ein, mich zu ihr auf die Couch zu setzen. So kommt es also, dass ich im Pyjama auf unserem Sofa tanze und lache, völlig losgelöst von all den Sorgen in meinem und ihrem Leben.

Ich singe, tanze und lache laut. Ich genieße den Augenblick, und das ist alles, was wirklich von Bedeutung ist. Josepha ist an sich schon eine Ode an das Leben.

Kapitel 24

Ich sitze im Privatraum und frage mich, wie ich es geschafft habe, drei Tage durchzuhalten, ohne die Katze aus dem Sack zu lassen. Ich war nie gut im Lügen. Und schon gar nicht ihr gegenüber. Sie kennt mich so gut, dass sie jedes Mal den Braten riecht. Heute war das nicht anders. Sie wusste, es gibt etwas, was ich ihr verheimliche. Um ihre Neugier zu stillen und die Halbwahrheit offenzulegen, habe ich zugegeben, wie sehr ich in Gedanken bei dem Barkeeper war. Denn ja, das stimmt schon, allerdings anders, als sie es sich vorstellt.

Ich sitze also hier und warte auf ihre Ankunft. Ich rief Josepha an und sagte, er sei nicht gekommen, damit sie sich zu mir gesellen und den Abend mit mir verbringen konnte, während Barry den Betroffenen anrufen sollte, um die Uhrzeit zu verschieben, da es angeblich ein Problem bei der Reservierung gab. Er müsste also während des Aperitifs mit Josepha auftauchen.

„Caroline? Träumst du vor dich hin?"

„Entschuldige, ich bin ein bisschen nervös. Was ist, wenn sie sauer auf mich ist? Wenn sie nicht bleiben möchte?"

„Entspann dich, es gibt nichts, was sie dir vorwerfen kann. Schließlich bin *ich* der Schuldige und habe die Uhrzeit falsch notiert. Und ich vergaß, dich zu benachrichtigen."

„Sie merkt bestimmt, dass das nicht stimmt. Das wird sie sofort an meinem Gesicht ablesen können!"

„Spiel einfach."

Ich seufze und schiebe eine Figur vor, die er sofort schlägt. Ich bin unkonzentriert und verliere haushoch wie nie zuvor.

Simon taucht auf und winkt mich zu sich:

„Die schöne Blondine ist da."

Ich renne zur Bar, vorbei an einem lachenden Simon und zu meinem Tisch unter den genervten Blicken der bereits anwesenden Gäste. Sie haben keine Ahnung, was für eine List hier im Gange ist, die Armen. Werden sie das Ende meiner Freundschaft miterleben? Bitte nicht.

Ich setze mich hin und verziehe ein mürrisches Gesicht. Ich darf überhaupt nicht schuldig aussehen.

Von wegen!

Ich hoffe, dass sie mich nicht gleich entlarvt.

Da kommt sie auch schon. Sie trägt Jeans und Après-Skis-Stiefeln und sieht so aus, als hätte sie sich schnell umziehen musste.

Sie schlendert schimpfend zu mir und schimpft ein wenig mit mir.

„Sag mal, hast du eigentlich einen Schlafanzug unter dem Mantel an?"

„Ich war nicht scharf darauf, zu kommen. Ich war gerade dabei, mir das beste Karamell-Salzbutter-Eis meines Lebens in mich reinzuschaufeln und mir eine romantische Weihnachtskomödie anzusehen. Konntest du nicht einfach nach Hause gehen?"

„Ich hatte eine Schachpartie mit dem Barkeeper begonnen und brauchte dringend ein Alibi, um bleiben zu können."

„Von wegen, am Sonntag hast du mich gar nicht gebraucht. Obwohl ... Vielleicht sollte ich dir erklären, wie das geht, weil du immer noch nicht seinen ..."

„Bitte beende den Satz nicht."

Sie lacht und legt ihren Mantel auf den Stuhl hinter sich. Ich bin erleichtert, als ich ihre angemessene Kleidung sehe.

„Komisch. Es passt nicht zu ihm, Leute einfach so zu versetzen."

„Hast du ihm gesagt, dass es um mich geht? Vielleicht wollte er lieber mit *dir* ein Date haben."

„Caroline, nicht schon wieder."

„Wieso denn? Ich habe immer noch nicht verstanden, was dich zurückhält."

„Und du mit dem Barkeeper?"

„Na ja, immerhin bemühe ich mich so gut, wie es mir möglich ist!"

Simon unterbricht uns mit zwei Glühweingläsern und stottert vor meiner Freundin. Sie hat immer diese Wirkung auf Männer. Auch wenn sie mit einem Kartoffelsack bekleidet käme, würde das nichts ändern.

Der neue Kellner bedient hinter der Bar die Stammgäste und Barry zwinkert mir siegessicher zu. Ich wünschte, ich hätte nur halb so viel Zuversicht wie er. Ich fange an, an meinem Ohr zu nesteln, an meinen Haaren zu nuckeln und meide ihren Blick. Sie stellt ihr Glas ab, als sie merkt, dass ich ihr nicht zuhöre, und mustert mich kritisch.

„Spuck es aus."

„Was denn?"

„Caroline", droht sie.

„Ich muss … Oh, guck mal! Barry winkt mir zu! Ich bin dran. Warte bitte kurz auf mich."

Ich stehe auf und sie greift nach meinem Handgelenk. Eine Welle der Panik bricht zwischen uns aus. Sie durchschaut meine Hinterlist sofort und ich sehe ihre Überraschung in ihren Augen. Ich registriere den Sekundenbruchteil, in dem ein Blitz des Verständnisses ihre Pupillen erhellt.

„Du hast es *nicht* gewagt …"

Der Barkeeper kommt genau in diesem Moment mit dem angesagten Samuel an. Der junge Mann mit dem schüchternen Gang schreitet voran und nestelt an seinen Händen, bevor er sie in die Taschen seiner Jeans steckt, um seine Verwirrung zu verbergen. Die rosa Färbung seiner Wangenknochen ist jedoch ein wenig zu stark ausgeprägt. Er ist groß, schlank und hat braune Locken, die ihm in die Stirn fallen. Seine haselnussbraunen Augen funkeln vor Freude und sein offenes Lächeln macht ihn sehr sympathisch. Er hat keine Ähnlichkeit mit Cyril, aber ich spüre sofort die Sanftheit, die er ausstrahlt.

Alle schauen sich gegenseitig still und stumm an. Samuel scheint von Josephas Anwesenheit angenehm überrascht zu sein, während Josepha zu zerfallen scheint.

Barry greift ein und rettet mich aus der Patsche:

„Es tut mir leid, es gab ein Missverständnis."

Er bringt einen dritten Stuhl, auf dem sich der Neuankömmling niederlässt, während ich mich wieder hinsetze und den hilflosen Blick meiner besten Freundin sehe. Panik, Traurigkeit, Verrat, Schmerz... Ich bekomme die ganze Bandbreite ihrer Gefühle zu spüren. Ich bin von Reue durchdrungen.

„Ähm, ich bin … Vielleicht sollte ich euch allein lassen."

„Nein, Samuel, ich gehe einfach", sagt Josepha mit einer fiebrigen Stimme, die von widersprüchlichen Emotionen geprägt ist.

„Schade, ich hätte mich gefreut, wenn du geblieben wärst. Ich habe heute gerade an dich gedacht. Wegen dem hier."

Er greift in seine Tasche und zieht ein zerknittertes Papier heraus, das er meiner Freundin reicht. Sie zögert.

„Was ist das?"

„Der Zettel, den Cyril mir in den Unterricht geschickt hat. Am Tag, als er dich kennengelernt hat. Ich glaube, er hätte gewollt, dass du ihn bekommst."

Meine Freundin bricht zusammen. Ihre Hand zittert. Sie setzt sich wieder zu uns und klammert sich mit aller Kraft an die handschriftliche Nachricht. Nach einer Weile entfaltet sie sie mit aller Ehrerbietung, die sie aufbringen kann. Ihre Bewegungen sind von Liebe und Angst gleichermaßen geprägt. Sie blickt zitternd auf das Gekritzel und lacht, während ihr die Tränen aus den ungeschminkten Wimpern laufen. Samuel ist ebenso betroffen. Er greift sanft nach ihrer Hand und drückt sie zwischen seinen Fingern. Sie müssen nicht reden, um sich zu verstehen, und Gott weiß, dass ich noch nie eine so starke Selbstverständlichkeit erlebt habe.

Sie wischt sich die Tränen aus den Augen und er tröstet sie immer wieder mit einem liebevollen, achtungsvollen und einfachen Händedruck. Sie teilen den gleichen Schmerz, und keiner von ihnen ist bereit, diesen Mann zu vergessen, der ihnen so viel bedeutet hat.

Ich fühle mich unwohl. Ich würde gerne wissen, was er geschrieben hat, aber jetzt gerade möchte sie das wohl nicht mit mir teilen.

Barry stellt noch einen Glühwein für Samuel auf den Tisch und er bedankt sich bei ihm. Er sucht meinen Blick, um zu wissen, ob alles in Ordnung ist, und ich weiß nicht, was ich antworten soll.

Josepha schnieft laut und faltet Samuels Geschenk vorsichtig zusammen. Offensichtlich hatte er gehofft, sie heute Abend hier zu sehen, sonst hätte er das Zettelchen nicht mitgenommen. Oder hatte er etwa vor, es mir für sie zu geben?

„Wenn das wirklich die ersten Worte waren, die er für mich hatte, dann bin ich wohl froh, sie erst heute zu erfahren", lacht sie leise in ihr Taschentuch.

Dann bläst sie ohne jede Anmut hinein und schnäuzt sich lange. Samuel lässt sie nicht aus den Augen. Ich bin einfach unsichtbar da und das ist gut so. Vielleicht gelingt es ihm, sie davon zu überzeugen, wie gut sie zusammenpassen.

„Er war voll die Persönlichkeit."

Sie dreht sich zu mir um, all die Erbitterung ist verflogen. Mir fällt eine Last von der Brust und ich hole endlich erleichtert tief Luft. Sie hat sich noch nicht bei mir bedankt, aber das wird schon noch. Ich hoffe es.

„Er behauptet, das dickköpfigste und frechste Mädchen getroffen zu haben, das er je gesehen hat, weil ich wie ein Seemann geflucht habe. Und er wollte mich heiraten", flüstert sie zu mir. Er hatte Recht.

„Wie alt war er damals?"

„Fünfzehn", antwortet mir Samuel. „Er hat schon immer genau gewusst, was er will."

„Etwas, das ihr gemeinsam hattet", kann ich mir nicht verkneifen, zu betonen, bevor ich mich wieder der Nachricht zuwende. „Aber er hatte tatsächlich Recht, sie ist wahnsinnig stur."

„Wo hast du das gefunden?", fragt sie ihn.

„In einer alten Fotokiste. Ich … Die Nostalgie hat mich gepackt, als ich an heute Abend gedacht habe. Es war lange her, seit ich das letzte Mal von dir gehört hatte. Es hat mich an all die Momente zurückdenken lassen, und an ihn. Ich dachte mir, es würde dir vielleicht Freude bereiten."

„Ja, danke. Weißt du noch, wie er seinen Schuh im See verloren hat?"

„Er war überzeugt, ihn wiederfinden zu können!"

„Es war meine Schuld", lacht sie. „Ich wollte ihr einen Streich spielen."

„Nein! Echt jetzt?"

Sie lachen schüchtern und schwelgen in Erinnerungen, also nutze ich die Gelegenheit, um mich aus dem Staub zu machen. Josepha signalisiert mir ihre Zustimmung. Ich weiß, sie hat es verstanden. Sie sieht glücklich aus. Ich bin glücklich für sie.

Ich nehme mit meinem Glühwein an der Bar Platz und mustere meinen Barkeeper lächelnd.

„Und? Hat's geklappt?"

„Das muss man wohl annehmen. Die Maschine ist in Gange, jetzt liegt es an ihnen."

„Möchtest du etwas essen?"

„Ja, bitte. Harold?"

„Wie bitte?"

„Ich darf doch wohl noch Vorschläge machen, oder? Außerdem weiß ich jetzt, dass du ein H und ein O im Vornamen hast."

„Nicht Harold, nein", seufzt er.

„Horatio?"

„Auch nicht."

„Horace?"

„Nö."

„Theo?"

„Schon gesagt."

„Timothy?"

„Immer noch nicht."

„Na gut, gib mir noch einen Drink, ich werde es schon herausfinden. Solange es nicht Henzo ist …"

„Enzo?", wiederholt er.

Ein Mann, der mit dem Rücken zu mir sitzt und den ich vorher nicht bemerkt hatte, dreht sich langsam zu mir um und lächelt.

„Wird hier über mich gesprochen?"

Die Erde öffnet sich unter meinen Füßen und ich lasse mein Getränk fallen, das sich in Zeitlupe über den Boden ergießt.

Kapitel 25

Die Zeit bleibt bei einer Reihe von erschreckend weißen Zähnen stehen. Mein Herz schlägt schneller. Dann hört es auf zu schlagen. Und gerät in Panik. Adrenalin schießt durch meine Adern und ein primitiver Überlebensinstinkt erwacht in mir. Ein Fluchtinstinkt. Trotzdem stehe ich wie gelähmt vor ihm und seinem herablassenden Lächeln. Die fröhlichen Weihnachtslieder können nicht mehr meine Stimmung heben. Der besorgte Blick des Barkeepers verschwindet in den Hintergrund.

Er überstrahlt alles um ihn herum. Ich habe Angst, es tut innerlich weh, als würde ich bluten.

„Es ist lange her, flüstert er, ohne sich um das Unbehagen zu scheren, das er auslöst. Barkeeper, noch einen Drink für meine Freundin."

„Ich glaube nicht, dass sie das möchte", erwidert der Barkeeper in einem unmissverständlichen Ton.

Ich stehe stumm da und warte darauf, dass meine Beine mir endlich gehorchen und ich gehen kann.

„Caroline, du trinkst doch sicher was mit mir, oder?"

„Äh … ich …"

Endlich wieder bei Sinnen, schüttle ich den Kopf und stehe auf. Er hält mich mit einer festen Hand auf, die meinen Unterarm umklammert. Ich höre ein grollendes Geräusch von dem Barkeeper, das wie eine Warnung klingt. Enzo lockert seinen Griff, bittet mich aber zu warten. Seine Haltung ändert sich völlig. Seine Gesichtszüge erschlaffen und beinahe wirkt er etwas bemitleidenswert.

„Wir müssen reden."

„Ich habe den Eindruck, dass sie das nicht möchte. Ich bitte Sie, das Lokal zu verlassen", ärgert sich Barry.

Er reagiert komisch und lässt mir keine Zeit, meine eigenen Entscheidungen zu treffen. Es hat etwas Ritterliches, und ich bin gleichermaßen gerührt und verärgert. Ein Teil von mir weiß, er hat Recht und ich sollte ablehnen, aber ein anderer Teil von mir muss wissen, was er zu sagen hat. Ich möchte hier bleiben und ihm zuhören. Es ist dumm, weil er mir so viel Schmerz zugefügt hat, und mein Herz tut immer noch weh. Ihn hier vor mir zu sehen, vermutlich bereit, sich zu entschuldigen, bringt mich durcheinander, lässt den Schmerz wieder aufleben, aber auch die Gefühle.

Ich starre den Barkeeper etwas verärgert an, weil er mir die Chance nehmen will, diesen Augenblick zu erleben, den ich mir immer ersehnt habe. Ich versuche mir einzureden, in Wirklichkeit wolle ich nur eine Wiedergutmachung. Eine Entschuldigung, die die Demütigung, die er mir zugefügt hat, mildern würde. Doch in meinem schwachen Herzen entzündet sich ein anderer Funke.

„Okay, lass uns sprechen."

„Vielleicht können wir ja ein bisschen weiter weg gehen?"

Mit einem flehenden Blick deutet er auf einen Tisch in einer Ecke des Lokals, weit weg von den neugierigen Ohren des Barkeepers. Ich seufze und stimme zu. Er bestellt also einen weiteren Drink für mich, den Barry mir bereitstellt. Dann fordert er mich durch Gesten, und ohne mich zu berühren, auf, vorzugehen. Er bleibt in sicherer Entfernung von mir, aber die Luft zwischen uns prickelt, und ich kann fast spüren, wie mein Herz stehen bleibt. Ich ekle mich vor mir selbst. Ich habe überhaupt keine Selbstachtung. Ich werfe einen besorgten Blick auf Josepha und Samuel, die nichts von der Szene mitbekommen und daher keine Ahnung von seiner Anwesenheit haben. Ich bin eben schwach.

Ich setze mich ihm gegenüber und achte bewusst darauf, den Abstand zwischen uns nicht kleiner werden zu lassen. Ich verschränke meine Arme vor der Brust und warte schweigend darauf, dass er die Stille bricht.

„Du siehst gut aus."

Mit einem scharfen, abfälligen Atemzug ziehe ich eine Augenbraue hoch. Will er mir wirklich diesen Haufen banaler Scheiße erzählen?

„Na, hast du deine neue Geliebte unterwegs stehen lassen?"

„Caroline, du bist echt fies."

„Sagt der verheiratete Typ, der eine Affäre nach der anderen hat."

„Ich habe mich verändert."

„Dass ich nicht lache! Ich habe dich mit deinem neuen Flittchen bei Gérard gesehen. Du bist extra gekommen, um wie ein Pfau herum zu stolzieren!"

„Ich wollte dich damit ärgern!"

„Das habe ich schon kapiert! Du bist es nicht gewohnt, abgelehnt zu werden, also schlägst du zurück? Meinst du nicht, ich habe genug durchgemacht? Wenn es das war, was du mir sagen wolltest, hättest du nicht kommen müssen. Wie hast du überhaupt herausgefunden, wo ich bin?"

„Ich bin dir gefolgt."

„Du bist mir … Na toll, das wird ja immer besser! Du bist total verrückt."

Nach diesen Worten stehe ich mit wackligen Beinen und einem gebrochenen Herzen auf, aber ich bin fest entschlossen, nicht noch einmal als Fußabtreter für diesen dreckigen Mistkerl zu dienen.

„Weil ich dich vermisse! Caroline, ich habe sie verlassen!"

Ich bleibe stehen. Was hat er gerade gesagt?

„Ich habe sie verlassen. Ich vermisse dich. Ich bin so ein Dummkopf, ich war ... ich habe es zu spät gemerkt. Es tut mir so leid! Bitte bleib noch ein bisschen."

Mir wird schwindelig, der Raum dreht sich um mich herum. Meine Ohren klingeln, mein Verstand fordert mich auf, wegzulaufen. Mein Herz bittet mich zuzuhören. Behutsam fährt er mit seinen Fingern in meine Handfläche und zieht mich zu sich heran.

„Bitte bleib hier", wiederholt er.

Ich lasse mich auf meinen Stuhl fallen. Ich fühle mich benommen und bin mir nur vage des besorgten Blickes bewusst, der auf meinen Rücken gerichtet ist. Barry entgeht nichts von der Szene. Mir ist das egal. Nur seine Worte zählen gerade und ich blende den Rest aus. Könnte es tatsächlich wahr sein? Bereut er alles, was er mir angetan hat? Hat er seine Frau wirklich verlassen? Für mich?

Eine Flut von widersprüchlichen Gefühlen strömt durch meinen Körper, wirft meine Gewissheiten über den Haufen, fegt meine bisherigen Überzeugungen und das Selbstvertrauen, das ich in letzter Zeit aufgebaut habe, weg. Ich bekomme keine Luft mehr. Er drückt meine Hand fester. Seine Finger brennen auf meiner Haut. Ich kann nicht sagen, ob ich diese Berührung als angenehm empfinde oder nicht. Er wiederholt unermüdlich meinen Namen und versucht, mich an sich zu ziehen.

„Es tut mir so leid! Ich habe dich verletzt, das ist mir klar. Ich vermisse dich so sehr!"

„Hast du sie verlassen? Deine Frau?"

„Meine Frau. Meine Freundin. Es gibt nur dich, Caroline. Nur dich."

„Aber es ist doch vorbei."

„Bitte verzeih mir, ich flehe dich an! Ohne dich geht es mir so verdammt schlecht! Bitte verzeih mir, bitte!"

Er küsst meine Finger, rückt seinen Stuhl näher an meinen und legt seine Lippen immer wieder auf meine Haut. Ich habe so lange auf diese Worte gehofft und von diesem Moment geträumt! Ich kann es nicht fassen.

„Caroline, komm wieder zurück", flüstert er in meinem Nacken.

Ich bin wie betäubt.

Seine Lippen verbrennen meine zarte Haut, entflammen mein Herz. Seine Worte zerreißen meine Brust. Es tut so weh.

„Hör auf damit!"

„Caroline, *bitte*."

Er küsst mich am Hals, wandert nach oben. Flüstert zärtliche Worte, erobert mein Herz, küsst mein Ohr. Vertraut mir seine Ängste, seine Wünsche, seine Gefühle an. Seine Lippen finden den Weg zu meinen, berühren sie, kosten sie. Verbrennen mich. Verletzen mich.

„Stopp", hauche ich. „Hör auf."

Wie ein Aal entziehe ich mich seinen Küssen, ohne zu wissen, ob mein Schmerz auf Entzug, Verlangen oder Frustration beruht. Ich kann meine Gefühle nicht entwirren. Ich zittere vor Wut.

„Caroline, ich liebe dich", flüstert er neben meinen Lippen. „Komm zu mir zurück."

„Ich … ich …"

Das Geräusch von zerbrochenem Glas lässt mich zusammenzucken. Ich nutze die Gelegenheit und stoße ihn von mir weg. Ich wische die Eindrücke seiner Küsse auf dem Handrücken weg und meide seinen eindringlichen Blick. Der Barkeeper schaut mich mit wütenden Augen an. Es ist wie ein Elektroschock.

„Liebst du mich nicht mehr? Bitte brich mir nicht das Herz."

„So wie du *mir* das Herz gebrochen hast?"

„Ich habe dir doch gerade gesagt, dass ich meinen Fehler eingesehen habe. Egal, was ich tue, ich kann die Vergangenheit nicht ungeschehen machen, aber lass mich versuchen, meinen Fehler wieder gut zu machen. Lass mich dir zeigen, wie sehr ich dich vermisse und wie sehr ich dich liebe. Ich flehe dich an."

Er versucht noch einmal, sich mir zu nähern. Ich weise ihn zurück. Irgendetwas in seiner Rede klingt nun in der Tiefe meiner Wahrnehmung falsch.

„Warum hast du nicht auf meine Nachrichten reagiert? Ich habe dich so oft angerufen. Du hast meine Nummer blockiert, oder?"

„Was hast du denn erwartet?"

„Wenn du sie tatsächlich gelesen hättest, wüsstest du, dass ich dich nicht vergessen habe. Ich habe die ganze Zeit an dich gedacht. Ich habe sie für dich verlassen, ohne zu wissen, ob du mich noch haben wolltest. Bitte, bitte, *bitte* ..."

Hinter ihm betritt Barry den privaten Raum mit einem intensiven Blick auf mich gerichtet. Enzos Hände ziehen mich zu ihm zurück.

„Du hättest darüber nachdenken sollen, bevor du sie betrogen hast. Bevor du mich in die Irre geführt hast, sowie alle anderen."

„Das weiß ich doch! Ich weiß es jetzt!"

Auf einmal umarmt er mich, schmiegt seinen Kopf an meinen Hals, atmet lange den Duft meiner Haare ein.

„Du riechst so gut. Es war schön, mit uns. Es könnte wieder so sein, nichts hält uns davon ab, flüstert er immer wieder in mein Ohr."

Jedes seiner Worte ist Salz auf meinen allzu frischen, allzu lebendigen Wunden. Eine qualvolle

Hoffnung. Mit heißen Küssen, Entschuldigungen und Bitten. Barry taucht vor mir auf. Er hält eine Schachfigur in einer Hand und schaut mich mit fiebriger Wut im Gesicht an. Er zeigt mir einen Fluchtweg, den ich nur zu ergreifen brauche, wenn ich will, dann kehrt er stocksteif hinter die Bar zurück.

„Ich weiß es nicht."

„Du bist mit jemand anderem zusammen, stimmt's?", schimpft er und rückt etwas zu forsch zur Seite.

„Nein."

„Lüg mich nicht an!"

„Warum sollte ich lügen? Ich bin nicht so geübt darin wie du."

„Warum willst du dann nicht alles zwischen uns neu anfangen?"

Ich verschränke die Arme vor der Brust, als wäre ich gerade ins kalte Wasser gefallen.

„Unglaublich, wie du immer noch so von dir eingenommen bist. Denkst du immer noch, ich wäre dir so verfallen? Wo du mir doch bewiesen hast, dass ich nur eine Notlösung bin? Ein netter Zeitvertreib? Jemand, mit dem du schnell vor der Arbeit eine flotte Nummer hinter dem Rücken deiner Frau haben kannst?"

„Ich habe mich geändert."

„Das sind nur Worte. Es reicht lange nicht."

„Also bist du mit jemandem zusammen."

„Ja, und zwar mit *mir*! Nun habe ich endlich etwas mehr Selbstrespekt entwickelt!"

„Perfekt, denn ich auch!"

Ich stehe auf, verblüfft von seiner Einbildung, seiner Arroganz und seiner Dominanz. Aber es ist vorbei, ich bin nicht mehr unter seinem Bann. Jetzt gelingt es mir, ihn so zu sehen, wie er wirklich ist.

„In diesem Fall hast du sicher nichts dagegen, mir etwas Zeit zu geben. Ich muss darüber nachdenken."

„Darüber nachdenken? Ernsthaft? Du weißt doch schon, dass du mir nicht widerstehen kannst."

„Ach, wirklich? Dann sieh mich genau an."

Ich drehe ihm den Rücken zu, gehe mit entschlossenen Schritten auf die Bar zu und knalle ihm die Tür zum privaten Raum vor der Nase zu. Ich presse meinen Rücken an die Holztür und lasse mich langsam nach unten sinken. Ich zittere vor Erschütterung und bin am Boden zerstört. Ich höre das Schaben seines Stuhls und seine Schritte nähern sich. Dann kommen plötzlich hastige Schritte von jemandem anderem, der ihm den Weg versperrt.

„Das ist ein privater Raum, Sie dürfen nicht hinein."

„Aber sie ..."

„*Sie* hat hier alle Rechte, im Gegensatz zu Ihnen."

„Schon gut, ich brauche nur zwei Minuten. Ich weiß genau, was sie will. Komm schon, Bro, unter Männern muss man sich doch unterstützen. Lass mich einfach durch."

„Ich würde Sie darum bitten, dieses Restaurant zu verlassen und es nie wieder zu betreten!"

„Für wen hältst du dich? Du hast kein Recht, mir zu verbieten, wiederzukommen! Ich will den Chef sehen!"

„Das ist ja wunderbar, denn er steht gerade vor dir und er bittet dich darum, schnell von hier zu verschwinden, bevor er richtig wütend wird und dir seine Faust ins Gesicht schlägt."

Schluchzend richte ich mich beim grimmigen Tonfall des Barkeepers auf. Was hat er gesagt? Habe ich das richtig verstanden?

Meine Hände zittern immer noch, als ich aufstehe. Hinter der Tür höre ich Enzo meckern und Barry schimpfen. Schnelle Schritte entfernen sich und ich höre ein paar Drohungen, aber ich bezweifle, dass sich der Barkeeper um eine schlechte Google-Bewertung schert. Allerdings ist er nicht nur der Barkeeper. Oder ist das alles nur ein Trick?

Ein leises Klopfen an der Tür kündigt sein Erscheinen an. Ich trete ein wenig zur Seite, um nicht umgestoßen zu werden. Die fröhlichen Klänge von *Santa Baby* durchdringen den privaten Raum, als er ihn betritt, und werden wieder gedämpft, sobald die Tür ins Schloss fällt. Ich muss schneller atmen. Ich benutze meinen Ärmel, um mir die Nase und die Tränen abzuwischen, und mustere ihn von Kopf bis Fuß. Seine Augen sind wie von einem heftigen Sturm geschüttelt, die Muskulatur seines Kiefer ist dermaßen angespannt, dass man diese unter seiner dünnen Haut wahrnehmen kann. Diesmal gibt es keine Grübchen. Er ist wütend.

„Bist du der Chef von diesem Lokal?"

Er antwortet nicht, aber ich verstehe, dass er es ist. Simons Worte kommen mir wieder in den Sinn. Er ist nicht nur der Chef dieses Lokals, er ist auch derjenige, der über die Wiedereingliederung von Häftlingen entscheidet, und ihnen eine neue Chance gibt.

„Wer bist du wirklich?"

„Kein guter Mensch", hatte er gesagt. Das Geheimnis wird immer größer. Er lockert seine Kiefer nicht. Er strahlt etwas Bedrohliches aus. Etwas Anziehendes. Etwas Sicheres. Etwas Aufregendes. So viele Widersprüche, die in meinem Geist und meinem Körper durcheinander wirbeln.

Sein harter Blick glüht wie Holz, das von lodernden Flammen verschlungen wird. Die Gewalt dieses Feuers brennt alles in mir nieder. Die Stille schwillt an und er schaut nicht weg. Seine Lippen bleiben schmal und er macht keinerlei Anstalten, sich zu rühren. Mein Instinkt treibt mich zu ihm. Ich kämpfe gegen den Impuls. Gegen die vergeblichen Hoffnungen, die ich ignoriere und die versuchen, durchzubrechen. Gegen die Selbstverständlichkeit, die mich davon abgehalten hat, Enzo wieder in die Arme zu fallen. Meine Schritte führen zur Tür. Zu ihm. Mein Herz schlägt schneller. Ich kann meinen unbändigen Verlangen nur schwer unterdrücken.

Ich atme schnell und flach ein.

Er greift nach meiner Hand und drückt sie gegen die Wand hinter mir. Die unbeschwerte Atmosphäre, die bei unseren Spielen herrschte, ist verflogen. Auf einmal ist da nur pures Verlangen. Er kommt noch näher, drückt seinen Körper gegen meinen. Ich zittere vor Sehnsucht und er vor Zorn und wahrscheinlich vor noch mehr. In seinen Augen erkenne ich denselben Trieb, der meinen Körper in Brand setzt. Auf meinem Oberschenkel spüre ich die Intensität seiner unausgesprochenen Worte. Ich denke an die Leichtigkeit, die vorhin die Atmosphäre zwischen uns geprägt hat, und frage mich, wie die Stimmung so schnell kippen konnte. Ich weiß, warum ich hier bin. Ich weiß, was mich dazu getrieben hat. Ich habe seinen Ruf gespürt, ich habe es richtig erkannt.

„Du hast dich von ihm küssen lassen", schimpft er nur um Haaresbreite von meinen Lippen entfernt.

Eine Anklage. Ein Anflug von Eifersucht. Ein Ausbruch von Besitzgier. Eine sinnliche Herausforderung. Mein Magen verzieht sich unangenehm. Für einen Augenblick möchte ich die Seine sein.

„Na und? Ich kenne ja seinen Vornamen."

Er lächelt quasi auf meinem Mund, wohlwissend, dass an dieser Begegnung nichts Unbeschwertes war. Seine Nase streift die meine, seine Augen streicheln meine Haut und lassen die meine aufflammen. Ich spüre, wie seine Seele durch diesen einen Blick die meine umarmt, küsst, besitzt. Und ich will es Wirklichkeit werden lassen. Ich nutze die Wand hinter mir, um den Abstand zwischen uns zu verringern. Meine Lippen berühren seine, bevor er sich wieder ein Stück zurückzieht. Warum tut er das? Ich spüre doch, wie seine Leidenschaft unter der Oberfläche brodelt. Und mein Körper reagiert auf seinen Ruf. Ich weiß, was ich will. Was er will. Ich rieche auf seiner Haut den Duft der sinnlichen Versprechungen, die er nicht verbergen kann. Die verführerischen Gerüche, die meine Sinne ansprechen und mein Verlangen erregen, lügen nicht. Er begehrt mich mindestens genauso sehr wie ich ihn. Sein heißer Atem macht mich schwindelig. Ich schließe meine Augenlider und werfe meinen Kopf zurück. Mein Herz schlägt schneller, mein Atem ist kürzer, mein Körper näher. Ich gebe mich ihm voll und ganz hin. Enzo ist aus meinem Herzen verschwunden. In meinem Kopf herrscht kein Kampf, kein Dilemma.

 Sein Nasenrücken streichelt meinen, seine heißen Lippen berühren meine, wandern an meiner Wange entlang und beißen köstlich in mein Ohrläppchen. Ich stöhne leise. Er gleitet mit einer Hand meine Taille entlang, auf meine Hüften, drückt mich an sich.

 Ich glühe.

 Er flüstert meinen Vornamen in mein Ohr, mit einer Stimme, die von der Lust rau geworden ist. Ein glühender Hauch, ein sinnlicher Ruf, eine Flut von erregenden Sinneseindrücken, denen ich mich voller Leidenschaft hingibt.

 „Ja", flüstere ich und habe Mühe, die schlangenartige Bewegung meines Körpers zu bändigen.

 „Du kennst meinen auch. Sag es einfach."

Frustration macht sich in mir breit. Das Verlangen hat sich gesteigert und explodiert fast in einem Wirbelsturm der Wut. Ein Anflug von Empörung ergreift mich.

„Wieso denn!"

„Sag es einfach!"

„Ich habe verdammt noch mal keine Ahnung, wie du heißt!", rufe ich und zittere vor Verlangen.

„Sag es!", presst er zwischen den Zähnen hervor.

Ich greife nach seinem T-Shirt, schlüpfe mit meinen Händen darunter, ziehe ihn stärker zu mir heran und drücke ihn gegen meinen hitzigen Körper. Ich verlange nach seinen Lippen, die er mir mit einem verzweifelten Stöhnen verweigert.

„Warum? Warum tust du das?"

Meine Worte kommen wie eine schmerzhafte Anklage über meine Lippen. Ein Schluchzen aus Frustration, Verlangen, Wut und Erniedrigung steigt in meiner Kehle auf. Er sagt aber gar nichts. Ich beobachte den Kampf in seinen Augen, ohne ihn im Geringsten zu verstehen.

„Warum?", bohre ich nach. „Macht dir sowas Spaß? Oder geht es dir darum, dich mächtig und männlich zu fühlen, indem du mich auf die Knie zwingst? Ist es ein Spielchen? Oder schon wieder eine Wette?"

„Caroline …"

„Nein! Mir reicht's!"

„Du weißt nicht, wer ich bin!", meint er so nah an meinen Lippen.

„Wessen Schuld ist das?", schreie ich und stoße ihn von mir weg.

Ich entziehe mich seinen Händen und weiche zur Seite, um meine Tränen zu verbergen. Ich schäme mich, weil ich es so weit kommen lassen habe. Ich habe die Kontrolle verloren und mich wieder zum Narren gemacht.

Hinter mir höre ich ein resigniertes Seufzen, dann zögerliche Schritte, als er sich nähert. Er legt eine Hand auf meine Schulter und ich rüttele schnell, um den Körperkontakt zu vermeiden.

„Caroline ..."

„Nein. Ich gebe auf. Bewahre ruhig deine kostbaren Geheimnisse. Richte Simon aus, dass er gewonnen hat."

Ich drehe mich um, begegne seinem verletzten Blick und schreite in Richtung Ausgang. Er hält mich mit einer festen Handbewegung auf und drückt mich blitzschnell an sich, fährt mit einer Hand in meinen Nacken und legt seine Lippen auf meine Wange, direkt auf den Mundwinkel. Ein fiebriger und zugleich sanfter Kuss, voller Verlangen und Zurückhaltung. Aber was mich wirklich erschüttert, ist die Angst, die sich in seiner Umarmung verbirgt. Er klammert sich an mich, als würde er versuchen, alles, was er verschweigt, mit seiner ganzen Kraft durchscheinen zu lassen. Das, was ich nicht hören will. Ich stecke zwischen zwei Feuern, dem gefährlichen und dem verzehrenden Feuer einer Leidenschaft, die nur darauf wartet, gestillt zu werden. Aber noch stärker ist das Leugnen, dieses brennende Stechen in meiner Brust.

Ich versuche, ihn zu küssen, um eins davon zum Schweigen zu bringen und das andere zu stillen, aber er wendet sich erneut bedauernd von mir ab.

„Warum?", jammere ich.

„Weil du deine Dates hinter dich bringen musst."

„Mir scheint, dass dir dieses Date nicht so gut gefallen hat, also warum sollte ich das tun? Wenn das so eine lächerliche, ritterliche Sache ist, bei der der Typ die Frau zwischen all ihren Verchrern wählen lassen will, dann lass es sein! Ich will das nicht. Ich pfeife auf alle Anstandsregeln."

Mein Atem geht schneller, ich stöhne nur einen Hauch von seinen Lippen entfernt und seufze:

„Alles, was ich will, jetzt, sofort, bist du!"

Er weicht ein Stück zurück und lässt mich mit leeren Händen zurück.

„Sag mir bloß nicht, dass du das nicht willst!"

„Ich sehne mich danach!", sagt er mit einer Stimme, die vor Verlangen rau ist.

Er sagt die Wahrheit, das weiß ich, ich habe es gespürt. Die Luft prickelt zwischen uns, als seine Lippen sich in den Spuren meiner Tränen und seiner Finger in meinen dichten Haaren verlaufen. Ich lehne mich zu ihm hinüber, aber er weicht zurück und das versetzt mich plötzlich in Rage.

„Hör doch auf damit! Wir sind keine Kinder mehr! Scheiß auf deinen Vornamen!"

Dieses Mal weicht er mit mehr Entschlossenheit zurück und löst sich völlig von mir. Mit einem wunden Glanz in den Augen starrt er nun auf den Boden. Sein Gesichtsausdruck ist von Traurigkeit geprägt.

„Also ist es nicht wichtig, ob *ich* es bin oder ein anderer?"

„Ist es dein Ernst? Wir sind zu alt für so einen Blödsinn. Wir sind frei! Wir können doch alles Mögliche mit unseren Körpern machen, das ist völlig unverbindlich. Dafür muss ich deinen Vornamen nicht kennen!"

Meine Aussage scheint ihn zu irritieren. Mein Magen verkrampft sich und mein Herz zieht sich zusammen, als mein Verstand mir eine Wahrheit zuflüstert, der ich mir nicht stellen will.

Ich strecke eine Hand nach ihm aus, aber er weicht wieder zurück. Seine Haltung beleidigt mich.

„Vergiss es, ich hab's kapiert", flüstert er.

Mit diesen Worten wendet er sich dem Schachbrett zu, legt seinen König hin und verkündet:

„Du hast gewonnen."

Er schnappt sich seine Jacke und verlässt den Raum durch den Hinterausgang.

Kapitel 26

Lange Zeit stehe ich dort und starre auf die geschlossene Tür. Hoffe, dass er zurückkommt. Überlege, was ich Falsches gesagt habe. Mich frage, was mit ihm los ist.

Und langsam wird mir klar, dass ich zu weit gegangen bin.

Ich stehe da und bekomme keine Luft mehr. Ich atme schwer, flach, schmerzhaft. Ich spüre, wie meine Brust mit jedem Atemzug zerrissen wird. Ich fasse es nicht. Ich mustere die Tür. Er muss doch irgendwann zurückkommen, oder?

Ich warte.

Ziemlich lange.

Allein mit mir und meinen Gedanken. Ich denke lange nach. Ich bin einfach nur eine Dumpfbacke, die nicht weiß, was sie will. Enzo ... Ihn zu treffen war verwirrend, aber jetzt habe ich es endlich mal begriffen. Es ist wirklich vorbei. Ich will ihn nicht mehr.

Ich verstehe auch, wie falsch ich mit dem lag, was ich wollte. Über das, was ich brauchte. Aber musste ich unbedingt mit meinem gebrochenen Herzen dastehen, um zu realisieren, was ich schon viel zu lange leugne? Um aus der Ablehnung herauszukommen und zu hören, was mein Herz schon seit einiger Zeit flüstert? So etwas wollte ich auf keinen Fall! Ich wollte diesen Schmerz nicht noch einmal fühlen. Alles, was ich wollte, war, es mir zu ersparen. Und was mache ich stattdessen?

Nein. So etwas kann man nicht einfach beeinflussen. Es passiert einfach so, ohne Vorwarnung, wie ein Geschenk des Universums. Ein Geschenk, das ich zu schnell auspacken wollte, ohne sein volles Ausmaß zu erkennen. Ein Geschenk, das ich für tauschbar hielt. Ein Geschenk, das ich nicht erhalten wollte.

Verdammt! Josepha hatte mich tatsächlich darauf angesprochen. Ich habe es gespürt, ich wusste es. Ich war zu stur, zu dumm. Wenn er nur zurückkommen könnte, dann würde ich ihm sagen, was ich ihm sofort hätte gestehen sollen: All diese Dates sind nur ein riesiges Theater. Alles, was ich will, ist er. Sein Vorname ist nicht egal. Denn er ist der Einzige, der von Bedeutung ist. Ich will niemanden außer ihm. Ich habe Angst vor meinen Gefühlen, aber ich muss es ihm sagen.

Also warte ich.

Ich warte lange, mit zitternden Händen, kurz davor, all meine Gefühle zu offenbaren.

Er kommt aber nicht zurück.

Schließlich findet mich Josepha im privaten Raum, wo ich mich auf dem Ledersessel zusammengekrümmt habe und lautlos weine. In einer Hand halte ich eine Schachfigur und mit der anderen presse ich den Pullover des Barkeepers unter meine Nase. Es ist schon spät. Ich höre, wie Simon ihr sagt, ich sei schon seit Stunden so am Boden zerstört, und nein, er sei noch nicht zurück. Sie seufzt und nähert sich mir langsam. Simon schließt die Tür, um uns ein wenig Privatsphäre zu geben. Die Weihnachtsplaylist ist aus, die Gäste sind fast alle weg und das Restaurant schließt gleich. Ich wische mir die Augen und schniefe unschön, als ich mich aufrichte. Ich hab's kapiert, wir müssen los.

Sie setzt sich mir gegenüber und ihr Gesichtsausdruck ist von Mitleid geprägt. Ich bin entsetzt vor mir selbst.

„Caroline …"

„Er ist weg. Ich habe ihn glauben lassen, mir wäre es egal, mit wem ich schlafen würde, Hauptsache, ich lande mit jemandem im Bett, aber das stimmt nicht. Ich dachte wirklich, ich könnte sowas machen. Ich meine, ein lockeres Liebesleben mit unverbindlichen Beziehungen, so wie du und dein Chef. Ich wollte mir einreden, es sei genau das, was ich will. Aber es stimmt halt nicht. Ich... ich habe ihn verletzt. Und das war nicht meine Absicht. Ich wollte nur … Es ging alles zu schnell! Ich war nicht bereit! Ich …"

„Das Herz hat seine Gründe, die der Verstand nicht kennt, ich weiß, Süße."

„In der Sekunde, in der er die Tür zuschlug, wurde mir klar, dass ich die größte Dummheit meines Lebens begangen hatte. Alles, was ich will, ist er. Es ist mir egal, wie er heißt, ich will *ihn*. Ich konnte es ihm nicht sagen. Ich konnte ihn nicht zurückhalten. Ich hätte früher verstehen sollen, wie sehr ich mich in ihn verliebt habe."

„Es ist noch nicht zu spät, ruf ihn einfach an."

„Er nimmt nicht ab. Er will nicht mehr mit mir reden. Es ist alles aus, bevor es überhaupt angefangen hat."

„Hör auf mit diesem Unsinn. Heute Nacht ist er ein bisschen sauer, aber mit Sicherheit wird er sich morgen anhören wollen, was du ihm zu sagen hast."

„Meinst du?"

„Natürlich! Komm, wir gehen jetzt nach Hause. Der arme Simon will den Laden endlich schließen."

„Ist Samuel schon weg?"

„*Schon* weg?", lacht sie. „Es ist ja fast ein Uhr morgens!"

„Oh. Mir war nicht aufgefallen, wie spät es ist…"
„Mir auch nicht. Die Zeit verging so schnell!"
Plötzlich beiße ich mir auf die Lippe und beginne, nervös mit meinen Fingern zu spielen, als ich mich daran erinnere, wie dieser Abend begonnen hat.
„Bist du sauer auf mich?"
„Und sowas von!", sagt sie laut. „Ich kann es einfach nicht fassen, dass du es gewagt hast, obwohl ich dir ausdrücklich gesagt habe, ich will so etwas nie wieder erleben!"
„Es tut mir so leid, ich hätte mich nicht einmischen sollen!"
„Aber ich kann dir auch nicht genug dafür danken, dass du meine Launen einfach ignoriert hast."
„Wirklich?"
Sie nickt sanft mit einem schüchternen Lächeln und von Tränen getrübten Augen. Sowohl erleichtert als auch traurig. Nostalgie, Sehnsucht und Hoffnung rangen um die Oberhand auf der Bühne ihrer Gefühle.
„Ich glaube, ich brauchte einen ordentlichen Tritt in den Hintern. Es hat mir sehr gut getan, ihn wiederzusehen und über Cyril zu sprechen. Zu lachen und auch zu weinen."
„Ach, nichts zu danken, du hattest bereits das meiste geschafft. Ich bin mir sicher, dein Unterbewusstsein hat dir diesen Tritt in den Hintern verpasst. Wie sonst ist es zu erklären, ausgerechnet er war der einzige Typ, den du mir vorstellen wolltest? Du musst doch im Grunde genommen geahnt haben, dass es so kommen würde."
„Vielleicht habe ich es ja unterbewusst gehofft", gibt sie zu.
„Werdet ihr euch wieder treffen?"
„Vielleicht", lächelt sie mich rätselhaft an.

Doch ich weiß, es ist ein Ja. Und ich spüre, sie ist soweit. Endlich ist sie für eine neue Beziehung bereit. Ich hoffe insgeheim, dass sie endlich die Kurve kriegt und sich nach Jahren der Trauer um Cyril wieder zurechtfindet.

„Habt ihr schon ein Date geplant?"

Sie steht auf und streckt mir lächelnd die Hand entgegen. Sie schüttelt den Kopf.

„Wie wäre es, wenn wir gleich schlafen gehen? Es war ja ein ereignisreicher Abend. Morgen werden wir einen klareren Kopf haben."

„Damit würde ich nicht rechnen, wenn man bedenkt, wie früh ich aufstehen muss."

Sie lacht und zieht mich kräftig hoch. Ich lege Barrys Pullover zurück, aber nicht ohne zu zögern, und dann den König, den er auf das Brett hingelegt hat, als er ging. Ich habe noch seine Handynummer. Sobald ich zu Hause bin, schreibe ich ihm eine Nachricht.

※

Bei jedem Glockenton macht mein Herz einen Sprung und meine Augen suchen den neuen Gast. Unwillkürlich warte ich auf ihn. Ich hoffe so sehr auf sein Verzeihen, auf sein Eintreffen hier, dass mein Herz mit jeder neuen Enttäuschung ein wenig mehr zerreißt.

Der Duft von frischem Kaffee, Schokolade und Weihnachtsgewürzen erfüllt den Versammlungsort der Stammgäste. Gérard hat sich einen albernen Haarreif aufgesetzt, der ein weihnachtlich geschmücktes Hirschgeweih darstellt. Er lächelt und summt, während er die Tabletts vorbereitet, und freut sich, dass ich wieder da bin. Gleich nach meiner Rückkehr entschuldigte er sich sogar bei mir. Als der Gast mit dem unangemessenen

Verhalten wiederkam, warf Gérard ihn hinaus und sagte ihm, dies sei ein anständiges Lokal und sexuelle Belästigung werde nicht toleriert. Sollte er ein Problem damit haben, würde er die Polizei rufen. Mein Herz krampfte sich zusammen vor Dankbarkeit und Erleichterung. Es hatte mich mehr berührt, als ich zugeben wollte. Von nun an ist es Gérard eine Ehre, dafür zu sorgen, dass seine Kellnerinnen gut behandelt werden. Seine Freundlichkeit ist fast unheimlich. Er war schon immer ein bisschen grob, aber nicht böse. Eher wie ein großer, nörgelnder Teddybär.

Wie auch immer, ich serviere gerade meinen 12.000sten Kaffee, als die Glocke wieder ertönt, mein Herz einen Schlag aussetzt und mein Blick auf die Glastür fällt. Quietschend fällt sie zu und dämmt den Schneesturm ein, der draußen tobt. Röte steigt mir in die Wangen und mir wird ein paar Grad wärmer. Aber nicht aus einer endlich erfüllten Hoffnung heraus reagiere ich so, sondern aus Wut. Zorn ergreift mich, als ich einen übermütigen Enzo in mein Café eintreten sehe. Er schaut mich an, zufrieden, mich gefunden zu haben, und nähert sich mir selbstbewusst.

„Schatz, da bist du ja! Ich war mir sicher, dich hier zu finden. Wollen wir zusammen zu Mittag essen? Bei mir oder bei dir?"

„Nenn mich nicht so", grummle ich.

Er scheint die Botschaft nicht verstanden zu haben und wirkt noch aufgeregter als sonst.

„Du kleiner Frechdachs. Sag mir, wie ich dich nennen soll und ..."

Seine Hand greift nach mir und mir wird schlecht. Ich schiebe ihn heftig zurück. Gérard, dem nichts entgangen ist, kommt herbei, um mich zu verteidigen, denn er sieht darin seine Chance, es wegen des Vorfalls mit dem belästigenden Gast wiedergutzumachen.

„Nein! Es ist aus zwischen uns. Was hast du dabei nicht kapiert?"

„So ein Quatsch!"

„Alles in Ordnung?", mischt sich der Chef mit drohender Stimme ein. „Hände in die Taschen, bitte."

„Sie ist meine Freundin, ich mache, was ich will", ärgert sich Enzo.

Dann geht alles ganz schnell:

„Ich bin es nicht mehr! Ich war es sowieso nie! Ich war nur eine nette Ablenkung in deinem Leben!"

„Ich habe meine Frau verlassen, damit wir zusammen sein können!"

„Nö! Du bist bloß ein Arschloch! Raus mit dir, sonst gehe ich zu deiner Frau und erzähle ihr alles, was du hinter ihrem Rücken treibst", bluffe ich. « Du Mistkerl, verschwinde jetzt und lass dich nie wieder blicken! Es ist aus und vorbei!"

Enzo macht mit geballten Fäusten und hochrot vor Wut kehrt. Gérards Kundschaft blickt empört auf ihn und ich entschuldige mich bei ihm, weil ich schon wieder für Trubel in seinem Café verantwortlich bin.

„Vergiss es, es ist kein Thema", sagt er und klopft mir tröstend auf die Schulter. „Ich bin stolz auf dich, Mädchen."

„Wieso *stolz* auf mich? Im Ernst, schau, alle Augen sind auf mich gerichtet!"

„Ja, weil sie alle auch so stolz auf dich sind!"

„Red doch keinen Unsinn."

Aber als ich genauer hinschaue, erkenne ich wie die Gäste schüchtern lächeln. Andere wirken sogar ermutigend. Ich verstehe nicht so recht, was vor sich geht. Als Gérard anfängt zu klatschen, machen alle begeistert mit. Ein alter Hase pfeift sogar durch seine von der Kälte rissigen Lippen.

„Caroline, du gehörst schon lange zur Familie. Jeder von uns hätte für dich eingegriffen, wenn es nötig gewesen wäre. Aber du hast es diesem eingebildeten Trottel so richtig heimgezahlt! Hut ab!"

Fange ich an beim Anblick von so viel Zusammenhalt und Herzlichkeit zu lächeln? Ja, und wie! Und meine Lippen wirken plötzlich zu schmal, um meine Freude zu zeigen. Also sind sie stolz auf mich? Zum ersten Mal seit langem bin ich es auch.

•
•

Ich erzähle meiner besten Freundin von dieser surrealen Szene, während wir auf dem Sofa sitzen und eine beschissene Reality-Show läuft, die keiner von uns wirklich anschaut. Sie jubelt so laut, dass die Nachbarn über uns mit ein paar Schlägen auf den Deckenboden zurechtweisen.

„Hör auf, du verärgerst sie nur. Reg dich ab! Es sieht so aus, als ob ..."

„Als wäre ich glücklicher als ein Henker in einer Guillotine-Ausstellung? Jo!"

„Josepha! Du bist ja unmöglich! Wie kannst du nur so etwas Schreckliches sagen!"

„Das nennt man *Humor*, Süße. Humor!"

„Darüber kann man doch nicht lachen!"

„Natürlich kann man darüber lachen. Man kann über alles lachen. Aber nicht mit jedem. Zum Glück bist du nicht jeder, oder?"

Sie zwinkert mir verschwörerisch zu und lacht sich kaputt. Ich wusste, dass sie sich freuen würde, aber ich hätte nie mit so einer Reaktion gerechnet.

„Was genau hat Enzo dir getan, damit du ihn so sehr hasst?"

„Du meinst, abgesehen von seinen Verbrechen gegen dich: dich zu betrügen, zu demütigen, am Boden zu zerstören und dir monatelang jeden Funken Freude zu rauben?"

Sie guckt finster. Die Liste ist wirklich nicht schön, aber ich fürchte, der nächste Punkt wird der Todesstoß sein.

„Er hat mich angemacht", sagt sie schließlich.

Ich hatte recht.

„WAS? Aber … wann? Hast du so herausgefunden, dass er seine Frau nicht wirklich verlassen hat? Sag mir bloß nicht … Habt ihr …?"

„Aber nein! Igitt, nein! Ich habe ihn zum Teufel gejagt!"

„Wann war das?"

Sie scheint sich unwohl zu fühlen.

„Wann?", wiederhole ich. „Oh mein Gott … Als wir zusammen waren. Hat er versucht, dich in sein Bett zu locken, als wir noch zusammen waren? Was für ein Widerling!"

„Drecksack!"

„Scheißkerl!"

„Arschloch!"

„Warum hast du nichts gesagt? Du hättest es mir sagen müssen."

„Ich hab's dir doch gesagt! Du wolltest aber nichts hören!"

„Du hast nie etwas gesagt, ich würde mich ja daran erinnern!"

„Weißt du noch, wie ich dir einmal erzählt habe, dass er ins Büro kam, um „eine kleine Reise nur zwischen uns in den siebten Himmel" zu buchen?"

„Aber es war …"

„Das war überhaupt kein Witz. Du hast einfach deine Scheuklappen aufbehalten. Was hätte ich denn sonst tun sollen?"

Ich seufze. Ich erinnere mich noch genau an dieses Gespräch, an ihren empörten Gesichtsausdruck, den ich für ein gelungenes Schauspiel hielt, und an mein amüsiertes Lachen.

„Ich habe es wieder getan, nicht wahr? Mit Barry. Das ist es, was ich tue. Wenn ich die Wahrheit nicht haben will, stecke ich den Kopf in den Sand, wie ein Vogelstrauß."

Ein herzzerreißender Seufzer erfüllt das Wohnzimmer und vermischt sich mit dem Duft der heißen Maronen, die halb aufgegessen auf dem Couchtisch liegen. Sie lässt ein paar Sekunden verstreichen, dann schlüpft sie unter meine Decke und drückt mich an sich. Sie muss nichts sagen. Ich weiß es einfach.

Als das Drama vorbei ist, fährt sie fort.

„Ich nehme an, du hast nichts von ihm gehört. Hat er nicht auf deine Nachrichten reagiert?"

„Auch nicht auf Anrufe."

„Vielleicht meldet er sich morgen. Er braucht wohl etwas Zeit, um das alles zu verarbeiten."

„Oder vielleicht hat er mich durchschaut und will mich trotz meiner lächerlichen Entschuldigungen nicht mehr sehen. Es ist zu spät."

„Du bist immer so ungeduldig. Lass ihm Zeit, dir zu antworten."

„Nein, es ist vorbei. Ich habe alles ruiniert, er will nichts mehr von mir wissen. Mein Leben ist im Eimer!"

„Drama Queen bis zum bitteren Ende", lacht sie.

Ihr Handy vibriert auf dem Tisch, und zum ersten Mal, seit Cyril tot ist, stürzt sie sich darauf wie eine Alkoholikerin auf ihre Rumflasche. Ich bin sprachlos vor

Verblüffung. Sie, die ihrem sozialen Leben sonst nur wenig Aufmerksamkeit schenkt!

„Ist das Samuel?"

„Nein. Doch."

„So so, jetzt geht's los! Habt ihr schon... Na ja, du weißt schon?"

„Ach, wir unterhalten uns nur ..."

„Erinnere mich daran, mit wem du dich früher *nur* unterhalten hast?"

Ich lache aufgrund ihrer Sprachlosigkeit und ihrer rosigen Wangen.

„Wir sehen uns Samstagabend."

„Hast du deine Beine rasiert?"

„Ernsthaft?"

„Komm schon! Das hast du auch mit mir gemacht!"

Sie lächelt, aber ihre Freude erreicht nicht ganz ihre Augen. Ich spüre ihre Sorge, auch wenn sie versucht, sie vor mir zu verbergen. Ich kann mir kaum vorstellen, wie sie sich fühlen muss.

Ich beuge mich vor, um meinen Kräutertee und eine neue — inzwischen lauwarme — Kastanie zu holen, und biete ihr eine an, die sie ablehnt.

„Alles wird gut, du wirst schon sehen. Wo geht ihr hin? Kommt ihr ins *L'opportuniste*, um zu sehen, wie ich mich mit meinem nächsten Date blamiere, während ich meinen verärgerten Barkeeper leidenschaftlich anstarre?"

„Leider nicht. Verdammt, ich werde das verpassen!"

„Keine Sorge, du wirst meiner Meinung nach nicht viel verpassen. Was darf ich dieses Mal erwarten?"

„Gabis Banker."

„Tsss, wo ist dein mit Geldbündeln bedruckter Stift? Anscheinend hast du das Interesse an meiner Sabotage verloren. Und das alles nur wegen Sam!"

„Aber nein, ich habe schon alles vorbereitet. Was hasst ein Banker wirklich?"

„Haha, das ist eine einfache Frage. Laut meinem eigenen Banker ist das ganz klar: Er hasst mein leeres Bankkonto!"

„Du könntest als Penner gehen."

Wieder ein Augenzwinkern. Ich kichere.

„Nein. Ich höre mit dem Scheiß auf und sage meiner Familie, ich spiele nicht mehr mit."

„Es sind nur noch zwei übrig!"

„Ich weiß. Aber ich weiß auch, was ich will, und die Antwort liegt nicht in den nächsten beiden Blind Dates."

„Sicher?"

„Ja, es ist entschieden. Ich weiß, was ich will."

Josepha willigt ein und verschwindet dann in ihr Zimmer, um der Versuchung nachzugeben. Bald höre ich ihre gedämpfte Stimme, ihr leises Lachen und ihre offensichtliche Freude: Sie telefoniert mit Samuel. Ihr Weg nimmt ganz neue Perspektiven an, und ich bin die Erste, die sich darüber freut.

Aus irgendeinem Grund beschließe ich, meinen Laptop einzuschalten, um mich gegen das berüchtigte leere Blatt zu wenden. Ich drücke die erste Taste und meine Finger fliegen über die Tastatur. Leicht, wütend, schnell, gierig. Die Wörter fließen, die Sätze folgen aufeinander, die Geschichte nimmt Gestalt an. Alles ist flüssig. Leicht. Als hätte ich mich endlich mit meinen Entscheidungen, meinen Handlungen, meinen Ängsten und meinen Wünschen auseinandergesetzt und alles in Bewegung gebracht. Ich bin mit mir selbst im Reinen. Ich weiß, was ich will, wohin ich gehen will und was ich mit meinem Leben anfangen will.

Und genau hier fängt dann alles an…

Kapitel 27

Die Woche verging wie im Zeitlupentempo, im Takt der rieselnden Schneeflocken und der endlosen Minuten, in denen ich nichts von Barry hörte. Eigentlich wollte ich mein Date absagen, aber ich habe es mir im letzten Moment anders überlegt, weil es so ziemlich meine einzige Chance ist, ihn wiederzusehen und ihm alles zu erklären. Natürlich könnte ich auch spontan hingehen, aber dafür müsste ich den Mut aufbringen, es zu tun. Jetzt habe ich eine halbwegs gute Ausrede, denn ich habe ein Samstagsdate.

Ich lege meinen Laptop auf den Schreibtisch, gerade noch rechtzeitig, um in meinen Mantel zu schlüpfen und pünktlich zu sein. Während der letzten beiden Tage habe ich jede freie Minute damit verbracht, Wörter aneinanderzureihen und den Roman voranzutreiben, der nur darauf wartet, von mir zum Leben erweckt zu werden. Josepha spielte die perfekte Assistentin, indem sie mir Schokolade in Hülle und Fülle mitbrachte, mich mit Essen und Trinken versorgte und mich mit Umarmungen beglückwünschte.

Ich schenke ihr einen liebevollen Blick. Ihre Nervosität ist wirklich süß. Es ist lange her, dass ich sie so ungeschickt erlebt habe.

„Ist das nicht übertrieben?", fragt sie mich ein letztes Mal.

„Du siehst umwerfend aus."

„Dann ist es zu viel. Ich ziehe lieber das blaue an."

„Hör auf, das Kleid steht dir ausgezeichnet."

„Es ist rot! Das ist zu verführerisch. Ich ziehe eine Jeans an."

„Nein", stoppe ich sie mit einer Handbewegung und packe sie am Handgelenk. „Du ziehst keine Jeans an! Bleib so, wie du bist, und du wirst ihn umhauen. Genieß einfach diesen Abend, denn du hast es verdient. Und er auch, übrigens. Schließlich wolltest du es, und du hast das Recht dazu!"

„Cyril …"

„… hätte es gehasst, ja. Aber er ist gestorben. Du hast das Recht, weiterzuleben. Du hast das Recht, darauf Lust zu haben, das macht dich nicht zu einem herzlosen Monster. Du bist perfekt so, wie du bist, also geh jetzt und denk an nichts anderes als an dich. Verstanden?"

Ihre roten Lippen zittern, ihre Augen werden feucht, aber schließlich nickt sie. Zwar zögerlich, aber immerhin nickt sie.

„Gut. Bist du bereit?"

„Nein, eigentlich nicht."

„Na ja, du wirst es wohl nie sein, also sagen wir, du bist bereit. Geh jetzt, du kleine Cinderella!"

Ich schiebe sie mit schwerem Herzen hinaus. Ich würde sie gerne umarmen, mit ihr weinen und ihr Mut zusprechen, aber dann würden wir richtig losheulen und mit aufgedunsenen, nassen Gesichtern dastehen. So etwas können wir heute Abend nicht brauchen. Sie muss zurück ins Leben finden, und ich muss auf meiner Würde sitzen und Barry anflehen, mir zuzuhören.

Ich warte also nicht ab, bis sie die Wohnungstür hinter sich geschlossen hat, sondern schnappe mir meine Tasche und meine Schlüssel. Ich ziehe meinen Mantel und meine Stiefel an und verlasse die Wohnung in der Hoffnung im Herzen, dass ich bei meiner Rückkehr nicht mehr dieselbe sein werde.

Meine liebgewonnene Rostlaube wartet unten auf mich. Es grummelt lange, bevor es endlich losgeht, und nimmt mich dann mit, immer weiter weg von zu Hause. Immer näher zu ihm.

Die weißen Landschaften nehme ich nicht wahr, während sie vorüberziehen. Ich sehe nichts als das Ziel, das ich mir gesetzt habe: das lächelnde Gesicht des Barkeepers.

Ich parke mit einem Kloß im Hals und reibe meine Hände aneinander, um sie zu erwärmen, während ich sie anhauche.

„Na komm, los geht's", flüstere ich in die Nacht hinein, um mir den Mut zu geben, weiterzugehen.

Ein Flüstern, das mich begleitet, bis ich die Tür des Restaurants aufstoße. Ich gehe wie in einem Traum bis zum Vorhang, unter den ermahnenden Blicken der Gnome auf den Regalen. Ich zittere. Ich schiebe meine Finger in den Spalt zwischen den Vorhängen. Irgendetwas stimmt nicht: Die Weihnachtslieder sind anders, es ist nicht die gleiche Playlist wie sonst. Ich trete einen Schritt nach innen. Der Vorhang fällt hinter mir zurück und stoppt die Kälte, die meinen Rücken streichelt. Vor mir liegt die Bar.

Leer.

Ich schaue mich um, kann ihn aber nirgends sehen. Simon nimmt bereits Bestellungen im Saal auf. Er hat mich nicht kommen sehen. Soll ich mich an die Bar setzen? Kann ich mich in den Privatsalon begeben?

Ich gehe weiter, bevor ich überhaupt nachdenke, und klopfe an die Tür. Niemand antwortet. Ich warte und klopfe erneut. Immer noch nichts. Ich treibe es auf die Spitze, indem ich mir einrede, dass er die Tür abschließen würde, wenn er niemanden hineinlassen wollte. Also drücke ich die Klinke herunter und trete ein.

Alles ist dunkel.

Leer.

Ich betätige den Lichtschalter, damit es hell wird. Da ist eine Tasche, Kleidung, Alkohol, ein namenloses Chaos — aber das Schachbrett ist verschwunden.

Dieser Anblick lässt mir mit der gleichen Wucht wie ein Schlag in die Brust den Atem stocken.

Auf dem niedrigen Tisch steht ein Tablett mit kaltem Essen, daneben liegt eine leere Whiskyflasche, dazu eine Strickjacke.

„Er ist nicht hier."

Ich springe abrupt auf, überrascht von Simons Wortmeldung.

„Entschuldige, ich wollte dich nicht erschrecken. Er ist nicht hier."

„Dein Chef?"

Er zuckt mit den Schultern.

„Chef, Barkeeper, Freund … nenn ihn, wie du willst."

„Wann kommt er denn? Ich dachte, nur Mittwochs fängt er später mit der Arbeit an."

„Er hat sich ein paar Tage frei genommen. Er kommt überhaupt nicht."

„Oh."

Simon verlässt den Raum und lässt mir Zeit, die Nachricht zu verarbeiten. Ich schlucke meine Tränen hinunter. Die Enttäuschung pflügt durch mein Herz und zieht tiefe, blutige Furchen.

Ich gehe zurück zur Bar und achte darauf, das Licht hinter mir auszuschalten. Ich lasse mich nieder und bestelle eine Limonade, um meinen Kummer zu ertränken.

„Kein Glühwein heute?"

„Keine Lust dazu."

Er serviert mir wortlos einen mit schmalen Lippen. Ich spüre die Distanz, die sich zwischen uns aufgebaut hat, und ich ahne, auch daran schuld zu sein.

„Simon, du kannst ruhig gehen. Noch mehr kannst du mich nicht verletzen, das schaffe ich auch ganz gut allein."

Er schüttelt den Kopf und presst seine Kiefer fester zusammen, bis er schließlich grummelnd die Arme hochwirft und seufzt.

„Kannst du mir erklären, was du getan hast, um ihn so zu verärgern?"

„Ich habe ... ich ... ich bin so dumm."

„In der Tat!"

„Musst du wirklich so hart sein? Es war nicht nur meine Schuld!"

„Ach nein?"

„Nicht ganz ..."

Seine Lippen bleiben fest geschlossen, als wäre er persönlich sauer auf mich. Irgendwie verstehe ich nicht, warum.

„Was genau ist hier los? Hast du deine Wette verloren? Bist du deshalb so sauer?"

„Du begreifst es einfach nicht."

„Nein, das stimmt! Aber es wäre einfacher gewesen, wenn ihr gleich mit offenen Karten gespielt hättet, anstatt all diese Geheimnisse zu hüten! Ich weiß immer noch nicht, wie sein Vorname lautet! Was soll das denn?"

„Es gibt Dinge, die sind nicht immer leicht zuzugeben."

„Wem sagst du das?", grummle ich vor mich hin.

„Vielleicht wollte er nur, dass du den Menschen kennen lernst, der er wirklich ist, bevor alles andere die Realität deiner Urteile trübt."

„Ach ja? Weil das Betreiben dieses Lokals ein so abscheuliches Geheimnis war, welches er nicht eingestehen wollte?"

„Denk doch mal nach, anstatt so aggressiv zu sein. *Denk doch mal nach.*"

Er geht los, um seine Bestellungen zu bedienen. Seine Worte hallen in meinem Kopf in einer Endlosschleife nach. Nachdenken, worüber? Er ist der Boss, na und?

Die Puzzleteile fügen sich langsam zusammen.

Der Besitzer des Lokals, das Resozialisierungsprogramm, das Durcheinander in seinem privaten Raum, als ob er dort leben würde …

Alles ergibt einen Sinn.

Simon kommt zurück.

„Weil er ein ehemaliger Insasse ist?"

„Deshalb wollte er nichts sagen."

„Aber warum?"

„Um nicht die Angst, das Mitleid, die Enttäuschung in deinen Augen, wie in denen aller anderen, ertragen zu müssen. Wie sollte er dir das gestehen? „Hey, hallo, ich lebe die Hälfte der Zeit in einer Bar, die andere Hälfte in meinem Auto, ich war im Knast und ich habe eine Tochter?" Du hättest dir nicht einmal die Zeit genommen, ein paar Worte mit ihm zu wechseln."

„Warte, was hast du gesagt?"

„Nichts, was du nicht schon gewusst hättest."

Die Welt öffnet sich unter meinen Füßen. Das Chaos in seinem Auto, die Dusche im privaten Raum, seine ständige Anwesenheit hier, das Resozialisierungsprogramm … Er hat es ernst gemeint.

„Pink, weil das die Lieblingsfarbe meiner Tochter ist."

Er hat mich nicht angelogen. Er hat nie gelogen. Er hat sich mir gegenüber geöffnet. Er hat darauf gewartet, dass ich ihn so akzeptiere, wie er ist, bevor seine Vergangenheit unsere Beziehung belasten könnte.

Mein Herz zerbricht in eine Million Bruchstücke. Ich ersticke.

„Ich muss mit ihm reden."

„Er wird heute Abend nicht kommen. Er hat sich ein paar Tage Zeit genommen, um nachzudenken."

„Simon, es ist wichtig. Und er hebt nicht ab."

„Weil er sein Handy hier gelassen hat."

„Ich muss ihn sehen!"

„Willst du nicht wissen, was er getan hat, um in den Knast zu kommen?"

Seltsamerweise ist es mir egal, schätze ich. Er könnte den Präsidenten getötet haben, und ich würde meine Meinung über ihn nicht ändern. Die Momente, die wir geteilt haben, sagen mehr als tausend Worte. Die Zeit, die wir zusammen verbracht haben, die Gesten, das Lächeln, die Blicke ... Ich weiß, wer er ist.

„Oh Scheiße ...", flucht er zwischen den Zähnen. „Scheiße, du willst ihn *wirklich* wiedersehen!"

„Mehr als jeden anderen auf diesem Planeten."

„Scheiße."

„Wo ist er?"

„Ich weiß es nicht, er hat es mir nicht gesagt."

„Simon, ich habe alles ruiniert."

Ich jammere über mein Schicksal und lege den Kopf auf die Bar, wobei Simon mich mitleidig anschaut. Ein Typ kommt und unterbricht unser Gespräch. Er sagt, er heißt Marcus und habe auf den Namen von Caroline reserviert. Ich richte mich sofort auf. Mein Date ist da. Ich drehe mich um und erblicke ihn. Er ist einen dicklichen, kahlköpfigen Mann in seinen Fünfzigern mit strengen Gesichtszügen. Simon mustert mich, und ich schüttle sanft den Kopf, als ich mich zu ihm umdrehe. Bitte, lass ihn verstehen.

„Oh, tut mir leid, sie hat gerade angerufen und abgesagt."

„Was für eine unverschämte, rücksichtslose Person!", ruft er wutentbrannt aus.

„Sie hat gesagt, es sei ihr peinlich. Sie hat sich eine Magen-Darm-Grippe eingefangen, sie ist nur am kotzen und sch…"

„Schon gut, schon gut, das reicht. Ich will keine Details hören."

Der Mann dreht sich um und geht, grunzend und schnaufend wie ein Büffel.

Ich warte, bis ich höre, wie die Tür ins Schloss fällt, und kichere mit Simon. Ich danke ihm von ganzem Herzen dafür, dass er mich vor dieser Katastrophe bewahrt hat. Ein bisschen weniger für die Magen-Darm-Grippe, die zum zweiten Mal als Ausrede für diese Dates fungiert.

„Wie soll ich das machen?"

„Wie meinst du das?"

„Stell dich nicht so dumm an. Du weißt genau, was ich meine. Simon, sag mir, wie kann ich ihn finden? Wie soll ich ihn dazu bringen, mir eine zweite Chance zu geben?"

„Keine Ahnung, er hat sich in den letzten *Jahren* niemandem gegenüber geöffnet."

„Jahre?! Das kann doch nicht sein! Er ist viel zu sexy und nett. Großzügig. Lustig. Sanftmütig."

Ich seufze.

„Was ist mit ihm passiert?"

„Ich bin mir nicht sicher, ob es mir zusteht, dir davon zu erzählen."

„Möchtest du mir lieber seinen Vornamen verraten?"

„Er war jung und verliebte sich in ein Mädchen. Sie war kein gutes Mädchen. Sie zog ihn in schlimme Dinge hinein. Autodiebstähle, Einbrüche — einer davon ging schief. Seine Freundin schoss auf den Juwelier, der auf der Stelle tot war."

„Ach du Scheiße!"

„Ja. Es dauerte nicht lange, bis die Polizei sie fand. Sie war schwanger, er hat sich für sie angezeigt."

Ich höre ihm mit offenem Mund zu, als er mir erzählt, wie Barry alles gestanden hat und wie diese Frau ihn einfach gewähren ließ, damit sie nicht das Kind im Gefängnis austragen musste. Sie hatte ihm versprochen, mit den Drogen und den kleinen Diebstählen aufzuhören. Aus Liebe opferte er sich. Er saß seine Strafe ab, seine Tochter wurde geboren und wuchs auf. Die Mutter hielt ihr Wort und ging in Behandlung, entfernte sich von den dunklen Pfaden, zog das Kind im Licht auf. Sie lernte auch jemanden kennen, dem sie nie gestehen konnte, was sie getan hatte. Sie baute sich ein neues Leben auf, mit ihrer Tochter und ihrem neuen Partner. Als er aus dem Gefängnis entlassen wurde, war er auf sich allein gestellt. Seine Großmutter, die einzige Verwandte, die ihm geblieben war und die ihn aufgezogen hatte, war an gebrochenem Herzen gestorben, weil sie glaubte, ihr Enkel habe sich eines so schrecklichen Verbrechens schuldig gemacht. Und seine Freundin hatte sich ein neues Leben aufgebaut. Das Gericht verweigerte ihm das gemeinsame Sorgerecht für das kleine Mädchen, das er nicht kannte und das Angst vor ihrem leiblichen Vater hatte, der nie für sie da war.

„Er darf sie also nur Mittwochs in Anwesenheit einer dritten Person sehen?"

„So ist es."

„Warum hat die Mutter ihrer Tochter nicht gesagt, er sei nicht gefährlich?"

„Und zugeben, dass *sie* die Mörderin ist?", platzt er mit einem ungläubigen Lachen heraus.

„Ja, okay. Aber trotzdem, das ist nicht cool."

„Na ja, das ist ja eine Untertreibung..."

„Ich verstehe jetzt besser, warum er zögert, sich zu offenbaren."

„Und zu vertrauen. Und zu flirten. Und sich niederzulassen."

„Wieso *niederlassen*? Er hat immerhin seine Hütte. Warum wohnt er nicht dort? Welchen Sinn hat es, hier zu leben?"

„Er bestraft sich wohl dafür, die Frau, die ihn großgezogen hat, enttäuscht zu haben. Aber insgeheim träumt er davon, an dem Tag dort einzuziehen, an dem die Richter alle seine Forderungen genehmigen."

„Das heißt?"

„Er hat Atea nicht aufgegeben. Er stellt seinen Antrag alle sechs Monate neu. Und seit er Besuchsrecht hat, haben sie sich kennengelernt und eine Beziehung aufgebaut."

„Wie alt ist sie eigentlich?"

„Fast zehn Jahre alt."

Ich seufze heftig. Ein ehemaliger Häftling, der eine Bar betreibt, Häftlinge zur Wiedereingliederung aufnimmt und Vater einer kleinen Tochter ist. Ich habe das große Los gezogen. Es gäbe genügend Gründe, den Rückwärtsgang einzulegen. Da kann man schon mal ausflippen. Und doch ...

Ich eile in den Privatraum. Mir geht ein Gedanke durch den Kopf. Ich greife nach einem Stift und dem Zettel, der seit unserem letzten Spiel noch auf dem Tisch liegt, und schreibe in meiner schönsten Handschrift darauf:

Ich muss deinen Vornamen nicht kennen, um zu wissen, wer du bist. Und du bist der Einzige, der zählt.

Ich krame unter dem Tisch und finde das Schachbrett. Dann schnappe ich mir die Figur, die ich brauche. Ich lege seinen König auf den Zettel und hoffe und bete, dass er ihn findet, wenn er zurückkommt.

Morgen vielleicht?

Ich gehe zurück zur Bar und flehe Simon an, mir zu sagen, wie ich ihn erreichen kann, falls meine Nachricht gar nicht bei ihm ankommt.

„Ich versuche, ihn zu überreden, dich zurückzurufen", verspricht er schließlich.

Die Hoffnung wächst in mir und vertreibt meine Ängste.

Ich muss einfach nur daran glauben.

Kapitel 28

Mittwoch, der 20. Dezember.

Heute Abend findet das letzte Date statt, das von meinen Verwandten arrangiert wurde. Heiligabend ist zwar erst am Sonntag, aber sie waren anständig genug, kein Date für den 23. zu organisieren. Es wäre sowieso zu knapp gewesen, um den Verehrer am nächsten Tag zu fragen, ob er mich zur Familienfeier begleiten will.

Ich sitze zusammengekauert in meinem Sessel vor dem Fenster und beobachte, wie der Schnee langsam vom Himmel fällt. Es ist schon lange her, dass die Natur uns mit einem so weißen Winter beglückt hat. Die Landschaft ist wunderschön, die gedämpfte Atmosphäre schafft eine wohltuende Ruhe im Herzen der Stadt und der Menschen - zumindest derjenigen, die nicht im hektischen Kaufrausch des Geschenkewahnsinns gefangen sind.

Ich führe die Tasse wieder an meine Lippen, um den köstlichen Duft einzuatmen. Mein Vormittag bei Gérard war anstrengend. Ich gönne mir ein paar Minuten Pause, bevor ich mit meinem Roman weitermache. Ich habe nur noch wenige Kapitel, bevor ich ihn abschließen kann. Ich glaube sogar, er wird noch vor den Feiertagen fertig sein. So produktiv war ich schon lange nicht mehr. Das Gefühl des Stolzes, das damit einhergeht, steigert meine Entschlossenheit sowie meine Laune und drängt das schreckliche Hochstapler-Syndrom ein wenig in den Hintergrund. Das und die begeisterte Rückmeldung meines neuen Freundes Amir, der darauf bestand, mein Manuskript zu lesen, obwohl ich ihn eigentlich höflich abgewiesen hatte. Er gestand mir, gleich bei unserem

Date gemerkt zu haben, die Anziehung war nur einseitig. Das hinderte allerdings keinesfalls seine Freundschaft.

Diese Erfahrung ermöglichte es mir, wunderbare Menschen wie Clement und Amir zu treffen, so viel muss ich zugeben. Und auch ein paar weniger wunderbare Menschen. Ich werde meine Begegnung mit Ber oder Mathieu nicht in guter Erinnerung behalten. Aber eines ist sicher: Wenn meine Verwandten das ganze Theater nicht inszeniert hätten, hätte Josepha Samuel wahrscheinlich niemals wiedergesehen, und das wäre kriminell gewesen! Die beiden können einfach nicht voneinander lassen. Eine schöne Liebesbeziehung baut sich Stein für Stein auf, mit gemessener Langsamkeit und geteilter Sanftheit. Ich dachte immer, solche Begegnungen seien nur etwas für die alten Zeiten unserer Großeltern, aber die blühende Seite dieser Beziehung beweist mir, wie falsch ich damit lag. Josepha und Samuel lassen sich Zeit. Sie respektieren und gewöhnen sich aneinander, bauen schöne Erinnerungen abgesehen von der Tragödie auf, die sie beide getroffen hat. Sie besuchen sich, tauschen liebevolle Blicke und süße SMS aus, pflegen eine aufblühende, unverfälschte Liebe, schüren die Flammen der Begierde... Sie lernen, sich zu lieben, und verlieben sich in die Person, die sie heute sind, mit all ihren Fehlern und Schwächen. Das ist schön. Sogar ein bisschen magisch.

Ich seufze und schaue mit einem flauen Gefühl im Magen auf den stummen Bildschirm meines Handys. Der Barkeeper hat nicht mehr geschrieben. Er hat mich nicht angerufen. Eine Woche ist seit unserem Streit vergangen. Und vier Tage, seit ich ihm den Zettel im privaten Raum des Lokals hinterlassen habe. Oder besser gesagt, in seinem Wohnzimmer.

Vier Tage, in denen ich mir das Hirn zermartert habe. In denen ich gewartet habe. In denen ich gezögert habe, dorthin zu gehen, nur um ihn zu sehen. Vier lange, quälende Tage, ohne zu wissen, ob er mir verzeihen wird oder nicht. Vier Tage, an denen ich mit mit meiner liebgewonnenen Rostlaube bis zum Eingang des Waldwegs zu seiner Hütte fahre und umkehre, weil ich tief in meinem Inneren weiß, dass ich keine Konfrontation erzwingen oder in seine Privatsphäre eindringen muss. Ich muss seine Entscheidung respektieren, darf seinen Rückzug nicht stören, muss warten, bis er seine Entscheidung getroffen hat.

Also warte ich.

Und je mehr Zeit vergeht, desto mehr muss ich den Tatsachen ins Auge sehen.

Je mehr Tage vergehen, desto geringer werden meine Chancen.

Je mehr Stunden vergehen, desto weniger lebe ich.

Ich atme tief ein und spüre, wie meine Lunge brennt. Meine Kehle schnürt sich zu. Ich atme lange aus. Die Einsamkeit ergreift mein Herz und vermischt sich dann mit meinem Schmerz und den Schuldgefühlen. Der Schmerz ist nicht so heftig wie nach der Trennung von Enzo. Er ist hinterhältiger, diffuser, tiefer. Geprägt von Bitterkeit, zerbrochenen Träumen und enttäuschten Hoffnungen.

Mir ist klar, Fehler gemacht zu haben. Ich war blind und taub für das, was ich hätte verstehen müssen, aber ein Teil von mir kann nicht nachvollziehen, warum er so hart zu mir ist, so kompromisslos, obwohl ich ihm erzählt habe, was ich durchgemacht habe. Die Ereignisse, die mich in seine Bar geführt haben, waren nicht die leichtesten. Ich kann sein Verhalten nicht so recht einordnen. Er hätte verstehen müssen, dass ich Zeit brauchte und noch nicht bereit war. Er hätte zwischen den Zeilen lesen müssen, verdammt! Aber ... hat er es am Ende nicht doch getan? Er hat sogar vor mir erkannt, wie der Funke zwischen uns entfacht wurde, oder? Ich kapiere es nicht. Ich durchforste die Erinnerungen und Augenblicke, die wir geteilt haben. Sein Lächeln, seine Neckereien... und ich kapiere es einfach nicht.

Schimpfend kommt plötzlich Josepha ins Wohnzimmer, ihre Jacke unter dem Arm.

„Das gibt's doch nicht, bist du noch da?"

„Ich gehe nicht hin."

„Wir haben schon darüber gesprochen, und ich bin der Meinung, dass du es tun solltest."

„Warum denn? Gib mir einen einzigen Grund."

„Weil Barry vielleicht hinter seiner Bar steht?"

„Er will mich nicht mehr sehen, sonst hätte er mir geantwortet. Also was soll das bringen?"

Sie seufzt, setzt sich auf die Armlehne des Sessels, versenkt ihre Nase in meinen Haaren und drückt mich an ihr Herz.

„Caroline, wenn du nicht gehst, wirst du es bereuen. Auch wenn es schmerzhaft ist, kannst du dich nicht vor der Welt verstecken. Ich glaube, diese Lektion hast du zumindest gut gelernt. Du musst dich ihm stellen."

„Ich kann das nicht."

„Nach diesem verrückten Monat, in dem du ein Date nach dem anderen hattest? Und einen Patzer nach dem anderen hinnehmen musstest? Du hast es geschafft, mit Fremden Bekanntschaft zu machen, hast dich jedes Mal in eine andere Person hineinversetzt! Du hast ja sogar Enzo zum Teufel geschickt und dich mit deinen Gefühlen für den anderen auseinandergesetzt. Also los, steh auf!"

„Ich habe keine Lust."

Ich weigere mich, aufzustehen, und schüttle den Kopf.

„Klar gehst du hin! Punkt. Wenn er da ist, stellst du ihn zur Rede. Im schlimmsten Fall sagt er nur „nein". Du hast nichts zu verlieren. Komm schon, los!"

„Und was ist mit dir? Ich nehme an, du triffst dich mit Sam?"

„Eislaufbahn und Kino", verkündet sie mir stolz.

„Das ist unfair."

„Willst du wirklich mit mir über Gerechtigkeit reden?"

„Nö, ist schon gut. ich weiß, toter Ehemann bla bla bla. Ich kann nicht gewinnen, das ist mir klar. Aber diese Ausrede wird doch irgendwann verjähren, oder?"

„Niemals."

„Pffff."

Ihre Augen funkeln und verbreiten Freude, wohin sie auch blickt. Wenn ich nicht wüsste, wie glücklich sie ist, hätte ich mir niemals einen solchen Humor erlaubt.

Ich stelle meine Tasse auf den Tisch und wälze die Decke, unter die ich mich geflüchtet habe, zu einem Ball zusammen. Ich zwinge mich, ihrer Aufforderung nachzukommen. Ein ungutes Gefühl umklammert meine Brust und strahlt in jeden Nerv meines Körpers aus. Jeder Muskel protestiert. Ein heimtückisches, ständiges Ziehen erinnert mich im Sekundentakt daran, dass er mir nicht geantwortet hat. Er will mich nicht, flüstert mir meine Intuition zu. Ich war undankbar. Ich konnte nicht einmal ansatzweise hören, wenn er sich mir hemmungslos offenbarte. Ich war besessen von dem, was ich zu wollen glaubte.

Na gut, es wäre gelogen, wenn ich behaupte, ich habe mich nicht leidenschaftlich nach ihm gesehnt. Nun trifft das aber keinesfalls die ganze Geschichte.

„Genau, das ist eben die Caroline, die ich kenne! Eroberin! Entschlossen! Majestätisch!"

Ich sehe mein Spiegelbild und ziehe ungläubig eine Augenbraue hoch. Ich habe hängende Schultern, Schokolade auf meinem Pullover, einen grauen Teint, dicke Augenringe und die Tränensäcke unter meinen

Augen könnten jeweils Känguru-Drillinge beherbergen. Ich mache alles andere als einen erobernden, majestätischen und entschlossenen Eindruck.

„Oh Mann, du brauchst dringend eine Brille."

„Wir besorgen dir ein schönes Kleid und im Nu wirst du das Herz dieses sturen, harten Kerls zum Schmelzen bringen."

„Ich wünschte, ich hätte deinen Optimismus und deine Zuversicht."

„Psst! Damit verbreitest du nur schlechte Schwingungen."

Eine Stunde später ist Josepha stolz auf ihre Gesamtleistung: Hochgesteckter Dutt, kleines Schwarzes, High Heels und bis ins kleinste Detail durchdachtes Make-up. Sie pfeift durch die Zähne und küsst mich einen Zentimeter vor meiner Wange lautstark.

„Perfekt! Ich haue ab, melde dich und erzähle mir alles."

„Mhm."

Ich warte auf das typische Geräusch der sich schließenden Tür und das Klicken des Schlosses, bevor ich mir einen langen, enttäuschten Seufzer erlaube. Ich ziehe die schrecklichen Folterschuhe aus, die zu enge Strumpfhose, die meinen Magen abschnürt, und schließlich das elegante, enge Kleid, das zu viel von meiner Pracht enthüllt, als dass es mir angenehm wäre. Schließlich geht es heute Abend darum, mein Stolz herunterzuschlucken, und dieses Outfit wirkt ehe wie ein lächerliches, unechtes Kostüm. Nun will ich aber keine Täuschungen mehr. Schluss damit. Jetzt will ich nicht mehr jemand anderes sein.

In Unterwäsche vor dem Badezimmerspiegel schaue ich in meine eigenen Augen, die stürmische Gefühle ausdrücken. Mein grauer Blick ähnelt einem

Gewittersturm. Dann folgt auf einmal die Erkenntnis: Ich habe ihn nie ausgetrickst. Er weiß, wer ich bin.

Ich greife nach einem Waschlappen, tränke ihn und schrubbe mein Gesicht. Ich wische das ganze Make up ab, bis nur noch eine rote, reaktive und empfindliche Haut verbleibt.

Ich stürze in mein Zimmer, schnappe mir eine Jeans, einen Pullover und ein dickes Paar Socken und ziehe mich an.

Wieder im Flur lege ich mir den Schal um den Hals und den Mantel über die Schultern. Josephas Notizbuch fällt aus ihrer Tasche und öffnet sich auf der letzten Seite der Dates. Ein vierfarbiger Stift rollt bis zu meinen Füßen und ich hebe es auf. Das Stift ist mit einer Krawatte verziert und ich frage mich, warum Jo es ausgesucht hat. Also lese ich ohne Gewissensbisse, wen ich heute Abend angeblich versetzen soll. Nun geht es um einen Unternehmer, Mitte 30, den mein Vater ausgesucht hat. Ich schüttle den Kopf, als ich das Notizbuch schließe, und ziehe mir dann die Wollmütze über den Kopf. Die Nadeln drücken auf meine Kopfhaut und ich muss das Gesicht verziehen. Dann stecke ich meine Schlüssel in die Hosentasche und verlasse das Haus, von Angst geplagt.

"Neeeeeeiiiiin! Bitte nicht! Nicht *jetzt*! Ach nee, komm schon!"

Ich feuere meine liebgewonnenen Rostlaube mit aller Kraft an. Hupen ertönen.

Etwa zwei Kilometer vor dem Restaurant ist das Auto plötzlich stehen geblieben und will nicht wieder anspringen.

Ich reibe mir die Hände, puste sie an, um sie zu wärmen, und versuche es dann erneut, hoffend, dass niemand meine liebgewonnene Rostlaube rammt. Ich habe es geschafft, bis zum Seitenstreifen zu rollen, aber nicht ganz. Das Hinterteil liegt immer noch zur Hälfte auf der Straße und in der dichten Dunkelheit dieser mondlosen, nebeligen Nacht kann man keine zwei Meter weit sehen.

Ich drehe den Schlüssel um und drücke noch einmal drauf. Der Motor stöhnt, stottert, versucht es, aber nichts kommt. Seit fünf Minuten probiere ich es immer wieder, aber ohne Erfolg. Ich muss den Tatsachen ins Auge sehen: Ich habe eine Panne.

Genau das, was ich eben nicht gebraucht habe.

Ich ziehe mein Handy aus der Tasche und will Josepha anrufen, überlege es mir dann aber anders. Sie würde länger brauchen, um zu mir zu kommen, als ich zu Fuß zum Restaurant gehen konnte. Ich wählte also die Nummer meines Vaters.

„Hallo?"

„Pa, ich habe eine Panne."

„Ich habe dir doch tausendmal gesagt, die Karre ist eine Katastrophe!"

„Ja, ja, erspare mir die Belehrungen, es ist eiskalt hier. Kannst du mich abholen? Ich bin in der Nähe des Restaurants."

„Ähm…"

„Was, ähm? Es ist ja nicht so, als würdest du drei Stunden entfernt wohnen!"

„Na ja, eigentlich bin ich gerade nicht zu Hause. Deine Mutter und ich wollten einen Abend im Spa verbringen. Wir sind gerade eben angekommen und kommen erst morgen zurück. Es sind nämlich wirklich drei Stunden Autofahrt", platzt es gelangweilt aus ihm heraus. „Aber deine Schwester …"

„Vergiss es, ich komme schon zurecht."

„Sei nicht böse, ich konnte ja nicht ahnen, dass du ausgerechnet heute Abend eine Panne hast."

„Ja, ich weiß, schon gut", antworte ich etwas trockener, als ich eigentlich wollte. „Ich wünsche dir einen schönen Abend. Tschüss."

„Caro..."

Ich lege auf, bevor ich ein wütendes Knurren von mir gebe. Die gehen mir auf die Nerven! Sie sind nie da, wenn ich sie brauche!

Ich weiß, sie können nichts dafür und ich bin undankbar. Aber hier und jetzt, im Dunkeln und in der Kälte, ist mir das scheißegal. Ich bin einfach nur sauer.

Ich schnappe mir meine Tasche und steige aus dem Auto aus, wobei ich die Tür zuknalle. Die Tür protestiert und quietscht, als würde sie gequält stöhnen. Ich schließe meinen Mantel, werfe mir die Tasche über die Schulter, verschränke die Arme und gehe dann los.

„In dieser Familie kann man sich auf niemanden verlassen", brumme ich und halte die Taschenlampe meines Handys vor meine Füße, um zu sehen, wohin ich gehe. Bei jedem vorbeifahrenden Auto hebe ich meine Taschenlampe, um meine Anwesenheit zu signalisieren, um nicht niedergemäht zu werden. Niemand hält an. Ich bin empört, wettere und schimpfe auf die ganze Welt. Der absolute Höhepunkt: Der Schnee beginnt wieder zu fallen, dicker und heftiger als je zuvor. Es dauert nicht lange, bis ich mit einer dicken, flauschigen Schneeschicht bedeckt bin. Die Flocken bleiben an meinen Wimpern hängen, kriechen in meinen Nacken, in meine Stiefel und unter meinen Mantel, geblasen von einem hänselnden Wind.

Nach einem Kilometer erscheinen endlich die Lichter des Dörfchens, doch ich brumme immer wieder unzufrieden auf, bis plötzlich ein Auto hinter mir langsamer wird. Ich ärgere mich selbst, weil ich gehofft habe, jemand würde anhalten, denn jetzt flippe ich bei dem Gedanken aus, es könnte sich um einen Psychopathen handeln.

Ich drehe langsam meinen Kopf und erkenne das Fahrzeug, das auf meiner Höhe stoppt. Mein Herz bleibt stehen, das Blut fließt aus meinen Adern zurück und all meine Wut verwandelt sich in Angst. Das Karma hat einen seltsamen Humor.

Einen verdammt beschissenen Humor.

Meine Atmung beschleunigt sich. Ein Knoten bildet sich in meinem Hals, ein weiterer in meinem Magen. Meine Beine geben unter meinem eigenen Gewicht fast nach. Ich wage es nicht, aufzuschauen. Wann habe ich aufgehört zu laufen? Wann haben sich meine Fäuste in den Taschen geballt? In meiner Brust schwillt ein Schmerz an. Es ist Angst.

Die Autotür öffnet sich. Endlich blicke ich auf.

„Steig doch ein!", ruft der junge Mann im Inneren mit einem breiten Grinsen.

Überraschung lässt mich die Stirn runzeln.

„Simon? Ist es nicht nicht etwa *Barrys* Pickup?"

„Doch. Ich musste noch etwas für die Arbeit erledigen, also habe ich den vom Boss genommen. Komm steig ein!"

„Danke", sage ich und hieve mich mit vor Kälte steifen Muskeln in den Innenraum.

Auf einmal überkommt mich der würzige Geruch, der sein Fahrzeug durchdringt. Ein Duft, der meinen Körper erschüttert und die Flammen in meinem Herzen neu entfacht. Kaminfeuer, Gewürze und Zitrusfrüchte. Er.

„Was machst du so ganz allein am Straßenrand?"

„Ich sonne mich. Ach was für eine Frage! Meinst du, ich hätte mir beim Losgehen gedacht: „Na, wie wär's, wenn ich zu Fuß ginge?""

„Kein Grund, mich anzugreifen, es war ja nur eine Frage."

Ich seufze und schlucke meine Anspannung hinunter.

„Tut mir leid, ich bin ein wenig nervös. Mein Auto hat ein Stück weiter unten den Geist aufgegeben."

„Ich kann dich nach der Arbeit nach Hause hinfahren, wenn du magst."

Ich lächle und nicke, ohne etwas erwidern zu können. Die Worte bleiben mir im Halse stecken, verloren inmitten der tausend anderen Fragen, die mir auf der Seele brennen.

Schließlich nehme ich all meinen Mut zusammen, als er vor dem beleuchteten Schild parkt.

„Heißt das, dass er …?"

„Dass er wieder da ist? Ja."

„Ist er auch *hier*?"

„Logischerweise, ja", lacht er etwas seltsam.

Er steigt aus, greift nach einer Einkaufstasche auf dem Rücksitz und fordert mich auf, ihm zu folgen. Also steige ich zitternd aus dem Pickup aus. Simon sagt mir, ich solle zur Vordertür gehen, während er das Essen ausliefert, dann würde er nachkommen.

Sein plötzliches Abhauen verunsichert mich mehr, als es sein sollte. Mir wird klar, dass ich gerne jemanden gehabt hätte, um mir bei der bevorstehenden Konfrontation die Hand zu halten. Die Konfrontation mit diesem Mann.

Ich balle meine Hände zu Fäusten, um das Zittern meiner Finger zu unterdrücken, und atme lange ein und wieder aus, um meinen Geist zu beruhigen.

Ich schaffe es nicht.

Ich sterbe vor Angst.

Es ist so schlimm, dass sich meine Eingeweide verkrampfen und ich befürchten muss, deswegen gleich einen peinlichen Augenblick erleben zu müssen. Ich fühle mich schrecklich. Mein Herz schlägt mit jedem Schritt, der mich dem Ende näher bringt, schneller. Irgendwie schaffe ich es, durch die Tür zu gehen. Ich bin allein, und alle prüfenden Blicke der kleinen Stoffkobolde sind auf mich gerichtet wie tausend Dolche, die über meinem Kopf hängen.

Meine Hände kribbeln, meine Beine zittern, mein Bauch flattert, meine Lippen zucken, mein Herz droht zu platzen.

Wie ein Boxer vor dem Kampf stoße ich einen lauten Atemzug aus, um mir Mut zu machen. Dann gehe ich weiter.

Ich schiebe den Vorhang mit einer festen Bewegung zur Seite, während die Panik an meinem Inneren nagt. Meine Augen wissen instinktiv, wo sie hinschauen müssen, denn sie kennen den Ort.

Sie blicken auf die Bar.

Kapitel 29

Leer.
Die Tür hinter der Bar?
Geschlossen.
Ob es im Spalt zwischen der Tür zum Privatraum und dem Boden einen Lichtstrahl gibt?
Nein.
Und in der Küche?
Nichts.
Meine Kehle schnürt sich zu. Meine Brust wird eng. Mein Bauch sackt in die Stiefel und ich beiße mir auf die Lippe, um die Tränen, die mich fast überfallen, zurückfließen zu lassen: Er ist nicht da. Aber warum ist das so? Sein Pickup … Versteckt er sich vor mir?
Bestimmt versteckt er sich vor mir.
Er will mich also wirklich nicht mehr sehen, ich hatte Recht. Er geht mir aus dem Weg. Er flieht vor mir.
Mir tut alles weh.
Der Kloß in meinem Hals schwillt an und drückt auf meine Brust. Ich ersticke. Ich atme stoßweise ein und versuche, den Riss in meinem Herzen zu kontrollieren. Ich greife mit einer festen Faust nach meinem Pullover unter meinem Mantel, als würde er das, was in mir zu zerbrechen scheint, noch zusammenhalten können. Als ob das die Bruchstücke meines Herzens kitten und den Schmerz lindern könnte.
Simons lächelndes Gesicht taucht plötzlich in der Küchenöffnung auf. Sein Lächeln verschwindet aber, als er meine Notlage begreift. Die Maske, die ich versucht

hatte, aufrecht zu erhalten, bröckelt. Der Schmerz dringt durch die Ritzen, läuft aus meinen Augen und überschwemmt meine Wangen. Die verblüfften Blicke der Barbesucher bleiben an mir hängen, ohne dass irgendjemand auch nur einen Finger rührt. Simon eilt auf mich zu.

„Caroline", seufzt er, wobei er seine Hand zögerlich in Richtung meines Ellbogens streckt.

„Ich habe alles versucht. Er ..."

„Dein Date wartet auf dich."

„DAS IST MIR SCHEISSEGAL!"

Ich breche zusammen, reiße mich aus Simons Griff los und will wieder losrennen, um meine Wunden zu lecken, doch er hält mich zurück und schüttelt den Kopf.

„Du solltest *wirklich* zu deinem Date."

„Aber verdammt, was hast du nicht verstanden? Ich habe dir doch eben klargemacht, wie wenig ich mich darum schere. Der Typ ist mir scheißegal! Ich pfeife auf all diese bescheuerten Pläne! Alles, was ich wollte, war ... war ... Aber ich habe es verstanden. Es ist vorbei. Es ist alles vorbei."

„Nein", beharrt er und schiebt mich in Richtung des Restaurants. „Du checkst es nicht. Du wirst dein letztes Date einhalten, weil es das Einzige ist, das wirklich zählt. Und zwar die ganze Zeit von Anfang an."

„Was redest du da?"

Mein Protest bleibt mir im Hals stecken, als mein Blick endlich auf den Tisch fällt. Auf *meinen* Tisch. Alles verschwindet: Die Weihnachtslieder, die Gerüche von Speisen und Gewürzen, der Glühweindunst, die anderen Gäste ... Es bleibt nichts als das, was meine Augen erblicken. Doch mein Verstand weigert sich, es zu glauben. Ich bleibe wie angewurzelt stehen, unfähig, den

Raum zu betreten. Ist es eine Wahnvorstellung? Spielt mir mein Verstand einen Streich?

In meinem Rücken schubst mich Simon sanft und flüstert mir ermutigend zu. Ich fasse wieder Fuß. Meine Sinneseindrücke kommen zurück. Die Gerüche, die Geräusche, das Kribbeln in meinen geballten Fäusten, die Schmetterlinge in meinem Bauch, die Angst in meinem Herzen. Der Schrecken, einer Illusion gegenüberzustehen, die mein Gehirn geschaffen hat, um die Enttäuschung zu kompensieren.

Mit wackeligen Beinen trete ich zögerlich vor. Er steht auf und lächelt mich schüchtern an. Er zupft nervös am Saum seines T-Shirts herum. Als ich in Hörweite komme, streckt er mir fieberhaft die Hand entgegen:

„Guten Abend, du bist bestimmt Caroline, oder?"

Meine zitternde Hand bewegt sich mit einer abgehackten Geste auf die seine zu und er ergreift sie sanft. Ich nehme die Wärme seiner Handfläche, seiner Finger, die sich um meine Hand schlingen, seines von Zweifeln erhellten Blicks, der in meinem schmilzt und dort nach einer Antwort sucht, wahr. Die Luft strömt in kleinen, abgehackten Stößen in meine Lungen. Meine Nase kitzelt, meine Augen kribbeln, die Realität drängt sich mir langsam auf. Sobald ich sie akzeptiert habe, verliere ich die Kontrolle, das weiß ich. Die Worte sprudeln in meinem Kopf, die Fragen kommen nicht über meine Lippen. Er merkt meine Verwirrung. Die Spannung ist groß. Er lacht unsicher und zieht mich sanft zu sich heran.

„Caroline, sag doch etwas."

Der Abstand verringert sich. Ich bin nur noch wenige Zentimeter von ihm entfernt. Ich ersticke. Sein Duft dringt in meine Nase, beruhigt meine Ängste, lässt den Schmerz der Sehnsucht, des Wartens, der Angst und seines Schweigens wieder aufleben.

„Caroline? Ich hätte schwören können, du würdest zuerst meinen Vornamen verlangen ..."

Er grinst, aber das Unbehagen ist spürbar.

„... aber vielleicht kennst du ihn jetzt?"

Ich schüttle ungläubig den Kopf. Eine Welle der Wut steigt in mir auf und verschmilzt mit meiner Erleichterung und dem Schmerz. Ich hebe meine Faust und schlage auf seine Brust. Endlich durchbricht eine wilde Mischung aus Knurren und Schluchzen die Schwelle meiner Lippen und öffnet die Schleusen:

„Wie konntest du? Wie ... Ich habe ... Die ganze *Woche*! Du hast mich in dem Glauben gelassen, es sei meinetwegen aus und vorbei!"

„Hey, langsam!"

„Du hättest mir sagen können, dass das alles nur eine Masche war! Nichts mehr als ein neues Spiel für dich!"

„Das war aber nie der Fall. Eigentlich hatte ich nicht vor, dich wiederzusehen."

Sein harter und kompromissloser Tonfall lässt mich plötzlich erstarren. Wollte er wirklich nichts mehr mit mir zu tun haben?

„Ich bin nur gekommen, weil ich deine Nachricht gefunden habe."

Er lächelt verwirrt. Er zögert immer noch. Alles, was zwischen uns leicht war, ist von Zweifeln gefärbt. Er weiß nicht, wie er sich mir gegenüber nach einer Woche des Schweigens und der Spannungen, der unausgesprochenen Worte und des Zögerns verhalten soll. Ich taste vorsichtig nach seinen goldbesetzten Augen. Ist er wirklich meinetwegen gekommen? Kann er mir verzeihen?

Ich schlucke meine Wut hinunter und verkürze die Distanz zwischen uns. Die amüsierten und interessierten

Blicke der Gäste um uns herum fallen mir plötzlich auf und ich schäme mich, mich so zur Schau zu stellen.

„Vielleicht sollten wir zu dir gehen", sage ich in einem Atemzug.

„Wie ich sehe, willst du immer alles überstürzen, lacht er dieses Mal aufrichtig."

„Aber nein, also wirklich! Es wäre nur ruhiger, um zu reden, und außerdem ist mein Date bald da."

Er lacht laut auf und schüttelt den Kopf. Ich starre ihn ungläubig an.

„Wie ich sehe, hast du diese Botschaft ernst gemeint."

Natürlich habe ich das! Ich verstehe nur nicht, warum er es so laut heraus posaunt. Und warum bleibt er da stehen?

Als ich auf den Witz, den nur er zu verstehen scheint, nicht eingehe, lächelt er mich an.

„Dir ist mein Vorname wirklich egal. Du hast keine Ahnung, wer ich bin, oder? Hast du es noch nicht herausgefunden?"

„Ich weiß jetzt eine Menge Dinge", widerspreche ich ihm. „Du bist der Besitzer von *L'opportuniste*. Du warst immer ehrlich. Du hast eine Tochter und betreust die Wiedereingliederung von jungen Häftlingen, weil du weißt, was das selbst bedeutet."

„Aber du hast meinen Vornamen nicht herausgefunden."

„Dein Vorname ist mir egal, und zwar nicht, weil ich dich durch jemand anderes ersetzen könnte. Dein Vorname ist mir egal, weil ich weiß, wer du im Inneren bist. Du bist der Einzige, den ich will. So viel steht fest."

Meine Stimme zitterte ein wenig, aber die Wahrheit fand ihren Weg in sein Herz. Er hatte es lange vor mir verstanden, warum war er also so bereitwillig zu zweifeln? Warum glaubte er, was meine Lippen sagten, wenn er doch hörte, was mein Herz flüsterte? Ich weiß es nicht. Aber in diesem Moment stimmen meine Worte mit meinem Herzen überein und treffen sein Herz. Seine Augen leuchten vor Rührung, als er sich zu mir beugt. Ich komme auf die Zehensspitze und meine Lippen treffen seine. Weich, warm, zärtlich. Seine Arme schlingen sich um mich, ziehen mich näher an ihn heran. Ich spüre, wie sein Herz in meiner Brust schlägt, wie meines auf seinen Lippen pocht. Unser erster Kuss strotzt vor Liebe, Sanftheit, Zärtlichkeit. Ich spüre keine Dringlichkeit, keine Frustration, keinen Groll. Er fühlt sich richtig an. Er erhellt meine Welt. Er füllt eine Lücke. Ich finde meinen Platz, der schon immer da war und geduldig auf ihn gewartet hat. Die Gewissheit erleuchtet meinen Weg. Ich fühle all das und noch viel mehr in diesem verheißungsvollen Kuss.

Nach einer gefühlten Ewigkeit abseits der Welt unterbricht Applaus diesen wunderbaren Augenblick. Die Wärme seiner Lippen verlässt meine, sanft, bedauernd. Seine Nase streichelt die meine, seine Stirn liegt immer noch an meiner Haut. Ich öffne meine Augenlider mit angemessener Langsamkeit. Seine Wimpern flattern gegen meine Haut und seine Augen strahlen ein Lächeln aus. Zum Applaus gesellen sich jetzt schrille Pfiffe und Anfeuerungsrufe, die ich als die von Simon erkenne. Ich lächle gegen seine Lippen und schlage ihm erneut vor, uns wegzuschleichen, bevor der Unternehmer meines Vaters eintrifft.

„Er ist schon da."

„Verdammt", sage ich und grinse. „Der Arme dürfte enttäuscht sein!"

„Ist er doch gar nicht."

Bei diesen Worten rückt er von mir ab und streckt mir wieder seine Hand entgegen. Langsam sickert ein Blitz der Erkenntnis in meinen Verstand.

Das kann nicht sein ...

„Guten Abend, Caroline. Ich bin Unternehmer und kenne deinen Vater sehr gut. Er war es, der mir eine Chance gegeben hat, als ich aus dem Gefängnis kam. Er hat mich in seiner Klempnerfirma angestellt, mich unterstützt, mir geholfen, meinen Platz zu finden, mich vermittelt, als sein Freund hier einen Kellner suchte. So bin ich zum Besitzer dieses Lokals geworden. Dank seines Vertrauens und seiner Unterstützung. Mein Name ist ..."

Ich denke an die Geschichten zurück, die Papa manchmal mit seinen *Schützlingen*, wie er sie gerne nannte, erzählte. Ich erinnere mich, wie er sich mit Leib und Seele dafür einsetzte, dass sie wieder Vertrauen in sich selbst und in das Leben fassten. Und schließlich sehe ich wieder Josephas Notizbuch. Die Liste. Die Buchstaben seines Vornamens prägen sich mit unauslöschlicher Tinte in mein Herz.

„Noah."

Kapitel 30

Er lächelt. Ein umwerfendes Lächeln, das mir die Knie weich werden lässt. Er lädt mich ein, ihm gegenüber Platz zu nehmen, woraufhin Simon zwei Glühweine und ein unanständiges Bündel Geldscheine bringt und mich mit einem bedauernden Grinsen beglückt.
Die Wette! Er hat die Wette verloren!
„Verdammt."
„Ich hatte ziemlich hoch gepokert. Ich war so sicher, dass du es herausfinden würdest", lacht er.
Er geht wieder, aber nicht ohne mir noch ein verschwörerisches Zwinkern zu schenken. Barry, ähm, Noah lächelt weiter. Seine Finger ruhen zwischen uns auf dem Tisch, wie eine Einladung für meine Finger, sich zu nähern. Mehr brauche ich nicht. Meine Hand bewegt sich langsam, bis sie seine Fingerspitzen streift. Die Berührung durchströmt mich mit einem kribbelnden Gefühl.
Er holt tief Luft. Mein Bauch fühlt sich angespannt an:
„Es tut mir leid", beginnt er. „Für diese Woche."
Ich wische seine Entschuldigung mit einer unbeholfenen Handbewegung beiseite und stottere etwas wie „Das ist schon in Ordnung". Ich bin wohl nicht sehr überzeugend. Erstens, weil diese Woche eine Tortur war, und zweitens, weil meine Augen immer noch rot sind, weil ich vor der leeren Bar geweint habe. Außerdem muss er bestimmt mitangehört haben, als ich Simon anschrie, wie egal mir mein Date heute Abend war, denn alles, was ich wollte, war er. Wenn ich nur daran denke, fangen

meine Wangen an zu glühen. So viel Wagemut überrascht mich selbst. Umso mehr, als ich nicht einmal davor zurückschreckte, es ihm soeben noch einmal zu sagen. Eine große Liebeserklärung für jemanden, der angeblich nur einen One-Night-Stand suchte...

„Lass mich bitte ausreden. Es ist nicht leicht für mich, aber ich muss es sagen. Es tut mir leid, vor dir weggelaufen zu sein. Ich habe eine komplizierte Vergangenheit, Vertrauen ist ... nicht so mein Ding."

„Warum hast du dann überhaupt das Date im Auftrag meines Vaters zugestimmt? Wenn ich das richtig verstanden habe, hattest du genauso viel Lust, dich zu fügen, so wie ich."

„Weil er dein Vater ist? Weil er mir keine Wahl gelassen hat?"

„Hattest du nein gesagt?"

„Ich hatte nein gesagt."

Ich lache und schüttle den Kopf. Mein Vater ist wirklich gut darin, Leute zu überreden. Alle außer meiner Mutter. Und er wusste ganz genau, was er tat, der Klugscheißer. Er wusste, wie oft wir uns über den Weg laufen würden! Und wie oft wir reden würden und wie sich nach und nach eine Beziehung aufbauen würde. Er wusste genau, was er tat. Und er wusste, wie gut wir beide miteinander auskommen würden.

Papa.

Eine Welle der Zärtlichkeit steigt in mir auf, während ich an ihn denke, und vermischt sich mit der Dankbarkeit, die mein Herz anschwellen lässt. Er kennt mich besser als jeder andere.

„Aber irgendwann wollte ich einfach nur noch dein letztes Date sein. Ich hoffte, du würdest es bis zum Ende durchziehen und auch mit mir zu Abend essen."

„Ich hätte viel mehr als ein Abendessen akzeptiert, wenn du mich darum gebeten hättest", muss ich mit Schamesröte auf den Wangen gestehen.

Das kleine Grübchen in seinem glatt rasierten Gesicht verschwindet nicht mehr, was mein Herz zum Schmelzen bringt. Natürlich weiß er das, ich war ja auch ziemlich unternehmungslustig.

„Mir war es wichtig, dass du erstmal akzeptierst, wer ich bin. Und danach, dass du die Anziehungskraft zwischen uns endlich nicht mehr abstreitest. Als du behauptet hast, mein Vorname sei unwichtig für das, was du dir wünschst, habe ich ... das war wie eine kalte Dusche."

„Ich ..."

„Ich weiß, ich habe es später verstanden. Aber in dem Moment habe ich mich von meiner Wut und meinem Bedauern verschlingen lassen."

„Bedauern?"

„Ja, ich bereute, mich verletzlich gezeigt zu haben. Ich habe mir Vorwürfe gemacht, weil ich dir einen Einblick in meine Seele gewährt und geglaubt habe, du wärst vielleicht die Richtige für mich. Es war ..."

Seine Augenbrauen ziehen sich zusammen, seine Stirn runzelt sich, eine Grimasse zieht seine Züge. Ich höre, was er nicht sagt: „Es war schmerzhaft". Und ich verstehe es. Ich weiß, wie er sich gefühlt hat, weil ich mich auch so gefühlt habe.

„Ich war wütend, enttäuscht und verbittert. Ich wollte nichts mehr mit dir zu tun haben. Ich schaltete mein Handy aus und ging. Ich hatte mir in den Kopf gesetzt, erst dann wieder zur Arbeit zu gehen, wenn diese ganze Maskerade vorbei ist. Bis vor einer Stunde. Bis ich deinen Zettel gefunden habe."

Er bleibt stehen und blickt in meine Augen. Seine Hand drückt meine. Die Zeit hängt an seinen Lippen.

Meine zittern vor Aufregung. Er hatte nicht die Absicht zu kommen, doch er tat es trotzdem, obwohl er noch nichts von meinem Zettel wusste.

„Du bist gekommen", sage ich leise.

„Du auch", seufzt er erleichtert. „Ich war mir nicht sicher. Nicht, nachdem ich mich nicht mehr gemeldet habe."

Die Worte bleiben mir in der Kehle stecken, die wieder einmal von Emotionen zugeschnürt ist. Aber die Stille, die sich zwischen uns ausbreitet, spiegelt unser Verständnis füreinander wieder. Dann wirkt er plötzlich nervöser, unsicherer.

„Caroline, ich … Es ist lange her. Ich bin nicht gut darin, Dinge auszusprechen, entschuldige. Ich … Du bedeutest mir etwas."

Das hastige Klopfen gegen meine Brust erdrückt mich fast. Schmetterlinge fliegen in meinem Bauch herum. Ich fühle, wie mir Flügel wachsen. Eine Träne steigt unter meinen Wimpern auf. Ich zerquetsche sie, bevor er es merkt, und drücke seine Finger fest zusammen.

„Du bedeutest mir auch viel, *Barry*."

Er lacht über meinen Witz und ich bin froh, die Stimmung etwas aufzulockern. Dann fahre ich fort:

„Ich mochte Barry, schade. Dann muss ich mich wohl mit Noah begnügen."

„Vorübergehend?", fragt er, ohne die Antwort wirklich hören zu wollen.

„Für eine lange Zeit."

Ein weiterer Druck seiner Finger verrät mir seine Rührung und Erleichterung. Offensichtlich ist es, was er gehofft hat. Meine Lippen verziehen sich zu einem Lächeln. Die Hitze glüht in meinem ganzen Körper.

Simon hält uns die Karten hin und ist etwas verlegen, weil er uns unterbricht.

„Hast du Hunger?", fragt mich Noah spielerisch.

Das Gold seiner Augen funkelt und die Atmosphäre um uns herum knistert. Habe ich seine Frage richtig interpretiert? Wäre es möglich, …

Er wartet meine Antwort nicht ab und bittet Simon, etwas zum Mitnehmen vorzubereiten. Simon eilt in die Küche, während Noah aufsteht und seine Hand nach mir ausstreckt. Er hält galant meinen Mantel fest, wickelt mir den Schal um den Hals und drückt mir eifrig die Mütze auf den Kopf. Dann zieht er mich unter dem Gelächter der Kunden in seinen Privatraum, doch ich kann sie nicht mehr hören.

Er schließt die Tür hinter mir, drückt mich gegen die Wand und flüstert meinen Vornamen auf meine Lippen. Ich stöhne auf. Er küsst mich stürmisch und zärtlich. Den Kuss erwidere ich lachend. Er verlässt mich kurz, um seine Jacke zu holen, und setzt dann dort fort, wo er aufgehört hat. Er lächelt auf meinen Lippen und der süße Geschmack seines Kusses macht mich glücklich.

Ein Klopfen an der Tür unterbricht uns. Noah öffnet lächelnd.

„Das Essen ist fertig, möchtest du…?"

Bevor er den Satz beenden kann, greift Noah nach der Tüte und zieht mich nach draußen. Lachsalven prallen von den Wänden ab und verlieren sich in der stillen Kälte des Winters.

„Wo ist dein Auto?", fragt er plötzlich besorgt.

„Es ist liegen geblieben. Simon hat mich unterwegs aufgesammelt."

„Verdammt!"

Er zieht mich an sich, drückt mich gegen seinen eiskalten Pickup, aber mir ist nicht kalt. Er beugt sich wieder über mich und seine kalte Nase streift meine. Dann atmet er tief an meinem Hals ein.

„Ich habe dich so sehr vermisst. Ich dachte, die Welt würde nur noch grau sein."

„Noah", flüstere ich mit einem Atemzug in sein Ohr, überwältigt von meinen Gefühlen.

„Ich liebe die Art, wie mein Vorname auf deinen Lippen klingt."

„Noah", flüstere ich und vergrabe meine Hand in seinem Haar, um ihn zu mir zu ziehen.

Er stöhnt, dann öffnet er die Autotür, an die ich angelehnt bin.

„Steig ein, bevor ich die Kontrolle verliere."

Ich tue es mit einem Lachen, das alles andere als selbstbewusst klingt, denn ich fiebere vor Nervosität. Ich weiß, was passieren wird. Es ist das, was ich wollte, aber jetzt ist alles anders. Meine Hände zittern, mein Körper verkrampft sich, die Spannung steigt... Was, wenn ich der Aufgabe nicht gewachsen bin?

Er schaltet den Zündschlüssel ein und der Motor brummt. Er schenkt mir noch einmal einen zärtlichen und zugleich glühenden Blick, dann konzentriert er sich wieder auf die Straße. Ich verliere mich in meinen Gedanken, in meinen Ängsten.

Er parkt vor der Hütte, was mir eine erstaunte Schnappatmung entlockt. Ich habe nichts von der Fahrt mitbekommen!

Er steigt aus, nimmt unser Essen mit und öffnet meine Autotür.

„Du scheinst es viel weniger eilig zu haben als letztes Mal", neckt er mich.

Aber sein Selbstbewusstsein ist nur eine Fassade, die genauso zerbrechlich ist wie meine. Ich spüre, wie sein Blick meine Zustimmung sucht. Ich sehe, wie er alles hinterfragt und sich selbst anzweifelt.

„Das ist weil ich nicht allzu begeistert davon bin, mitten in der Nacht Schlittschuh zu laufen."

„Echt nicht? Verdammt! Na gut, dann gehen wir lieber rein. Ich meine ... wenn du willst. Willst du das?"

Ich lache und nicke, als ich seine Hand ergreife, die er mir entgegenstreckt. Ich sehe, wie sich die Anspannung in seinen Schultern löst, sobald ich ihn berühre. Es ist nicht einfach für uns beide.

Ein Licht schaltet sich ein, als wir die Treppe hinaufgehen. Noah öffnet das Schloss und drückt die Tür auf.

Das Innere ist ganz anders als bei meinem letzten Besuch: Es ist warm und im Kamin lodert ein Feuer. Die Küche ist unordentlich und auf dem Sofa liegt eine Decke. Auf dem Couchtisch steht eine Tasse und um den Vorrat an Holzscheiten sind Holzreste verstreut. Auf dem großen Tisch liegen außerdem Blätter, Filzstifte und Zeichnungen. Vielleicht ist seine Tochter heute hier gewesen. Das erfüllt mich insgeheim mit Freude. Wie glücklich muss er gewesen sein!

Alles ist wärmer, lebendiger. Einfach einladend.

„Möchtest du etwas trinken?", bietet er mir an.

Er stellt die Tüte in der Küche ab und holt Stück für Stück das Geschirr heraus. Ich ziehe meinen Mantel, meine Mütze, meinen Schal und meine Schuhe aus. Ich schleiche mich hinter ihn. Vor Aufregung und Angst krampft sich mein Bauch zusammen.

„Ich habe keinen Besuch erwartet, das ist nicht sehr ..."

Ich schiebe meine Hände unter sein T-Shirt.

Er dreht sich um. Er blickt tief in meine Augen. Dann wandert sein Blick hinunter zu meinen Lippen.

„Caroline, ich habe dich nicht hierher gebracht, um ... Ich will nicht, dass du dich unter Druck gesetzt fühlst. Wir können essen, uns Zeit lassen, uns kennenlernen."

„Das haben wir alles schon gemacht", sage ich und ziehe die kleinen Spangen aus meinen Haaren.

Nach und nach fallen meine Haare in einem Kaskadenspiel über meine Schultern. Er schiebt eine Hand hinein. Ich schmiege mich in seine Handfläche und er zieht mein Gesicht zu sich heran. Dann hält er nah an meinen Lippen inne, nur Millimeter entfernt. Ich brenne. Ich verglühe. Jede Faser meines Körpers schreit danach, in Harmonie mit ihm zu schwingen. Ein heiserer Laut steigt aus seiner Kehle auf, als das Verlangen immer stärker wird. Seine warme Stimme umschmeichelt meine Lippen mit seinem Atem. Er flüstert meinen Vornamen. Ich schmiege mich fester an ihn, schiebe meine Finger knapp unter den Gürtel seiner Hose, von der Macht meines Verlangens gepackt. Er küsst mich gierig, stürmisch und fordernd. Dieser Kuss ist nicht mehr so zärtlich. Er ist wilder, feuriger, sicherer, aber immer noch von Liebe geprägt. Seine Hände bahnen sich einen Weg unter meine Kleidung. Zuerst auf meinem Rücken, dann werden sie unternehmungslustiger. Ich stöhne und öffne seinen Gürtel. Er weicht ein wenig zurück. Bevor er wieder vor mir wegläuft, flüstere ich auf seinen Lippen:

„Ich kenne jetzt deinen Vornamen. Noah, ich will dich. Ich will nur dich, heute Abend und an allen anderen Abenden. Noah."

Seine Verteidigung bricht auf wie ein aufgerissener Wall. Er stöhnt und presst seine Lippen fester auf meine. Dann greift er mir an den Hintern, hebt mich hoch und trägt mich davon.

„Du bringst mich um den Verstand", haucht er und zieht mir die Kleider aus.

Seine landen auch schnell auf dem Boden. Und endlich spüre ich die Wärme seines Körpers an meinem. Die Leidenschaft reißt uns mit in einen Strudel von

Empfindungen. Eine Flut von Lust. Ein Tsunami von Emotionen. Zur Vollkommenheit.

♦

Die Wärme des Kaminfeuers schmiegt sich köstlich an die nackte Haut meines Rückens. Meine Finger spielen auf den Kurven seines Maori-Tattoos, wandern seine Schulter hinauf, streicheln die Vertiefungen seiner Muskeln, gleiten über seinen Oberkörper in einer friedlichen Stille hinab. Seine streicheln meine Schulter, spielen in meinem Haar. Er zieht die Decke über uns und vergräbt seine Nase in meinem Nacken.

„Als du in einer Nacht die Regeln des Schachspiels gelernt hast."

Ich runzle verständnislos die Stirn. Ich habe ihm gar keine Frage gestellt. Warum sagt er das jetzt? Ist es das Erste, was ihm einfällt? Wirklich? Merkwürdig.

„Jaaaaaa?"

„Erinnerst du dich daran, als du zurückkamst und behauptet hast, du könntest mich im Schach fertigmachen?"

„Ja, das ist auch noch nicht so lange her."

„Da wusste ich es."

„Was für eine eingebildete schlechte Verliererin ich doch bin?", lache ich.

„Mein Herz schlug schneller. Ich war froh, dass du zurückkamst, nur für mich. Um mit mir zu spielen. In dem Moment wusste ich, in was für einen Schlamassel ich mich gebracht hatte!"

Ich weiche ein Stück zurück und starre ihn an, aber er drückt seinen Kopf etwas verlegen an meine nackte

Brust. Er lauscht meinem Herzen, obwohl er mir gerade seine Gefühle offenbart hat. Es schlägt schneller.

„Als du mich am ersten Abend von der Toilette abgeholt hast. Als du gesagt hast, ich sei prickelnd. Als du deine haselnussbraunen Augen in meine getaucht hast. Als du mich angelächelt hast. Als du mich zum Schlittschuhlaufen mitgenommen hast … Bei jeder Begegnung habe ich mich mehr in dich verliebt, ohne es zu wissen."

Er hebt abrupt den Kopf und blickt in meine Augen. Das Gold seiner Pupillen strahlt lebhaft. Ich lese in seinen Augen, er hatte nicht mit so viel Offenheit gerechnet. Und Zweifel, als ob er mir nicht wirklich glauben würde.

Dann kommen die Worte über meine Lippen, furchtlos und treffend:

„Ich liebe dich, Noah."

Seine Lippen finden die meinen. Sein Kuss ist zärtlich, überströmend von Liebe und Dankbarkeit. Dann ist er wieder wolllüstiger. Seine Hände wandern über die Kurven meines Körpers und beanspruchen sie für sich. Und da, in einem heißen Atemzug aus Verlangen und Liebe, während wir eins sind, höre ich die Worte so laut, wie ich sie selbst fühle:

„Ich liebe dich, Caroline."

Epilog

Er parkt vor dem beleuchteten Haus meiner Eltern. Sie sind alle schon da und die Party ist bereits in vollem Gange.

„Bist du ganz sicher?"

„Ja, absolut."

„Ich habe zwar gewonnen, aber ich kann dich vor dem Familienweihnachtsfest retten, wenn du das möchtest. Wir könnten in die Hütte gehen und müssten nicht diese schrecklichen Pullover tragen. Wir müssten übrigens überhaupt keine Kleidung tragen!"

„Nanana! Ich halte mir die Ohren zu, ich habe nichts gehört!", ruft Atea von hinten.

Ich lache.

„Netter Versuch, aber wir gehen. Das war der Deal und du hast gewonnen."

„Du hast aber auch nicht wirklich *verloren*."

Ich küsse ihn auf die Wange, genau auf sein entzückendes Grübchen.

„Willst du diese Ausrede echt jedes Jahr bringen?"

„Du übertreibst. So oft mache ich das nicht. Nur wenn ich wirklich keine Lust habe …"

„Es ist mittlerweile zur Tradition geworden, tut mir leid."

„Tante Gertrud wird mir wieder in den Hintern kneifen, oder?"

„Ja, tut mir leid."

„Seit sechs Jahren werde ich von deinen Tanten in den Arsch gekniffen! Wir könnten doch wenigstens das eine Mal überspringen, oder? Atea, was hältst du davon? Sollen wir zur Hütte zurück und uns einen Pizza- und Fernsehabend machen?"

„Träum weiter, Papa! Ich gehe hin und du kommst auch mit. Wenn dein Arsch so hochgehalten wird, dass die Omas mit meinem Weihnachtsgeld großzügiger sind, dann musst du dich opfern!"

„Außerdem wird Josepha mit Sam und dem Baby da sein! Es ist sein erstes Weihnachten. Ich soll es verpassen? Das geht gar nicht."

Er stellt den Motor ab, seufzt lange, um sich als besiegt zu erklären, und steigt mit dem Sack voller Geschenke aus dem Auto. Darin ist ein Roman für jedes Mitglied meiner Familie. Mein *veröffentlichter* Roman.

Atea streckt mir eine diskrete Hand entgegen und ich schiebe ihr grummelnd einen Geldschein zu.

„Du hast wirklich die Gene deines Vaters."

„Sollen wir wetten, wie lange er durchhält?"

„Okay, dann lass uns mit der Revanche mal loslegen. Zehn Mäuse, dass er bis zum Nachtisch durchhält."

„Zwanzig, dass er vorher nach Hause will."

Ich schüttle ihre Hand, aber irgendwie habe ich das Gefühl, ich werde es wieder bereuen. Ich sehe Noah und seinen Mund, der ein empörtes O formt, als er merkt, wie wir uns über ihn lustig machen. Er runzelt die Stirn und schüttelt bedrohlich den Kopf. Ich lache, als ich aussteige.

Er greift seine Tochter unter den Ellbogen und versucht, sie zum Reden zu bringen, aber sie schafft es, das Thema zu wechseln. Man merkt ihr wirklich an, wie sie ihn extra aufzieht, und ich höre ihn grummeln:

„Das kommt nicht in Frage!"

„Nur ein kleines?"

„Nicht, bevor du achtzehn bist. Erst dann kannst du mit deinem Körper machen, was du willst."

„Komm schon, das ist eine Hommage an meine Maori-Wurzeln! Oma würde vor Stolz platzen!"

„Sie wird es erst *in zwei Jahren* sein."

Wir sind da und ich muss einfach lachen, als ich sehe, wie meine Mutter die Tür öffnet und mein Vater hinter ihr beim Schnippeln des Lauches vor sich hin schimpft.

Wir schreiten ins Warme. Es duftet nach Zimt, Truthahn mit Kastanien und Glühwein. Sie hat wie jedes Jahr die berühmte Playlist von *L'opportuniste* rausgesucht. Die Oma-Gang sitzt im Wohnzimmer und ist schon halb betrunken, während meine beste Freundin und ihr Kind am Fuße des beleuchteten Baumes sitzen und zusammen trällern. Noah und Sam checken mit den Fäusten. Atea kniet nieder und küsst Josepha. Meine beste Freundin umarmt sie, als wäre sie ihre eigene Tochter.

Mein Herz schwillt an. Ich streichle unauffällig mit einer Hand über meinen Bauch. Dann hole ich das kleine Päckchen heraus, das ich für Noah vorbereitet habe. Er ahnt nichts, aber sein Leben wird sich ändern. Ich habe Angst. Aber nur ein bisschen. Und ich freue mich auch riesig darauf.

Ich schiebe es unbemerkt unter den Baum, wobei ich mich frage, wie wohl er reagieren wird.

Ich lächle. Ich weiß, dass er genauso glücklich sein wird, wie ich es bin.

Er ist die Liebe meines Lebens.

Ich würde dieses neue Abenteuer, das vor uns liegt, mit niemandem außer ihm erleben wollen.

Danksagung

Je weiter ich auf dem Verlegerweg voranschreite, desto mehr Spaß macht es mir, Liebesromane zu schreiben. Diese Geschichte entstand in meinem Kopf nach einem der vielen Gespräche, die ich mit meiner Freundin Clémence führte. Als sie mir von ihrem aktuellen Roman erzählte, zeichnete sich für mich eine ganz andere Geschichte ab. Die Charaktere erschienen mir klarer als je zuvor und verfolgten mich lange, bevor ich es wagte, mit diesem Roman zu beginnen. Dieses erste Dankeschön geht also an Clémence, die mich inspiriert hat und ohne die die Abenteuer von Caroline nicht das Gleiche gewesen wären!

Dann möchte ich mich bei meinem Team bedanken: meinen wunderbaren Beta-Leserinnen, Tippfehlerjägerinnen und Mutmacherinnen: Stef, Morgane, Clémence, Aline, Marine, Sabrina und Florence! Danke für eure Unterstützung, euren Enthusiasmus, eure immer konstruktiven Anmerkungen, die Zeit, die ihr mir jedes Mal schenkt. Danke für unsere Gespräche und danke, dass ihr für mich da seid! Ihr seid die Besten!

Und schließlich danke ich euch, Lesern und Leserinnen, die ihr mir seit meinen Anfängen folgt oder mich heute entdeckt. Ich hoffe, dass euch diese süße und etwas verrückte Weihnachtsromanze gefallen hat!

Liebe Grüße!

Wie hat dir dieser Roman gefallen?

Teile es auf der einen oder anderen Seite mit! Hinterlasse einen Kommentar, um diesen Roman weiterleben zu lassen. SIE machen den Unterschied!
(Amazon, Booknode, Babelio, Goodreads, Fnac...)

Möchtest du mit mir Kontakt aufnehmen (ich antworte dir gerne!) oder einfach nur die Neuigkeiten verfolgen, wie etwa die nächsten Veröffentlichungen, oder meinen Newsletter abonnieren? Dann klicke hier:
Webseite : juliemullervolb.fr
Facebook : juliemullervolbauteure
Instagram : juliemullervolbauteure

Weitere Romane von Julie Muller Volb (auf Französisch)

Fantasy/Young Adult ; auf Französisch) :

Die Trilogie *L'Hayden*, 2017 ausgezeichnet mit dem Prix de l'Imaginaire
L'Hayden - 1 Le secret d'Eli
L'Hayden - 2 Esperance
L'Hayden - 3 La prophétie

Oniriie 1 - Le dernier Onirigraphe
Oniriie 2 - Les psychés du passé

Oniriie 3. Les fils du destin

Romcom
Foutue alchimie
Vin chaud et plans foireux
Cocktails, tocard et sable chaud

Roman
Et si tout était encore possible ?

Dystopie/SF/post apo
Apis Apocalypsis 1- Ordre d'appel
Apis Apocalypsis 2- Réanimation